COLLECTION JULES VERNE

COLLECTION JULES VERNE
BAND 54

Nord gegen Süd

Band 2

Pawlak Taschenbuch Verlag, Berlin, Herrsching

Nachdruck mit freundlicher Genehmigung des
Verlages A. Hartleben, Inh. Dr. Walter Rob, Wien I.
Die Vorlagen für die Umschlagillustrationen der
Collection Jules Verne sind Jules Verne Bänden,
erschienen im A. Hartleben's Verlag, Wien, entnommen.
Umschlaggestaltung: Bine Cordes, Weyarn
Die Orthographie wurde der heutigen Schreibweise angeglichen.

Gesamtherstellung: Elsnerdruck GmbH, Berlin
Printed in Germany
ISBN: 3-8224-1054-3

Inhalt

Zweiter Teil

Erstes Kapitel

Nach der Entführung

– Texar! ... – diesen verabscheuten Namen hatte Zermah in die Finsternis hinaus in dem Augenblicke gerufen, als Frau Burbank und Miß Alice auf dem hohen Ufer der Marino-Bucht erschienen. Das junge Mädchen hatte den schurkischen Spanier deutlich erkannt; es lag also ganz außer Zweifel, daß er der Urheber der von ihm auch persönlich geleiteten Entführung war.

In der Tat hatte Texar dieselbe unter Mithilfe eines halben Dutzend ihm ergebener Leute bewerkstelligt.

Von langer Hand her war von dem Spanier der Raubzug vorbereitet worden, der zur Verwüstung von Camdleß-Bay, zur Plünderung des Castle-House, zum Ruin der Familie Burbank und zur Gefangennahme oder Tötung des Hauptes derselben führen sollte. Mit dieser Absicht hatte er die räuberischen Horden auf die Pflanzung losgelassen, sich aber nicht an deren Spitze gestellt, sondern den gewalttätigsten seiner Parteigänger die Führung derselben überlassen. Das erklärt es auch hinlänglich, wie John Bruce, selbst unerkannt unter dem tollen Haufen der Angreifer, James Burbank die Versicherung geben konnte, daß Texar jene Haufen elenden Gesindels nicht begleite.

Um diesen zu treffen, hätte man sich nach der Marino-Bucht begeben müssen, welche der erwähnte Tunnel in Verbindung mit dem Castle-House setzte. Würde das Herrenhaus erstürmt, so benutzten die letzten Verteidiger doch sicherlich diesen Weg zum Rückzuge. Texar wußte von dem Vorhandensein des Tunnels. So begab er sich von Jacksonville auf einem Boote, dem noch ein zweites

Boot mit Squambo und zwei seiner Sklaven folgte, nach der bezeichneten Stelle, um hier James Burbank, wenn dieser entfliehen mußte, aufzulauern. Seine Voraussetzung sollte ihn wenigstens nicht ganz getäuscht haben; davon überzeugte er sich, als er eines der ihm wohlbekannten Boote von Camdleß-Bay hinter dem Uferschilf der Bucht, offenbar wartend, liegen sah. Die dasselbe behütenden Schwarzen wurden im ersten Anlauf überrumpelt und schonungslos hingemordet, und nun hatte er nur noch die Entwicklung der Dinge abzuwarten. Bald erschien denn auch Zermah, der das kleine Mädchen auf der Ferse nachfolgte. Auf den Schrei hin, den die Mestizin ausstieß, ließ der Spanier, in der Befürchtung, daß ihr noch andere zu Hilfe kommen könnten, diese sofort in die Arme Squambos werfen, und Frau Burbank erschien mit Miß Alice auf dem erhöhten Uferrande erst in dem Augenblicke, wo die Mestizin in dem Boote des Indianers schon ein gutes Stück nach dem Flusse selbst zu entführt war.

Das übrige weiß der Leser.

Nachdem dieser freche Raub geglückt, hatte es Texar indes nicht für ratsam gehalten, sich sogleich zu Squambo zu gesellen.

Dieser ihm auf Tod und Leben ergebene Mann wußte ja, nach welch unzugänglichem Schlupfwinkel er Zermah und die kleine Dy zu schaffen hatte. Der Spanier verschwand denn auch, als der Donner jener drei Kanonenschüsse herüberrollte, welche die eben zum Sturm bereiten Angreifer des Castle-House zurückriefen, vom Schauplatze, indem er schräg über den Saint-John hinübersteuerte.

Wohin er sich begab, wußte eigentlich niemand. Jedenfalls kehrte er in der Nacht vom 3. zum 4. März nach Jacksonville nicht zurück, denn dort sah man ihn erst vierundzwanzig Stunden später wieder. Was er mit diesem unerklärlichen Fernbleiben, für das einen Grund anzugeben er sich gar nicht die Mühe nahm, bezweckte, hätte keiner sagen können. Auf jeden Fall diente es nur zu seiner ferneren Belastung, wenn er etwa der persönlichen Teilnahme an der Entführung Zermahs und Dys angeklagt wurde. Die zeitliche Übereinstimmung zwischen diesem Vorfalle und seinem Verschwinden mußte ja zu seinen Ungunsten sprechen. Sei dem, wie ihm wolle, gewiß kam er erst am Morgen des 5. wieder nach Jacksonville, um die nötigen Verteidigungsmaßregeln seitens der Südstaaten vollends zu ordnen, und, wie wir gesehen haben, zeitig genug, um Gilbert Burbank eine geschickt erdachte Falle zu stellen sowie um den Bürgerausschuß zu präsidieren, der über den jungen Mann das Todesurteil fällen sollte.

Unzweifelhaft blieb nur, daß Texar sich nicht mit auf dem von Squambo geführten kleinen Fahrzeuge befand, das in der Finsternis bei steigender Flut stromaufwärts von Camdleß-Bay hinglitt.

Zermah, die nun wohl einsah, daß kein Hilferuf, kein Notschrei von ihr an den verlassenen menschenleeren Ufern des Saint-John mehr Widerhall finden konnte, schwieg jetzt still. Im Hinterteile des Bootes sitzend, preßte sie Dy in ihre Arme.

Das zum Tode erschrockene kleine Mädchen ließ keinen Klagelaut über ihre Lippen kommen. Sie drückte sich ängstlich an die Brust der Mestizin und verkroch sich in den Falten der großen Decke derselben. Nur einoder zweimal, während sie so in tiefer Finsternis dahinfuhren, kamen einzelne abgerissene Worte über ihre Lippen:

»Mama!... Mama!... Gute Zermah!... Ich fürchte mich!... Ich fürchte mich!... Ich will wieder zur Mama...!«

»Ja, ja, mein Herz...!« antwortete Zermah. »Wir gehen wieder zu ihr!... Fürchte dich nicht!... Ich bleibe ja bei dir...!«

Zur selben Zeit wankte die ihrer Sinne fast beraubte Frau Burbank längs des rechten Flußufers dahin und suchte vergeblich dem Boote zu folgen, das ihre kleine Tochter nach dem jenseitigen Ufer entführte.

Ringsum lag alles in tiefster Finsternis. Die auf der Ansiedlung lodernden Brände erloschen allmählich, als das Gewehrfeuer schwieg. Aus den sich nach Norden hin wälzenden Rauchwolken brach nur dann und wann noch eine Flammengarbe hervor, die sich auf der Oberfläche des Flusses gleich einem flüchtig aufleuchtenden Blitz widerspiegelte. Dann wurde alles totenstill und dunkel. Das Boot hielt sich immer inmitten der eigentlichen Fahrstraße des Flusses, dessen von dichtem Forst bestandene Ränder man nicht mehr zu erkennen vermochte. Selbst auf hohem Meere hätte dasselbe kaum vereinsamter seinen Weg verfolgen können.

Zermah kam es wohl vor allem darauf an, zu erfahren, nach welcher Bucht sich das von Squambo gesteuerte Boot wenden werde, und doch wäre eine deshalb an den Indianer gerichtete Frage sicherlich erfolglos geblieben. Sie suchte sich also selbst über die Örtlichkeit aufzuklären, was bei der tiefen Dunkelheit sehr schwierig sein mußte, solange Squambo die Mitte des Saint-John nicht verließ.

Die Flut war im Wachsen, und unter den Rudern der beiden Schwarzen schnitt das Boot rasch nach Süden durch die Wellen.

Wie notwendig wäre es für Zermah jetzt gewesen, ein Zeichen ihrer Vorüberkunft zurückzulassen, um spätere Nachforschungen zu erleichtern! Hier auf dem Flusse war das natürlich untunlich. Auf dem Lande hätte schon ein abgerissenes Stückchen ihrer Decke, das sie unversehens an einem Busche hängenließ, das erste Merkzeichen einer Fährte bilden können, die, einmal erkannt, gewiß weiter und bis ans Ende verfolgt worden wäre. Wozu aber hätte es dienen sollen, irgendeinen Gegenstand, der dem kleinen Mädchen oder ihr selbst gehörte, dem Flusse anzuvertrauen, da doch schwerlich auf den Zufall zu rechnen war, daß derselbe in James Burbanks Hände käme? – Nein, davon mußte sie absehen und sich darauf beschränken, wenn irgend möglich zu erkennen, an welchem Punkte des Saint-John das Boot wieder ans Land gehen würde.

So verfloß eine volle Stunde, ohne daß Squambo weder mit ihr noch mit den Ruderern ein Wort gewechselt hätte.

Die beiden Schwarzen arbeiteten gleichmäßig weiter. Kein Licht erglänzte am Ufer, weder in einem Häuschen noch unter den Bäumen, deren Masse sich im Schatten unbestimmt abzeichnete.

Und während Zermah gleich nach rechts und links hin scharf ausblickte, um sich das unscheinbarste Merkzeichen einzuprägen, dachte sie doch immer nur an die das kleine Mädchen bedrohenden Gefahren; daß sie auch selbst nicht minder jeder Unbill ausgesetzt sein könne, bekümmerte sie gar nicht – alle ihre Furcht konzentrierte sich einzig und allein auf das Kind. Ohne Zweifel war es Texar, der sie hatte entführen lassen; ja, in dieser Hinsicht konnte sie sich nicht täuschen, sie hatte zu sicher den Spanier wiedererkannt, der an der Marino-Bucht Stellung genommen hatte, ob er nun beabsichtigte, durch den Tunnel in das Castle-House selbst vorzudringen oder dessen Verteidigern aufzulauern, wenn diese den Versuch machen würden, durch diesen verborgenen Ausgang zu entkommen. Hätte sich Texar nicht so unnötig übereilt, so wären jetzt Frau Burbank und Miß Alice so wie Zermah und Dy in seinen Händen gewesen. Wenn er die Leute von der Miliz und die Horde raubsüchtigen Gesindels nicht persönlich angeführt hatte, so war das aus dem Grunde geschehen, daß er, in sicherer Voraussicht des Ausganges des Kampfes, überzeugt war, an der Marino-Bucht die Familie Burbank desto besser überraschen zu können.

Auf keinen Fall würde Texar seine persönliche Beteiligung bei dem hier vollführten Raube ableugnen können. Zermah hatte laut genug seinen Namen ausgerufen; Frau Burbank und Miß Alice mußten diesen gehört haben.

Später einmal, wenn die Stunde der Vergeltung schlug, wenn der Spanier sich für seine Untaten zu verantworten hatte, würde er in diesem Falle nicht das Hilfsmittel zur Hand haben, sich auf ein gleich unerklärliches Alibi zu berufen, wie er das schon öfter mit Glück getan hatte.

Jetzt entstand die Frage, welches Schicksal er seinen beiden Opfern bestimmt habe und ob er wohl beabsichtigen werde, sie bis nach den sumpfreichen Everglades, jenseits der Quellen des Saint-John, zu verschleppen. Die Mestizin stellte sich auch die Frage, ob er sich nicht ihrer als einer besonders gefährlichen Zeugin werde zu entledigen versuchen. Sie hätte übrigens ohne Bedenken das eigene Leben zum Opfer gebracht, wenn sie annehmen konnte, dadurch das des mit ihr entführten Kindes zu retten. Doch was sollte nach ihrem Ableben unter den Händen Texars und seiner rohen Genossen aus der armen Dy werden? Dieser Gedanke quälte sie, und sie preßte das kleine Mädchen unwillkürlich inniger an ihr Herz, als ob Squambo, der ja ganz ruhig dasaß und ihrer gar nicht zu achten schien, sich schon anschickte, das Kind aus ihren Armen zu reißen.

In diesem Augenblicke konnte Zermah übrigens wahrnehmen, daß sich das Boot mehr dem linken Ufer des Flusses näherte. Als besonderes Merkmal konnte ihr das schon deshalb kaum dienen, weil sie nicht wußte, daß der Spanier im Hintergrunde der Schwarzen Bucht, und zwar auf einem der Holme dieser Lagune, wohnte; sowenig, wie das die Parteigänger Texars wußten, da er vorsichtigerweise bisher niemand in dem Blockhause empfangen oder gar aufgenommen hatte, das nur ihm nebst Squambo und seinen Schwarzen als Schlupfwinkel und

Unterkunft diente.

Dorthin nämlich sollte der Indianer Dy und Zermah jetzt bringen. Tief drinnen in dieser fast geheimnisvoll zu nennenden Gegend würden sie jeder Aufspürung sicher entrückt sein.

Die Bucht erschien sozusagen undurchdringlich für jeden, der nicht das Gewirr ihrer zahlreichen Wasserstraßen und die Verteilung der von denselben umschlossenen Inseln kannte. Sie bot tausend Schlupfwinkel, in denen die Gefangenen so wohlverborgen waren, daß es unmöglich erschien, ihre Spuren zu entdecken. Im Fall James Burbank aber doch unternehmen sollte, die unentwirrbare Wildnis gänzlich zu durchsuchen, war es immer noch Zeit, die Mestizin und das Kind nach dem Süden der Halbinsel weiterzuschaffen. Dann entschwand jede Aussicht, sie inmitten jener weit ausgedehnten Gebiete wiederaufzufinden, welche kaum einzelne floridische Pioniere betraten und deren ungesunde Strecken, von allen übrigen gemieden, nur noch wenige stark zusammengeschmolzene Indianerhorden durchstreiften.

Die fünfundvierzig Meilen, welche Camdleß-Bay von der Schwarzen Bucht trennen, wurden rasch zurückgelegt. Gegen elf Uhr nachts gelangte das Fahrzeug um den vorspringenden Winkel herum, den der Saint-John dritthalbhundert Schritte stromabwärts derselben bildet, und jetzt handelte es sich nur noch darum, den eigentlichen Eingang der Lagune zu erkennen, und das war, in Berücksichtigung der pechdunklen, das linke Ufer noch mehr als das rechte verhüllenden Finsternis, keine so leichte Aufgabe. So vertraut Squambo auch mit den Gewässern dieser Gegend war, zögerte er jetzt doch ein wenig, als er das Steuer wenden sollte, um die Strömung in schiefer Richtung zu durchschneiden.

Diese Sache wäre jedenfalls viel leichter abzumachen gewesen, wenn das Boot hätte längs des Ufers hingleiten können, das sich freilich in eine Unzahl kleinerer, mit

Schilf bestandener oder mit Wasserpflanzen bedeckter Einschnitte auflöste. Hierbei fürchtete der Indianer aber zu leicht zu stranden, und da die bald zu erwartende Ebbe dann die Fluten des Saint-John nach seiner Mündung zurückführen mußte, wäre das für ihn eine unbequeme Lage geworden. Wie hätte er, in der Zwangslage bis zur nächsten Flut, d. h. also gegen elf Stunden lang, zu warten, einer Entdeckung entgehen können, wenn es wieder heller Tag wurde? Gewöhnlich durchsuchten ja recht zahlreiche Boote den Fluß. Die Tagesereignisse verursachten zudem jetzt einen fast ununterbrochenen gegenseitigen Nachrichtenaustausch zwischen Saint-Augustine und Jacksonville, und unzweifelhaft würden die Mitglieder der Familie Burbank, soweit sie nicht bei dem Angriffe auf das Castle-House umgekommen waren, lebhafte Nachforschungen anstellen. Squambo, der sich dann vielleicht in der Nähe des höheren Uferlandes festgehalten sah, hätte den auf seine Person gerichteten Verfolgungen aber unmöglich entgehen können, und seine Lage wäre eine sehr mißliche geworden. Aus allen diesen Gründen wollte er sich in der Fahrstraße des Saint-John halten und, wenn es nötig wäre, selbst mitten in der Strömung vor Anker gehen. Dann hätte er mit Wiederanbruch des Tages versucht, die versteckte Einfahrt in die Schwarze Bucht zu erkennen, und hatte er diese einmal hinter sich mit ihrem Vorhange dichtverwirrter Zweige, dann war er gegen jede Verfolgung gesichert.

Inzwischen glitt das Boot mit der Flut noch immer stromaufwärts. Nach der verflossenen Zeit zu urteilen, glaubte Squambo sich noch nicht in der Höhe der Lagune zu befinden.

Er suchte also noch etwas weiter nach Süden zu gelangen, als sich ein nur wenig entferntes Rauschen vernehmen ließ und der dumpfe Schlag von Schaufelrädern, welche das Wasser des Flusses aufrührten. Fast gleichzeitig tauchte, wenn auch nur unklar erkennbar, neben dem

Winkel des linken Ufers eine sich bewegende Masse auf.

Ein Dampfboot kam mit halber Kraft den Fluß herab, über den hin es den weißen Schein seines Fockmastlichtes warf. In weniger als einer Minute mußte er das Boot erreicht haben.

Durch eine Handbewegung setzte Squambo die Ruder der beiden Schwarzen außer Tätigkeit und durch eine Drehung des Steuers lenkte er nach dem rechten Ufer zu ab, ebenso um aus der Fahrstraße des Dampfers zu kommen, wie um von diesem aus nicht bemerkt zu werden.

Das Boot war jedoch von den Auslugern an Bord schon gemeldet worden. Jetzt rief man es an, mit dem Befehle, am Dampfer beizulegen.

Squambo stieß einen entsetzlichen Fluch aus. Da er sich jedoch durch die Flucht den ihm gewordenen ausdrücklichen Befehle nicht entziehen konnte, mußte er wohl oder übel gehorchen.

Einen Augenblick nachher trieb das Boot neben der Steuerbordseite des Dampfers, der selbst, um jenes zu erwarten, gestoppt hatte.

Zermah erhob sich sofort.

Dieser zwischenfall schien ihr unerwartete Rettung zu versprechen. Sie glaube ja rufen, sich erkennen geben, um Hilfe bitten und so Squambo wieder entkommen zu können.

Der Indianer erhob sich neben ihr. In der einen Hand hielt er ein großes Bowiemesser, mit der anderen packte er das kleine Kind, das Zermah ihm vergeblich zu entwinden suchte.

»Einen Laut«, sagte er – »und ich ermorde das Mädchen!«

Hätte es nur ihr eigenes Leben gegolten, so würde Zermah gewiß nicht gezaudert haben; da es aber das Kind war, dem des Indianers schreckliche Waffe drohte, so schwieg sie still. Die Klugheit siegte über die Sehnsucht nach Freiheit. Vom Verdeck des Dampfers aus konnte übrigens niemand wahrnehmen, was im Boote unten vorging.

Ein Offizier beugte sich über die Kommandobrücke herunter und rief den Indianer an. Dabei wurden folgende Worte gewechselt:

»Wohin geht Ihr?«

»Nach Picolata.«

Zermah faßte diesen Namen auf, während sie sich doch sagte, daß es in Squambos Interesse liege, seine wirkliche Bestimmung nicht zu verraten.

»Woher kommt Ihr?«

»Von Jacksonville.«

»Gibt es dort etwas Neues?«

»Nein.«

»Nichts von der Flottille Duponts?«

»Nichts.«

»Man hat also keine weiteren Nachrichten seit dem Angriffe auf Florida und auf das Fort Clinch?«

»Nein.«

»In den eigentlichen Saint-John ist noch kein Kanonenboot eingedrungen?«

»Nicht eines.«

»Woher rührte der Feuerschein, den wir gesehen, und das Knallen und Krachen, das man vom Norden her vernahm, als wir in Erwartung der Flut noch vor Anker lagen?«

»Von einem während der letzten Nacht auf die Ansiedlung von Camdleß-Bay gerichteten Angriff.«

»Durch die Nordstaatler?«

»O nein! . . . Durch die Miliz von Jacksonville. Der Eigentümer hatte den Anordnungen des Bürgerausschusses trotzen wollen.«

»Gut! . . . Weiß schon! Es betrifft James Burbank, den eingefleischten Abolitionisten.«

»Ganz recht.«

»Und wie lief die Sache ab?«

»Das weiß ich nicht. Ich habe nur im Vorüberkommen etwas davon gesehen. Mir schien da alles in hellen Flammen zu stehen!«

In diesem Augenblicke kam über die Lippen des Kindes ein schwacher Schrei ... Zermah drückte ihm die Hand auf den Mund, als sich die Finger des Indianers schon dem Halse desselben näherten.

Der ziemlich hoch über ihnen stehende Offizier hatte nichts gehört.

»Ist Camdleß-Bay gleich mit Geschützen angegriffen worden?« fragte er.

»Das glaub' ich kaum.«

»Was bedeuteten denn die drei Kanonenschläge, die wir gehört haben und die uns von Jacksonville zu kommen schienen?«

»Das vermag ich nicht zu sagen.«

»Der Saint-John ist demnach von Picolata bis zu seiner Mündung frei?«

»Ganz frei, und Ihr könnt ruhig hinunterfahren, ohne von den Kanonenbooten etwas zu fürchten zu haben.«

»Es ist gut. – Vorwärts ... Vollen Dampf!«

Der Befehl wurde dem Maschinisten hinuntergerufen, und der Dampfer begann sich wieder in Bewegung zu setzen.

»Noch um eine Auskunft möcht' ich bitten«, sagte Squambo zu dem Offizier.

»Und die wäre?«

»Die Nacht ist sehr dunkel ... ich finde mich kaum zurecht ... könnt' ich erfahren, wo ich jetzt eigentlich bin?«

»Auf der Höhe der Schwarzen Bucht.«

»Ich danke.«

Die Schaufeln peitschten die Oberfläche des Flusses, nachdem das Boot sich um einige Faden entfernt hatte. Der Dampfer entschwand allmählich in der Nacht und ließ nur einen Streifen von seinen mächtigen Rädern tief aufgewühlten Wassers hinter sich.

Squambo, jetzt wieder allein auf dem Flusse, setzte sich im Hinterteile des Bootes nieder und ließ weiterrudern. Er kannte jetzt die Örtlichkeit, steuerte nach rechts hinüber und fuhr in den runden Einschnitt ein, in dessen Grund sich die Schwarze Bucht öffnete.

Daß der Indianer sie nach einem Orte führte, dessen Zugang nur sehr schwierig zu finden war, darüber konnte Zermah nicht im Zweifel sein, und es kam gar nicht darauf an, ob ihr das noch besonders gesagt wurde oder nicht.

Vorläufig hätte sie doch keinen Weg gesehen, sich ihrem Herrn mitzuteilen, und Nachforschungen in diesem undurchdringlichen Labyrinth verboten sich fast von selbst. Jenseits der Bucht gewährten dagegen die Waldungen der Grafschaft Duval die Möglichkeit, jede Fährte zu täuschen, für den Fall, daß James Burbank und dessen Freunde es ja unternehmen sollten, die ganze Lagune zu durchstreifen. – Dieser westliche Teil von Florida konnte noch als ziemlich unbekanntes Land bezeichnet werden, auf dem es so gut wie unmöglich war, einer Spur zu folgen; überdies wäre es kaum klug gewesen, sich in diese Gebiete hineinzuwagen.

Die Seminolen, welche auch damals in diesen Wäldern und sumpfigen Landstrichen umherschwärmten, waren jetzt noch immer zu fürchtende Gesellen. Sie beraubten gar zu gern die in ihre Hände fallenden Reisenden und ermordeten sie ohne Bedenken, wenn diese sich je zu verteidigen suchten.

Im oberen Teile der Grafschaft, etwas nordwestlich von Jacksonville, hatte sich erst unlängst ein eigentümlicher Vorfall zugetragen, der lange Zeit das allgemeine Gespräch bildete.

Ein Dutzend Floridier, die sich nach der Küste am Golfe von Mexiko begaben, waren von einer Seminolen-

Horde überfallen worden. Wenn sie dabei mit dem Leben davonkamen, hatten sie es nur dem Umstande zu verdanken, daß sie keinerlei Widerstand leisteten, der übrigens – sie standen einer zehn Wilden gegenüber – ganz nutzlos gewesen wäre.

Die guten Leute wurden dann gründlich durchsucht und alles dessen beraubt, was sie bei sich führten, selbst ihrer Kleidung. Unter Androhung des Todes hatte man ihnen dann verboten, in diesen Gebieten, welche die Indianer noch immer als ausschließliches Eigentum beanspruchen, jemals wieder zu erscheinen. Um sie aber auch wiederzuerkennen, wenn sie dieses Verbot nicht achteten, wendete der Häuptling jener Bande ein sehr einfaches Verfahren an; er ließ den Arm eines jeden mit einem eigentümlichen Zeichen tätowieren, indem ihm mit einer Nadel und daran hängendem Safte einer Farbpflanze unverwischbare Zeichen eingeritzt wurden, dann wurden die Floridier, ohne weitere Unbill zu erleiden, heimgeschickt. Nach den Ansiedlungen des Nordens kamen sie natürlich in sehr bemitleidenswertem Zustande zurück – von der Indianerhorde an den Armen sozusagen »gestichelt« und wenig danach verlangend, noch einmal in die Hände jener Seminolen zu fallen, welche sie diesmal, schon um ihrem Zeichen Ehre zu machen, ohne Erbarmen niedergemetzelt hätten.

Zu jeder anderen Zeit würden die Milizen der Grafschaft Duval es nicht ungestraft haben hingehen lassen, sondern hätten die Indianer sicherlich verfolgt. Jetzt aber hatten sie anderes zu tun, als einen doch langwierigen Streifzug gegen diese Nomaden zu beginnen. Die Furcht, das Land von den föderierten Truppen überschwemmt zu sehen, beherrschte alles, und man behielt nur die eine Aufgabe im Auge, zu verhindern, daß jene sich zu Herren des Saint-John und mit ihm zu denen der von ihm bespülten Gebiete machten. So konnte man die südstaatlichen Streitkräfte unmöglich zersplittern, denn diese waren schon von Jacksonville bis zur Grenze von Georgia hinauf aufgestellt. So meinte man, es würde später Zeit sein, gegen die Seminolen, welche durch den Bürgerkrieg nur frecher geworden waren, aufzubrechen, solange diese sich nicht in die nördlicheren Landesteile wagten, aus denen man sie für immer vertrieben zu haben glaubte. Dann wollte man sich auch nicht damit begnügen, sie nur aus den Everglades und den Sümpfen zu vertreiben, sondern dieselben womöglich ausrotten.

Vorläufig blieb es demnach gefährlich, sich in die mehr im Westen von Florida gelegenen Gebiete zu verlieren, und wenn James Burbank seine Untersuchungen wirklich nach dieser Seite hin ausdehnte, so trat damit nur eine neue Gefahr zu allen hinzu, welche ein Streifzug dieser Art sowieso mit sich bringt.

Inzwischen war das Boot längs des linken Ufers des Flusses hinabgeglitten. Squambo, der nun ja wußte, daß er sich in der Höhe der Schwarzen Bucht befand, welche die Gewässer des Saint-John ins Land eintreten läßt, fürchtete nicht im mindesten, etwa auf einer Untiefe zu stranden.

Fünf Minuten später durchschnitt das Fahrzeug schon die Fluten unter dem dunklen Gewölbe der Bäume und inmitten einer Finsternis, welche noch tiefer war als draußen auf freiem Flusse. Wie sehr es Squambo auch gewöhnt war, sich in den Windungen dieser Lagune zurechtzufinden, unter den jetzigen Verhältnissen wäre ihm das vielleicht doch nicht geglückt. Da er jedoch von keiner Seite bemerkt werden konnte, durfte er es ja wagen, sich den Weg zu beleuchten. So ließ er denn einen harzigen Zweig von einem Baume am Ufer abschneiden, der vorn an der Spitze des Bootes befestigt und angezündet wurde. Seine rußige Flamme mußte dem geübten Auge des Indianers genügen, um die enge Wasserstraße zu erkennen. Während einer halben Stunde etwa drang er so durch die verwirrten Windungen der Bucht vor und gelangte endlich an das Eiland mit dem Blockhause.

Nun mußte Zermah aussteigen. Von Müdigkeit überwältigt, lag das kleine Mädchen schlafend in ihren Armen. Diese erwachte auch nicht, als die Mestizin die enge Pforte der Befestigung überschritt und in einem der neben dem inneren Mittelraume gelegenen Zimmer eingesperrt wurde.

In einer Decke, welche in einer Ecke lag, eingewickelt, wurde Dy auf erbärmlichem Lager niedergelegt. Zermah blieb neben ihr wach.

Zweites Kapitel

Eine eigentümliche Operation

Am folgenden Tag, dem 3. März, des Morgens trat Squambo in das Zimmer, in dem Zermah die Nacht verbracht hatte. Er übergab ihr etwas Nahrung – Brot, ein Stück kaltes Wildbret, Früchte, eine Kanne mit ziemlich starkem Bier, einen Krug mit Wasser und einiges Tischgerät. Gleichzeitig stellte ein anderer Schwarzer in eine Ecke ein altes Möbelstück, das als Toilette und als Kommode dienen konnte und etwas Leinenzeug, Tücher, Servietten und andere Gegenstände enthielt, von denen die Mestizin für das Kind und sich selbst Gebrauch machen sollte.

Dy schlief noch immer. Durch eine Handbewegung hatte Zermah Squambo gebeten, sie nicht zu wecken.

Als der Schwarze hinausgegangen war, wandte sich Zermah halblauten Tones an den Indianer:

»Was hat man mit uns vor?« fragte sie.

»Das weiß ich nicht«, antwortete Squambo.

»Welche Befehle habt Ihr von Texar erhalten?«

»Ob diese nun von Texar oder sonst jemand herrühren,

tut nichts zur Sache, ich will sie Euch mitteilen, und Ihr werdet guttun, dieselben streng zu beachten. Solange ihr hier seid, wird dieses Zimmer das eurige sein, und ihr werdet während der Nacht in dem inneren Raume des Hauses eingeschlossen bleiben.«

»Und am Tage ...?«

»Könnt ihr innerhalb der Umfriedigung gehen, wohin ihr wollt.«

»Solange wir hierbleiben?« erwiderte Zermah. »Darf ich fragen, wo wir uns befinden?«

»Da, wohin ich euch zu führen beauftragt war.«

»Und hier werden wir bleiben?«

»Was ich zu sagen hatte, hab' ich gesagt«, antwortete der Indianer, »jedes weitere Wort ist unnütz – ich antworte nichts mehr.«

Squambo, der sich bestimmt nur an diesen kurzen Austausch von Worten zu halten hatte, verließ damit das Zimmer, in dem die Mestizin mit dem Kinde allein blieb.

Zermah betrachtete das kleine Mädchen.

Ihre Augen füllten sich dabei mit Tränen, welche sie aber sofort zu verwischen suchte. Bei ihrem Erwachen sollte Dy nicht sehen, daß sie geweint hätte. Das Kind mußte sich ja notwendig an die neue Lage gewöhnen – eine Lage, die vielleicht eine höchst gefährdete war, denn von seiten des Spaniers konnte man sich auf alles gefaßt machen.

Zermah überdachte nun noch einmal alles, was sich seit dem Vortage ereignet hatte. Sie hatte recht wohl gesehen, wie Frau Burbank und Miß Alice nach dem Ufer herantraten, während das Boot sich davon entfernte. Ihr verzweifelter Hilferuf, ihr herzzerreißendes Geschrei war gewiß bis zu diesen gedrungen. Doch hatten sie auch das Castle-House wieder erreichen, durch den Tunnel gelangen und in das belagerte Wohnhaus eindringen können, um James Burbank und seinen Genossen zu melden, welch neues Unglück sie eben betroffen hatte? Konnten sie nicht vielmehr, von den Leuten des Spaniers abgefangen, weit von Camdleß-Bay weggeschleppt oder gar ermordet worden sein? Wenn das der Fall war, konnte James Burbank nicht wissen, daß das kleine Mädchen mit Zermah entführt worden war. Er mußte in dem Glauben sein, daß seine Gattin, Miß Alice, das Kind und die Mestizin sich hatten an der Marino-Bucht einschiffen und den Zedernstein erreichen können, wo sie ja in Sicherheit waren. So würde er also gar nicht auf den Gedanken kommen, sogleich Nachforschungen nach ihnen anzustellen...

Doch wenn sie annahm, daß Frau Burbank und Miß Alice nach dem Castle-House hatten zurückkehren können und James Burbank alles erfahren hatte, war dann nicht noch zu fürchten, daß die Wohnung von Angreifern gestürmt, geplündert, angezündet und zerstört worden wäre? Gefangen oder tot – in beiden Fällen konnte Zermah von ihrer Seite auf keine Hilfe rechnen.

Selbst wenn die Nordstaatler Herren des Saint-John geworden waren, war und blieb sie verloren – weder Gilbert Burbank noch Mars würden, der eine von seiner Schwester, der andere von seiner Frau erfahren, daß sie auf diesem Eilande in der Schwarzen Bucht gefangengehalten wurden!

Nun, wenn das der Fall war, wenn Zermah nur auf sich allein zählen konnte, so würde die Entschlossenheit dazu ihr doch niemals mangeln; sie würde alles tun, um dieses Kind zu retten, das vielleicht niemand anderen mehr als sie auf der Welt hatte. Ihr ganzes Leben sollte sich in dem Gedanken konzentrieren: zu entfliehen. Keine Stunde sollte vergehen, ohne daß sie sich damit beschäftigte, die Mittel dazu vorzubereiten.

Und doch blieb die Frage bestehen, ob es nicht möglich sei, dieses kleine Fort trotz der Überwachung desselben durch Squambo und seine Untergebenen zu verlassen, den beiden wilden Spürhunden zu entgehen, welche um die Einfriedigung desselben streiften, und dieses hinter Tausenden verworrenen Windungen der Lagune verlorene Eiland zu fliehen.

Gewiß war die Möglichkeit nicht ausgeschlossen, freilich konnte es nur unter der Bedingung glücken, daß einer der Sklaven des Spaniers, der die schmalen Wasserstraßen der Schwarzen Bucht genau kannte, dazu seinen Beistand bot.

Warum sollte nicht die Lockspeise einer reichlichen Belohnung einen dieser Leute veranlassen, Zermah bei ihrem beabsichtigten Entrinnen behilflich zu sein?... Nach dieser Seite hin hatte also die Mestizin zunächst alle ihre Bemühungen zu richten.

Inzwischen war die kleine Dy erwacht. Das erste Wort, was über ihre Lippen kam, war ein Ruf nach ihrer Mutter, dann ließ sie die Blicke verwundert durch den seltsamen Raum schweifen.

Jetzt mochte ihr wohl die Erinnerung an die Vorgänge des gestrigen Tages kommen. Sie bemerkte die Mestizin und lief zu ihr hin.

»Gute Zermah ...! Gute Zermah ...!« stieß das kleine Mädchen halblaut hervor, »ich fürchte mich... ich fürchte mich so sehr ...!«

»Du brauchst aber keine Furcht zu haben, mein Liebling.«

»Wo ist die Mama?«

»Sie wird kommen... bald!... Wir mußten auf unsere Rettung bedacht sein... Du weißt es ja! Jetzt sind wir unter Schutz! Hier haben wir nichts zu fürchten. Sobald dein Vater genügend Unterstützung gefunden hat, wird er uns hier aufsuchen...«

Dy schaute Zermah an, als wollte sie sagen:

»Ist das auch wahr?«

»Ja, ja«, fuhr Zermah in ihrem Eifer, das Kind möglichst zu beruhigen, fort, »ja, Herr Burbank hat selbst gesagt, daß wir ihn hier erwarten sollen ...«

»Aber die Männer, die uns in ihrem Schiffe mit fortgenommen haben ...?« erwiderte das kleine Mädchen.

»Das sind Leute des Herrn Harvey, mein Schatz! Du weißt doch, Herr Harvey, der Freund deines Papas, der in Jacksonville wohnt. Wir wohnen jetzt in dessen Landhaus zu Hampton-Red.«

»Und Mama und Alice, die bei uns waren, warum sind die nicht mit hier ...?«

»Dein Vater hat sie zurückrufen lassen, als sie eben ins Boot steigen wollten ... Besinne dich nur ... Sobald jene schlechten Menschen von Camdleß-Bay wieder vertrieben sind, werden wir hier abgeholt werden ... O nein doch ... weine nicht! ... Ängstige dich nicht, mein Herzenskind, wenn wir auch einige Tage hier aushalten müßten ... Wir sind ja gut versteckt, nicht wahr? ... Nun komm, ich will dich ordentlich ankleiden.«

Dy sah ihre Zermah noch immer sehr zweifelnd an, und trotz der Trostesworte der Mestizin schluchzte sie doch bitterlich. Heute hatte sie nicht, wie sonst stets beim Aufwachen, zu lächeln vermocht.

Das Kind mußte nun vor allem beschäftigt und zerstreut werden.

Zermah gab sich dieser Aufgabe mit wahrhaft rührender Zärtlichkeit hin. Sie besorgte deren Toilette mit derselben Aufmerksamkeit, als befände sich das Kind in seinem hübschen Zimmerchen des Castle-House, und gleichzeitig suchte sie dasselbe durch ihre Erzählungen zu unterhalten.

Dann aß Dy ein wenig, und Zermah teilte dieses erste Frühstück mit ihr.

»Jetzt, meine Liebe, wollen wir, wenn du Lust hast, einen kleinen Spaziergang unternehmen ... innerhalb der Umfriedigung.«

»Ist es denn schön, das Landhaus des Herrn Harvey?« fragte das Kind.

»Schön?... Nein, das gerade nicht...«, antwortete Zermah. »Es ist wohl mehr ein altes befestigtes Nest... Doch es fehlt ihm gar nicht an Bäumen und auch nicht an einem Bache, wo wir lustwandeln können. Übrigens bleiben wir nur wenige Tage hier, und wenn du dir hier die Zeit so gut wie möglich vertreibst und recht artig bist, dann wird Mama sich sehr freuen!«

»Ja, gute Zermah... ja...!« antwortete das kleine Ding.

Die Tür des Zimmers war nicht durch einen Schlüssel verschlossen. Zermah ergriff die Hand des Kindes, und beide traten hinaus. Sie befanden sich damit in dem gedeckten und finsteren Mittelraum, einen Augenblick später aber schritten sie im vollen Sonnenlichte dahin, geschützt durch das Laubwerk der großen Bäume, welche die Strahlen der Sonne nur strichweise durchließen.

Der umfriedigte Raum war nicht groß – höchstens einen Acker, und das Blockhaus nahm den größten Teil desselben ein.

Die denselben abschließende Palisade verhinderte Zermah, die Lage des Eilandes inmitten der Lagune zu erkennen. Alles, was sie durch das alte Ausfalltor wahrnehmen konnte, beschränkte sich darauf, daß ein breiter Arm mit trübem Wasser es von den benachbarten Inseln trennte. Eine Frau und ein Kind konnten hier also nur sehr schwer entfliehen.

Selbst wenn Zermah sich hätte eines Bootes bemächtigen können, wie hätte sie sich durch diese zahllosen Krümmungen hindurchwinden wollen? Sie wußte dazu auch nicht, daß nur Texar und Squambo allein den richtigen Weg durch diesen Irrgang kannten.

Die im Dienste des Spaniers stehenden Schwarzen verließen die kleine Befestigung fast gar nicht und waren wohl nie wieder aus derselben herausgekommen, ja, sie wußten nicht einmal, wo ihr Herr sie eingeschlossen hielt. Um das Ufer des Saint-John zu finden, ebenso wie um nach den Sümpfen zu gelangen, welche die Bucht im Westen begrenzen, hätten sie sich auf den reinen Zufall verlassen müssen; auf diesen zu bauen wäre aber gleichbedeutend mit dem gewissen Untergang gewesen.

Im Laufe der nächsten Tage überzeugte sich Zermah auch, daß sie der Sachlage nach von den Sklaven Texars jedenfalls keinerlei Unterstützung zu erwarten habe.

Das waren nämlich zum größten Teile halbwilde Neger von abstoßendem Aussehen. Wenn sie der Spanier nicht an der Kette hielt, so konnten sie sich deshalb doch kaum frei bewegen. Da die Erzeugnisse des Landes aber ihnen hinreichende Nahrung gewährten und sie bei ihrer Vorliebe für starke Getränke von Squambo nach dieser Seite auch ziemlich reichlich versorgt wurden, während ihnen eigentlich nur die Bewachung des Blockhauses und im Notfalle dessen Verteidigung oblag, hatten sie kein eigentliches Interesse, ihre jetzige Existenz gegen eine andere zu vertauschen.

Die Sklavenfrage, welche nur wenige Meilen von der Schwarzen Bucht so überaus lebhaft erörtert wurde, war nicht dazu angetan, die Leute zu erregen, die, wenn sie ihre Freiheit wiedererlangten, nicht einmal gewußt hätten, was sie damit anfangen sollten. Texar sicherte ihnen dagegen jetzt ihren Lebensunterhalt, und Squambo mißhandelte sie auch nicht, obgleich er der Mann dazu gewesen wäre, jedem den Kopf zu zerschmettern, der ihn zu erheben gewagt hätte. Ein solcher Gedanke lag ihnen indes ganz fern. Sie glichen fast Tieren und standen noch unter den Spürhunden, welche rings um die kleine Befestigung streiften; wenigstens ist es buchstäblich keine Übertreibung, zu sagen, daß sie an Intelligenz diese Vierfüßler nicht erreichten. Letztere kannten wirklich die Bucht nach allen Richtungen und durchschwammen leicht die vielfachen Wasseradern derselben. Sie durchspürten, geleitet von einem wahrhaft wunderbaren Instinkt, der sie niemals sich verirren ließ, ein Eiland nach dem anderen, und ihr Gebell tönte manchmal bis zum linken Ufer des Flusses hin. Immer aber kehrten sie mit Einbruch der Nacht nach dem Blockhause zurück. Kein Fahrzeug hätte in die Schwarze Bucht eindringen können, ohne durch diese furchtbaren Wächter angemeldet zu werden, und außer Texar und Squambo hätte niemand die Befestigung verlassen können, der nicht Gefahr laufen wollte, von diesen verwilderten Abkömmlingen der karibischen Rassehunde zerrissen zu werden.

Als Zermah erkannt hatte, einer wie scharfen Überwachung die ganze Umfriedigung unterlag, als sie sah, daß von denen, die sie selbst bewachten, eine Hilfe nicht zu erwarten war, hätte wohl jede andere, welche minder mutig, minder tatkräftig war, sich der Verzweiflung überlassen – sie tat das nicht. Entweder kam ihr Hilfe von außen, und in diesem Falle war eine solche nur von Burbank zu erwarten, der ja frei war, zu handeln, wie er wollte, oder von Mars, wenn der Mestize erfuhr, in welch trostloser Lage seine Frau sich hier befand.

Ging das nicht in Erfüllung, so mußte sie sich freilich bezüglich ihrer eigenen Rettung und der des Kindes nur auf sich selbst verlassen; und auch dann hoffte sie noch zum Ziele zu kommen.

Tief in dieser unwirtlichen Lagune gefangengehalten, sah sich Zermah nur von wild aussehenden Gestalten umgeben; dennoch glaubte sie zu bemerken, daß einer der Schwarzen, ein noch junger Mann, sie mit einem gewissen Mitleide zu betrachten schien, was ihr zuerst einen Schimmer von Hoffnung einflößte.

Dennoch schien es sehr zweifelhaft, ob sie sich ihm vertrauen, ihm die Lage von Camdleß-Bay beschreiben und ihn bestimmen könne, sich nach Castle-House zu begeben. Squambo bemerkte übrigens offenbar sehr zeitig diese Zeichen von Teilnahme seitens des Sklaven, denn letzterer wurde sofort von ihr entfernt gehalten, so daß Zermah ihn während ihrer Spaziergänge innerhalb der

Umfriedigung nicht mehr traf.

So vergingen mehrere Tage, ohne eine Änderung der Lage herbeizuführen.

Vom Morgen bis zum Abend genossen Zermah und Dy unbeschränkte Freiheit, sich nach Belieben zu bewegen; in der Nacht hätten sie, obwohl Squambo ihr Zimmer nicht eigentlich verschloß, aus dem Innenraume doch nicht entweichen können. Der Indianer sprach niemals mit ihnen, und auch Zermah hatte darauf verzichten gelernt, eine Frage an ihn zu richten. Er verließ das Eiland keinen Augenblick.

Man fühlte hier sozusagen jede Minute überwacht zu sein, und Zermahs Sorgen wandten sich deshalb ausschließlich dem Kinde zu, das unaufhörlich nach einem Wiedersehen mit seiner Mutter verlangte.

»Sie wird schon kommen . . .!« antwortete Zermah. »Ich habe von ihr Nachricht erhalten . . . Dein Vater kommt dann auch mit, mein Schatz, und Miß Alice ebenfalls . . .«

Doch wenn sie eine solche Antwort gegeben hatte, wußte das arme Geschöpf nicht mehr, was sie weitererfinden sollte.

Dann bemühte sie sich nun, das kleine Mädchen, das einen für ihr Alter erstaunlichen Verstand erkennen ließ, passend zu zerstreuen.

Der 4., 5. und 6. März waren in dieser Weise vergangen. Obgleich Zermah fortwährend lauschte, ob ein entfernter Kanonendonner vielleicht das Eintreffen der föderierten Flottille auf den Gewässern des Saint-John verkündete, drang doch niemals das geringste Geräusch bis zu ihr. Die ganze Schwarze Bucht blieb in tiefes Schweigen gehüllt, woraus sich schließen ließ, daß die Soldaten der Union sich Florida noch nicht unterworfen haben konnten. Das beunruhigte die Mestizin im höchsten Grade; denn wenn James Burbank und den Seinigen die Umstände vielleicht nicht gestatteten, selbst handelnd aufzutreten, so konnte sie doch wenigstens auf das Eingreifen Gilberts und ihres Mannes Mars rechnen. Wenn deren Kanonenboote den Fluß einmal beherrschten, so würden jene die Ufer desselben durchsucht haben und sicherlich auch bis zu diesem Eilande vorgedrungen sein, selbst wenn sie niemand aus Camdleß-Bay von den letzten Ereignissen unterrichtet hatte. Aber nichts deutete auf einen Kampf auf den Gewässern des Flusses hin.

Auffallend mußte es auch erscheinen, daß sich der Spanier noch nicht ein einziges Mal in der Befestigung weder am Tage noch in der Nacht gezeigt hatte. Zermah wenigstens hatte nichts bemerkt, was darauf hingedeutet hätte. Übrigens schlummerte sie so gut wie niemals, und während aller dieser langen Stunden qualvoller Schlaflosigkeit lauschte sie gespannt auf jeden Laut – bis jetzt aber immer vergebens.

Und doch, was hätte sie tun können, wenn Texar auch nach der Schwarzen Bucht gekommen wäre und sie vor sich gerufen hätte? Auf ihre Bitten, ihre Drohungen würde er doch nicht gehört haben, und so war die Anwesenheit des Spaniers vielleicht noch mehr zu fürchten als sein Fernbleiben.

Zum tausendsten Male überdachte Zermah alles das am Abend des 6. März.

Es mochte gegen elf Uhr sein. Die kleine Dy lag in kindlich friedlichem Schlummer.

Im Zimmer, das ihnen als Aufenthalt diente, herrschte die tiefste Finsternis. Kein Laut von außen drang herein, außer zuweilen das Pfeifen des Windes durch die halbverfallene Planke des Blockhauses.

In diesem Augenblicke glaubte die Mestizin im Mittelraume Schritte zu vernehmen. Zuerst setzte sie voraus, es werde der Indianer sein, der sein Zimmer aufsuchte, das dem ihrigen gegenüber lag, nachdem er seinen Rundgang um die Palisade gemacht hatte.

Da hörte Zermah aber auch einzelne Worte, welche

zwischen zwei Personen gewechselt wurden. Sie näherte sich der Türe, legte das Ohr an und erkannte die Stimme Squambos und gleich darauf die Texars.

Ein kalter Schauer überlief sie bei dem Gedanken, was der Spanier wohl um diese Stunde in der kleinen Befestigung vorhabe und ob es sich nicht um einen neuen Gewaltstreich gegen sie und das Kind handle. Vielleicht sollten sie aus ihrem Zimmer geholt und an einen noch weniger bekannten und noch unzugänglicheren Ort als hier, im Hintergrunde der Schwarzen Bucht, geschleppt werden.

Alle diese Vermutungen schwirrten Zermah in einem Augenblick durch den Kopf.

Sofort aber gewann ihre Entschlossenheit wieder die Oberhand und, das Ohr fest an die Tür gedrückt, lauschte sie dem Gespräch.

»Nichts Neues?« fragte Texar.

»Nichts, Herr«, erwiderte Squambo.

»Und Zermah?«

»Ich habe auf ihre Fragen keine Antwort gegeben.«

»Sind seit dem Vorfalle auf Camdleß-Bay schon Versuche gemacht worden, bis zu ihr vorzudringen?«

»Ja, aber stets ohne Erfolg.«

Aus dieser Antwort entnahm Zermah, daß doch jemand nach ihnen gesucht haben müsse. Aber wer?

»Wie hast du das erfahren?« fragte Texar weiter.

»Ich habe mich wiederholt bis zum Ufer des Saint-John selbst begeben«, erklärte der Indianer, »und habe dort vor wenigen Tagen ein Boot bemerkt, das vor der Öffnung der Schwarzen Bucht kreuzte. Es ist sogar so weit gekommen, daß zwei Männer auf einem der Holme am Ufer ans Land gingen.«

»Wer waren diese beiden?«

»James Burbank und Walter Stannard.«

Zermah konnte kaum ihre innere Erregung zurückdrängen. James Burbank und Walter Stannard waren es gewesen! Die Verteidiger des Castle-House hatten also bei jenem Angriffe auf die Ansiedlung nicht alle den Tod gefunden. Und wenn sie Nachforschungen anstellten, so mußten sie auch von der Entführung der Mestizin und des Kindes wissen. Wußten sie endlich davon, so mußten es Frau Burbank und Alice ihnen haben mitteilen können; diese beiden lebten also ebenfalls; beide hatten nach dem Castle-House zurückkehren können, nachdem sie den letzten von Zermah ausgestoßenen Schrei vernommen, mit dem sie gegen Texar um Hilfe rief. – James Burbank war also von dem unterrichtet, was vorgefallen war; er kannte den Namen des frechen Räubers; vielleicht mutmaßte er sogar, nach welchem geheimen Verstecke jener seine Opfer gebracht hatte, und dann konnte es gar nicht fehlen, daß er endlich einmal bis zu ihnen gelangte.

Diese Kette von Tatsachen knüpfte sich augenblicklich in Zermahs Geiste und erfüllte sie mit der frohesten Hoffnung – eine Hoffnung, die ihr freilich in derselben Minute geraubt werden sollte, als sie den Spanier antworten hörte:

»O sie mögen nur suchen, finden werden sie doch nichts! Im übrigen wird James Burbank binnen wenigen Tagen nicht weiter zu fürchten sein!«

Was diese Worte bedeuten sollten, konnte die Mestizin nicht verstehen; jedenfalls enthielten sie, ausgesprochen von dem Manne, dem jetzt der sogenannte Bürgerausschuß von Jacksonville gehorchte, eine ernste Bedrohung.

»Und nun, Squambo, brauch' ich dich für eine Stunde«, fuhr der Spanier fort.

»Ich stehe zu Eurem Befehl, Herr.«

»Folge mir!«

Gleich darauf hatten sich beide nach dem Zimmer zurückgezogen, das der Indianer gewöhnlch einnahm.

Was wollten sie da beginnen? Handelte es sich vielleicht um ein Geheimnis, aus dem Zermah Nutzen ziehen konnte?

In ihrer Lage durfte sie nichts vernachlässigen, was ihr irgendwie von Vorteil sein konnte.

Wir wissen schon, daß ihre Zimmertür nicht verschlossen war, nicht einmal während der Nacht. Diese Vorsicht wäre überflüssig gewesen, weil der Mittelraum von innen sicher verwahrt war und Squambo den Schlüssel stets bei sich trug. Es war also unter solchen Verhältnissen untunlich, das Blockhaus zu verlassen und eine Flucht zu versuchen.

Zermah konnte also die Tür ihres Zimmers öffnen und mit verhaltenem Atem hinaustreten.

Rings dichte Finsternis; nur aus dem Zimmer des Indianers drang ein leise zitternder Lichtschein heraus.

Zermah näherte sich der Tür und lugte durch die nicht ganz dicht aneinanderschließenden Bretter derselben.

Was sie da erblickte, war seltsam genug und erschien ihr das noch mehr, da sie den Grund dazu nicht zu begreifen vermochte.

Obgleich der Raum nur durch einen qualmenden Kerzenstumpf erhellt war, genügte das wenige Licht doch dem mit einer ziemlich feinen Arbeit beschäftigten Indianer.

Texar saß nämlich vor ihm; das Lederjackett hatte er ausgezogen, und sein linker Arm lag entblößt auf einem kleinen Tische, so daß diesen der Lichtschein möglichst voll traf. Auf der inneren Seite seines Vorderarmes lag ein von feinen Löchern durchbohrtes Papier von merkwürdiger Form. Squambo stach dann mit feiner Nadel in die Haut an den durch die Löcher bezeichneten Stellen – kurz, der Indianer nahm eine Tätowierung vor –, eine Operation, zu der ihm als Seminolen die nötige Übung gewiß nicht fehlte. Und in der Tat führte er dieselbe mit ebensolcher Geschicklichkeit als leichter Hand so aus, daß nur die Oberhaut von der Nadel getroffen wurde, ohne daß der Spanier dabei den mindesten Schmerz empfand.

Nach Vollendung dieses ersten Teiles seines Werkes nahm Squambo das Papier – die Schablone – weg; dann ergriff er einige Blätter einer von Texar selbst mitgebrachten Pflanze und rieb den Vorderarm seines Herrn damit tüchtig ein.

Der in die Nadelstiche eindringende Saft dieser Pflanze erregte dem Spanier doch ein schmerzhaftes Zukken, obwohl dieser nicht der Mann dazu war, sich wegen solcher Kleinigkeiten zu beklagen.

Hierauf rieb Squambo den tätowierten Arm noch mit einer Art Harz ein. Sofort trat auf dem Vorderarm Texars eine deutliche rötliche Zeichnung hervor.

Die Linien derselben entsprachen vollständig den Nadelstichen in dem verwendeten Papiermuster – der Abklatsch war vorzüglich gelungen zu nennen. Er bestand im wesentlichen aus einer Reihe sich durchkreuzender Linien, welche eine symbolische Figur aus der Glaubenslehre der Seminolen darstellten.

Diese Zeichnung konnte von dem Arme, auf dem Squambo sie eben angebracht hatte, niemals wieder verschwinden.

Zermah hatte alles gesehen, aber, wie gesagt, den Grund dieser Vornahme nicht begriffen.

Welches Interesse konnte auch Texar haben, sich mit einer Tätowierung versehen zu lassen. Warum dieses »besondere Kennzeichen« – um ein Wort aus der auf Pässen üblichen Redeweise zu entlehnen? Wollte er gar für einen Indianer gelten? Dazu hätte weder seine Hautfarbe noch seine ganze äußere Erscheinung gepaßt. Oder sollte man diese Marke vielleicht in irgendeine Verbindung setzen mit der, welche einigen floridischen Reisenden beigebracht worden war, als diese im Westen der Grafschaft in die Hände einer Seminolen-Bande fielen? Wollte Texar sich etwa nur die Möglichkeit eines abermaligen Alibibeweises sichern, durch den er sich bisher immer aus mancher peinlichen Lage zu ziehen verstanden hatte?

Vielleicht war das Ganze eines der mit seinem Leben verknüpften Geheimnisse, welche erst die spätere Zukunft entschleiern sollte.

Zermah trat dabei aber auch noch eine andere Frage vor Augen.

War der Spanier wirklich nur nach dem Blockhaus gekommen, um sich der Geschicklichkeit Squambos im Tätowieren zu bedienen? Würde er nach Vollendung dieser Operation die Schwarze Bucht wieder verlassen, um nach dem Norden Floridas und zweifelsohne nach Jacksonville zurückzukehren, wo seine Parteigänger jetzt noch die Herren waren? Oder ging seine Absicht dahin, bis zum nächsten Tage im Blockhause zu verbleiben, dann die Mestizin zu sich zu bescheiden und vielleicht bezüglich seiner beiden Gefangenen eine neuen Entschluß zu fassen?

In dieser Hinsicht sollte Zermah sehr schnell beruhigt werden. In dem Augenblicke, als der Spanier sich erhob, um den inneren größeren Raum zu betrachten, war sie eiligst wieder nach ihrem Zimmer geflüchtet.

Da vernahm sie, an der Tür lehnend, die wenigen Worte, welche noch zwischen dem Indianer und seinem Herrn gewechselt wurden.

»Passe mir noch schärfer auf als je«, sagte Texar.

»Gewiß«, versicherte Squambo. »Wenn uns James Burbank aber in der Schwarzen Bucht selbst zu sehr auf den Fersen wäre . . .«

»Ich wiederhole dir, daß James Burbank nach wenigen Tagen überhaupt nicht mehr zu fürchten sein wird. Sollte jener Fall unerwarteterweise eintreten, so wißt ihr ja, wohin die Mestizin mit dem Kinde zu schaffen ist . . . Dahin, wo nur ich dich wiederfinde.«

»Jawohl, Herr«, antwortete Squambo, »denn es ist auch die Möglichkeit vorzusehen, daß Gilbert, der Sohn

James Burbanks, und Mars, der Mann Zermahs ...«

»Binnen achtundvierzig Stunden sind sie in meiner Gewalt«, unterbrach ihn Texar; »und wenn ich sie einmal habe ...«

Zermah konnte das Ende dieser für ihren Mann wie für Gilbert so bedrohlichen Phrase nicht mehr verstehen.

Texar und Squambo verließen die kleine Festung, deren Tor sich hinter ihnen schloß.

Wenige Minuten später verließ das von dem Indianer geführte Skiff das Eiland, wandte sich durch die düsteren Strömungen der Lagune und traf dann mit einem Boote zusammen, das den Spanier an der Öffnung der Bucht im Saint-John erwartete. Nachdem er dem Indianer nochmals die größte Aufmerksamkeit empfohlen, schied der Spanier von diesem und fuhr, von der Ebbe unterstützt, rasch in der Richtung nach Jacksonville hinunter.

Hier traf er mit dem Tagesgrauen und noch rechtzeitig ein, um seine geheimen Pläne zur Ausführung zu bringen. In der Tat verschwand wenige Tage später Mars unter den Fluten des Saint-John, und Gilbert Burbank war unter seiner Mitwirkung zum Tode verurteilt worden.

Drittes Kapitel

Am Vorabend

Es war am Morgen des 11. März, als Gilbert Burbank durch den Bürgerausschuß in Jacksonville verurteilt wurde, und noch am nämlichen Tage fand auch die Verhaftung seines Vaters auf Befehl des genannten Ausschusses statt. Am zweiten Tage sollte der junge Mann durch Pulver und Blei hingerichtet werden und James Burbank, unter der Anklage der Mitschuld zur nämlichen Strafe bedroht, ihm jedenfalls nachfolgen.

Wir wissen, daß Texar den Bürgerausschuß vollständig in seiner Hand hatte, daß nur sein Wille es war, der die Gesetze jetzt machte.

Die Hinrichtung des Vaters und des Sohnes bildete dann gewiß nur das Vorspiel blutiger Schandtaten, welche die ärmere weiße Bevölkerung unter Unterstützung des Pöbels gegen die nordstaatlich gesinnten Bewohner von Florida und gegen diejenigen verüben würde, welche ihre Anschauungen bezüglich der Sklavenfrage nicht teilten. Wieviel persönliche Rache wurde nicht unter dem Deckmantel des Bürgerkrieges rücksichtslos gestillt! Nur die Anwesenheit der föderierten Truppen hätte dem Einhalt tun können; aber es schien leider ganz unbestimmt, ob dieselben überhaupt kämen, und noch mehr, ob sie eher kämen, ehe die ersten Opfer seiner Rache dem Hasse des Spaniers dargebracht worden waren.

Wie gesagt, war das leider nicht zu erwarten.

Da diese unbegreifliche Verzögerung eintrat, kann man sich leicht vorstellen, welche Angst die Bewohner des Castle-House auszustehen hatten.

Allem Anscheine nach mußte man annehmen, daß der Plan, den Saint-John hinaufzusegeln, von dem Kommandanten Stevens ganz aufgegeben sei. Die Kanonenboote machten keinerlei Anstalt, ihren Ankerplatz zu verlassen, und wahrscheinlich wagten sie jetzt, wo Mars nicht mehr da war, sie zu führen, nicht, die Barre des Flusses zu überschreiten und in die gefährliche Wasserstraße ohne Lotsen einzufahren. Sollten sie wirklich darauf verzichten, Jacksonville zu unterwerfen und mit der Einnahme dieser Stadt die Sicherheit der Ansiedlungen stromaufwärts des Saint-John zu gewährleisten?

Doch welch neue kriegerische Ereignisse konnten den Kommodore Dupont wohl veranlaßt haben, seine Pläne zu ändern?

Das fragten sich Mr. Stannard und der Oberverwalter Perry während dieses ihnen fast endlos erscheinenden 12.

März.

An demselben Tage gingen nämlich in demjenigen Teile von Florida, der zwischen dem Flusse und dem Meere liegt, ziemlich bestimmt auftretende Gerüchte, nach denen alle Maßnahmen der Föderierten sich hauptsächlich nur auf das Uferland zu richten schienen. Der Kommodore Dupont, der sich auf dem »Wasbah« befand und dem die stärksten Kanonenboote seines Geschwaders folgten, war in die Bai von Saint-Augustine eingelaufen. Man sagte selbst, die Milizen träfen schon Anstalt, die Stadt zu verlassen und das Fort Marion ebensowenig zu verteidigen, wie das Fort Clinch nach der Übergabe von Fernandina verteidigt worden war.

So lauteten wenigstens die Neuigkeiten, welche der Verwalter im Laufe des Morgens nach dem Castle-House mitbrachte. Dieselben wurden sofort Mr. Stannard und Edward Carrol mitgeteilt, den seine noch nicht ganz vernarbte Wunde vorläufig noch zwang, auf einem Diwan in der Vorhalle still liegenzubleiben.

»Die Bundestruppen in Saint-Augustine!« rief der letztere. »Und warum gehen sie nicht nach Jacksonville?«

»Vielleicht beabsichtigen sie nur, den Fluß nach seiner Mündung zu abzusperren, ohne von demselben weiter Besitz zu nehmen«, antwortete Mr. Perry.

»James und Gilbert sind verloren, wenn Jacksonville in den Händen Texars bleibt!« sagte Mr. Stannard.

»Könnte ich«, meldete sich Perry, »mich nicht aufmachen, um dem Kommodore Dupont die Meldung zu bringen, in welcher Gefahr Herr Burbank und sein Sohn schweben?«

»Sie würden einen ganzen Tag brauchen, um nach Saint-Augustine zu gelangen«, meinte Mr. Carrol, »vorausgesetzt, daß Sie unterwegs nicht von den auf der Flucht befindlichen Milizen aufgehalten werden. Und ehe es ferner dem Kommodore Dupont nur möglich gewesen wäre, Stevens den Befehl, Jacksonville zu nehmen, zukommen zu lassen, müßte viel Zeit vergehen. Und dann ... die Barre ... diese unglückselige Barre des Flusses –! Wenn die Kanonenboote dieselbe nicht überschreiten können, wie könnte unser armer Gilbert, der schon morgen den Tod erleiden soll, gerettet werden? – Nein! Nicht nach Saint-Augustine gilt es jetzt zu gehen, sondern gleich nach Jacksonville selbst! ... An den Kommodore Dupont haben wir uns nicht zu wenden, sondern an Texar! ...«

»Herr Carrol hat recht, lieber Vater ... und ich werde gehen!« erklärte Miß Alice, welche nur die letzten von Mr. Carrol ausgesprochenen Worte gehört hatte.

Das mutige junge Mädchen war entschlossen, alles zu versuchen, allem zu trotzen zum Heile des unglücklichen Gilbert.

Als James Burbank am Vorabende Camdleß-Bay verließ, hatte er ganz besonders dringend empfohlen, daß seiner Gattin sein Aufbruch nach Jacksonville nicht verraten werden solle. Es kam ihm darauf an, ihr zu verheimlichen, daß jener Bürgerausschuß einen Haftbefehl gegen ihn erlassen hatte. Frau Burbank wußte also davon nichts, ebensowenig wie von dem Schicksale ihres Sohnes, den sie längst wieder an Bord der Flottille wähnte. Wie hätte das arme Weib auch den doppelten Schlag, der sie zu treffen drohte, überstehen sollen? Ihr Gatte in der Gewalt Texars, ihr Sohn am Vorabend seines Todes! Das hätte sie nimmermehr überlebt. Als sie ihren Mann zu sehen gewünscht hatte, begnügte sich Miß Alice zu antworten, daß er aus dem Castle-House fortgegangen sei, um neue Nachforschungen wegen Dys und Zermahs anzustellen, und daß seine Abwesenheit wohl achtundvierzig Stunden dauern könne. Frau Burbanks Gedanken weilten übrigens stets nur bei ihrem verschollenen Kinde – schon dieser Verlust war zuviel, als daß sie ihn in dem Zustande, in dem sie sich befand, lange hätte ertragen können.

Alice wußte übrigens selbst recht wohl, was James und Gilbert Burbank drohte. Es war ihr bekannt, daß der junge Offizier am nächsten Tage erschossen werden sollte und daß dasselbe Schicksal seinem Vater bevorstand ... Und deshalb entschlossen, Texar aufzusuchen, richtete sie an Mr. Carrol die Bitte, sie nach der anderen Seite des Flusses übersetzen zu lassen.

»Du ... Alice ... nach Jacksonville!« rief Mr. Stannard.

»Es muß sein, mein Vater!«

Das sehr natürliche Zögern Mr. Stannards wich jetzt plötzlich der erkannten Notwendigkeit, ohne Verzug zu handeln. Wenn Gilbert gerettet werden konnte, so war das nur durch den Schritt möglich, den Miß Alice eben wagen wollte. Vielleicht gelang es ihr, wenn sie sich Texar zu Füßen warf, diesen noch zu erweichen; vielleicht erlangte sie wenigstens noch einen Aufschub der Exekution; vielleicht endlich fand sie gar Unterstützung seitens der besser denkenden Einwohner, welche die eigene Verzweiflung trieb, sich gegen die unleidliche Tyrannei des Bürgerausschusses aufzulehnen. Man mußte also, selbst auf die schlimmste Gefahr hin, nach Jacksonville gehen.

»Perry«, sagte das junge Mädchen, »wird mich nach der Wohnung des Herrn Harvey führen können.«

»Ich bin jeden Augenblick bereit«, versicherte der Verwalter.

»Nein, Alice, ich selbst werde dich begleiten«, erklärte da Mr. Stannard. »Ja ... ich! ... Brechen wir auf ...«

»Sie, Stannard ...?« rief Edward Carrol ... »Sie setzen sich damit allem aus ... Ihre Ansichten sind allzu bekannt ...«

»Was tut das!« erwiderte Mr. Stannard. »Ich werde meine Tochter nicht ohne mich unter diese rohen Burschen gehen lassen. Perry mag im Castle-House bleiben, Edward, da Sie selbst noch nicht gehen können, denn wir dürfen nicht vergessen, daß auch wir zurückgehalten werden könnten.«

»Und wenn Frau Burbank nach Ihnen fragt«, warf Edward Carrol ein, »wenn sie nach Miß Alice verlangt, was soll ich ihr dann antworten?«

»So sagen Sie ihr, wir hätten uns James angeschlossen, den wir bei seinen Nachsuchungen auf dem anderen Flußufer begleiteten ... Sagen Sie, wenn es nötig wäre, sogar, wir hätten uns nach Jacksonville begeben müssen ... überhaupt alles Beliebige, um sie zu beruhigen, aber nichts, was sie mutmaßen lassen könnte, daß ihr Gatte und ihr Sohn jetzt in schlimmster Gefahr schweben ... Perry, lassen Sie ein Boot zurechtmachen!«

Der Verwalter zog sich sofort zurück und überließ es Mr. Stannard, die weiteren Vorbereitungen zur Fahrt selbst zu treffen.

Immerhin erschien es ratsamer, daß Miß Alice das Castle-House nicht verließ, ohne Frau Burbank selbst mitzuteilen, daß sie und ihr Vater sich nach Jacksonville begeben mußten. Im Notfalle durfte sie nicht zögern, zu sagen, daß Texars Partei daselbst gestürzt worden sei ... daß die Föderierten die Herren des Flußlaufes seien ... daß Gilbert morgen in Castle-House eintreffen werde ...

Doch würde das junge Mädchen auch die Kraft haben, dabei nicht zu zittern, würde ihre Stimme sie nicht verraten, wenn sie angeblich Tatsachen aussprach, deren Verwirklichung jetzt doch so gut wie unmöglich schien?

Als sie das Zimmer der Kranken betrat, schlief Frau Burbank, oder sie lag vielmehr, versenkt in eine Art schmerzlicher Betäubung, in einem tiefen Torpor, aus dem sie zu erwecken Miß Alice nicht den Mut hatte. Vielleicht war es auch besser, daß das junge Mädchen hierdurch der Aufgabe, sie durch ihre Worte zu beruhigen, enthoben wurde.

Eine der in der Wohnung beschäftigten Frauen wachte neben dem Bette. Miß Alice empfahl ihr dringend, keinen Augenblick von hier zu weichen und sich wegen einer Antwort auf die Fragen, welche Frau Burbank an sie stellen könnte, an Mr. Carrol zu wenden. Dann neigte sie sich über die Stirne der unglücklichen Mutter, berührte diese mit den Lippen und entfernte sich aus dem Zimmer, ihren Vater wiederaufzusuchen.

Als sie dessen ansichtig wurde, rief sie:

»Jetzt, mein Vater, wollen wir aufbrechen!«

Beide traten aus der Vorhalle, nachdem sie Edward Carrol noch warm die Hand gedrückt hatten.

In der Mitte der Bambusallee, welche nach dem kleinen Hafen führte, begegneten sie dem Oberverwalter.

»Das Boot ist bereit«, sagte Perry.

»Gut«, antwortete Mr. Stannard. »Nun sorgen Sie nach besten Kräften für das Castle-House, lieber Freund.«

»Fürchten Sie nichts, Herr Stannard; unsere Schwarzen kehren schon nach und nach zur Ansiedlung zurück, das liegt auf der Hand. Was sollten sie auch mit einer Freiheit, zu der sie doch nicht geboren sind? Führen Sie uns nur Herrn Burbank zurück, und er wird sie alle wieder an ihrer Stelle finden!«

Mr. Stannard und seine Tochter nahmen nun in dem von vier Leuten aus Camdleß-Bay geruderten Boote Platz. Das Segel wurde gehißt, und unter schwachem östlichen Winde fuhr man ab. Die Landungsbrücke war bald hinter der Spitze, welche von der Pflanzung aus nach Nodwesten auslief, verschwunden.

Mr. Stannard hatte nicht die Absicht, im Hafen von Jacksonville selbst, wo er unfehlbar erkannt worden wäre, ans Land zu gehen. Es erschien ihm ratsamer, in einem kleinen Uferausschnitt, ein wenig oberhalb desselben, zu landen. Von hier würde es auch leichter sein, die Wohnung des Mr. Harvey, welche nach dieser Seite hin und am Ende der Vorstadt lag, ungehindert zu erreichen, dann wollte man sich, je nachdem die Umstände es forderten, bezüglich der weiter zu tuenden Schritte entscheiden.

Der Fluß war zu dieser Stunde ganz unbelebt, und nichts sah man stromaufwärts, von wo die aus Saint-Augustine vertriebenen und nach dem Süden hin geflohenen Milizen hätten kommen können – nichts auch stromabwärts. Zwischen den floridischen Fahrzeugen und den Kanonenbooten des Kommandanten Stevens war es also noch zu keinem Scharmützel gekommen. Man konnte nicht einmal deren Absperrungslinie sehen, da eine Biegung des Saint-John den Horizont unterhalb Jacksonvilles abschloß.

Nach ziemlich schneller, durch Rückenwind begünstigter Überfahrt erreichten Mr. Stannard und seine Tochter das linke Ufer. Ohne bemerkt zu werden, konnten beide im Grunde jenes übrigens unbewachten Einschnittes landen, und schon nach wenigen Minuten befanden sie sich im Hause des Geschäftsfreundes James Burbanks.

Dieser war gleichzeitig sehr erstaunt und sehr beunruhigt, sie hier zu sehen. Ihre Anwesenheit inmitten des hiesigen, aufs höchste erregten und Texar gedankenlos ergebenen Pöbels erschien wirklich gefährlich. Die Leute wußten ja recht gut, daß Mr. Stannard die auf Camdleß-Bay herrschenden, der Sklaverei feindlichen Anschauungen vollständig teilte. Die Plünderung seiner eigenen Wohnung in Jacksonville konnte ihm schon als Warnung und Zeichen dienen, wessen er sich gegebenenfalls zu versehen hatte.

Unzweifelhaft setzte er sich persönlich den größten Gefahren aus. Das Geringste, was ihm, sobald er erkannt wurde, widerfahren konnte, war eine unmittelbare Einsperrung als Mitschuldiger James Burbanks.

»Wir müssen Gilbert retten . . .!« weiter vermochte Miß Alice auf Mr. Harveys Einwendungen nichts zu antworten.

»Jawohl«, meinte dieser, »das muß gewiß versucht werden, nur soll Herr Stannard sich nicht auf der Straße zeigen! . . . Er mag hier verborgen bleiben, während wir handeln.«

»Wird man mich in das Gefängnis einlassen?« fragte das junge Mädchen.

»Ich glaub' es nicht, Miß Alice.«

»Oder kann ich bis zu Texar vordringen?«

»Wir wollen's versuchen.«

»Sie wünschen also nicht, daß ich Sie begleite?« fragte Mr. Stannard, der das gerne getan hätte.

»Nein, damit würden alle unsere Schritte bei Texar und bei dem Bürgerausschuß nur weiter erschwert und jedenfalls erfolglos werden.«

»So kommen Sie also, Herr Harvey«, drängte Miß Alice.

Bevor er die beiden jedoch gehen ließ, wollte Mr. Stannard wenigstens erfahren, ob nicht neue Nachrichten vom Kriege eingetroffen wären, von denen in Camdleß-Bay vielleicht noch nichts verlautet hätte.

»Keine«, berichtete Mr. Harvey, »wenigstens soweit solche Jacksonville betreffen. Die föderierte Flottille ist in der Bai von Saint-Augustine erschienen, und die Stadt hat sich ergeben. Was den Saint-John angeht, so ist keinerlei Bewegung gemeldet worden. Die Kanonenboote liegen noch immer unterhalb der Barre vor Anker.«

»Es fehlt ihnen also auch jetzt noch das Wasser, um über dieselbe wegkommen zu können?«

»Ja, Herr Stannard; heute aber werden wir hohe Äquinoktialflut haben. Gegen drei Uhr muß das Meer seinen höchsten Stand einnehmen, und vielleicht können dann die Kanonenboote die Einfahrt unternehmen . . .«

»Unternehmen ohne Lotsen, jetzt, wo Mars nicht mehr da ist, sie durch die ihnen so gut wie unbekannte Wasserstraße zu führen!« erwiderte Miß Alice in einem Tone, der allen bewies, daß sie sich an eine solche Hoffnung nicht mehr zu klammern wagte. »Nein ... das ist unmöglich! ... Herr Harvey, ich muß Texar sehen und sprechen, und wenn er mich zurückweist, müssen wir alles daran setzen, Gilbert aus dem Kerker zu befreien.«

»Das werden wir auch tun, Miß Alice.«

»Die allgemeine Stimmung hat sich in Jacksonville verändert?« fragte Mr. Stannard.

»Nein«, erwiderte Mr. Harvey. »Die Schurken sind hier noch immer die Herren, und Texar beherrscht sie. Gegenüber den Willkürlichkeiten und den Bedrohungen des sogenannten Bürgerausschusses zittern die besseren Leute sozusagen vor Entrüstung. Es bedürfte nur einer Bewegung der Föderierten auf dem Flusse, um den Zustand der Dinge zu ändern. Dieser freche Pöbel ist im Grunde entsetzlich feig. Wenn er sich erst zu fürchten beginnt, ist es um Texar und seine Spießgesellen geschehen ... Ich hoffe noch immer, der Kommandant Stevens wird die Barre übersegeln können ...!«

»Darauf können und dürfen wir nicht warten«, bemerkte Miß Alice, »und ehe das geschieht, muß ich Texar gesehen haben!«

Es wurde also ausgemacht, daß Mr. Stannard in der Wohnung bleiben sollte, damit zunächst niemand von dessen Anwesenheit in Jacksonville etwas erführe. Mr. Harvey war bereit, dem jungen Mädchen bei allen zu unternehmenden Schritten seine Unterstützung zuteil werden zu lassen, obwohl an einen Erfolg derselben kaum zu glauben war. Wenn Texar ihr die Begnadigung abschlug, wenn Miß Alice nicht bis zu ihm vordringen konnte, so wollte man, selbst um den Preis eines ganzen Vermögens, die Befreiung des jungen Offiziers und seines Vaters zu erlangen suchen.

Es war gegen elf Uhr, als Miß Alice und Mr. Harvey dessen Wohnung verließen und sich nach dem Court-Justice begaben, wo der Bürgerausschuß unter dem Vorsitze Texars jetzt unausgesetzt versammelt blieb.

In der Stadt herrschte noch immer große Bewegung. Da und dort zogen Milizen vorüber, verstärkt durch einzelne Abteilungen, welche aus anderen Ländern des Südens hierhergeströmt waren. Im Laufe des Tages erwartete man noch diejenigen, welche die Übergabe von Saint-Augustine außer Dienst setzte, ob diese nun direkt auf dem Saint-John kamen oder einen Weg durch die Wälder des rechten Ufers einschlugen, um den Fluß erst in der Nähe von Jacksonville zu überschreiten. Taused Neuigkeiten schwirrten durch die Luft und – widersprachen sich wie gewöhnlich, was wiederum einen neuen Tumult hervorrief. Man erkannte übrigens leicht genug, daß, im Fall die Föderierten nur in Sicht des Hafens erschienen, von keiner einheitlichen Verteidigung die Rede sein könne. An ernsthaften Widerstand war sonach gar nicht zu denken. Wenn sich neun Tage vorher Fernandina den ausgeschifften Truppen des Generals Voight ergeben hatte, wenn Saint-Augustine das Geschwader des Kommodore Dupont empfangen hatte ohne nur einen Versuch, ihm die Einfahrt zu verweigern, konnte man voraussehen, daß es sich in Jacksonville nicht anders gestalten würde. Die konföderalistischen Milizen würden sich, indem sie den Platz den nordstaatlichen Truppen überließen, einfach tief ins Innere der Grafschaft zurückziehen. Ein einziger Umstand nur konnte Jacksonville vor der Einnahme retten, die Machtvollkommenheiten des Bürgerausschusses verlängern und die Ausführung der blutigen Beschlüsse desselben möglich machen – nämlich der, daß die Kanonenboote aus irgendeinem Grunde – sei es wegen Mangels an Wasser oder wegen des Fehlens eines Lotsen – die Barre des Flusses nicht überschreiten konnten. Übrigens handelte es sich ja nur um wenige Stunden, dann mußte diese Frage gelöst sein.

Inzwischen begaben sich, mitten in einer sich immer dichter zusammendrängenden Volksmenge, Miß Alice und Mr. Harvey nach dem öffentlichen Platze. Wie sie es freilich beginnen sollten, um in den Saal des Court-Justice zu gelangen, davon hatten sie zunächst keine Vorstellung. Vielleicht entzog sich auch Texar, wenn er vernahm, daß Alice Stannard vor ihm zu erscheinen verlangte, einer unbequemen Frage einfach auf die Weise, daß er das junge Mädchen verhaften und bis nach der Hinrichtung des jungen Lieutenants einsperren ließ. Das mutige Mädchen wollte jedoch von allen solchen Möglichkeiten nichts wissen. Keine persönliche Gefahr hätte sie von ihrem Vorhaben abwenden können, bis zu Texar vorzudringen und ihm die Begnadigung Gilberts abzunötigen.

Als Mr. Harvey und sie den Platz erreicht hatten, fanden sie hier einen Haufen Pöbel, der womöglich noch toller lärmte. Wildes Geschrei erschütterte die Luft. Von allen Seiten tönten wütende Rufe und schreckliche Flüche von einer Gruppe zur anderen, doch immer brüllten alle einstimmig: »Zum Tode! Zum Tode!«

Mr. Harvey erfuhr auf seine Erkundigungen, daß der Ausschuß seit einer Stunde zu einer Sitzung beisammen sei. Ein peinliches Vorgefühl ergriff ihn, eine Ahnung, welche nur zu sehr in Erfüllung gehen sollte. In der Tat einigte sich der Ausschuß eben bezüglich des Urteils über James Burbank als Mitschuldigen seines Sohnes Gilbert, unter der Anschuldigung, ein Einverständnis mit der föderierten Armee unterhalten zu haben. Dasselbe Verbrechen erheischte natürlich dieselbe Strafe, die Krönung des Werkes seines Hasses, den Texar der Familie Burbank einmal geschworen hatte.

Mr. Harvey wollte für jetzt nicht weiter gehen. Er versuchte Alice mit sich fortzuziehen. Es erschien ihm unnötig, daß sie Zeugin der Gewalttätigkeiten sei, zu denen der Pöbel geneigt schien, wenn die Gefangenen nach Verkündigung des Urteiles den Court-Justice verließen. Das war auch gewiß nicht der geeignete Zeitpunkt zu einer

Fürsprache bei dem Spanier.

»Kommen Sie, Miß Alice«, sagte Mr. Harvey, »kommen Sie! – Wir kehren hierher zurück ... sobald der Bürgerausschuß ...«

»Nein«, erklärte Miß Alice, »ich will und werde mich zwischen die Verurteilten und deren Richter werfen ...«

Die Entschlossenheit des Mädchens war eine so große, daß Mr. Harvey daran verzweifelte, dieselbe zu erschüttern. Miß Alice drängte sich vorwärts, er mußte ihr wohl oder übel folgen. So dicht sich die Volksmenge – aus der sie einzelne gewiß erkannten – auch staute, öffnete sie sich doch vor ihrer Erscheinung, aber der Ruf »Zum Tode!« gellte nur noch schrecklicher in ihr Ohr. Nichts vermochte sie aufzuhalten, und so gelangte sie denn wirklich zuletzt bis zum Tore des Court-Justice.

Hier war die Menge nur noch aufgeregter, zeigte aber nicht die Aufregung nach dem Sturm, sondern die, die jenem vorherzugehen pflegt. Von deren Seite konnte man sich auf die schlimmsten Ausschreitungen gefaßt machen.

Plötzlich entstand eine lärmende Rückwärtsbewegung unter den Massen, und wild durcheinander strömten die Zuhörer aus dem Saale des Court-Justice heraus. Das Schreien und Heulen verdoppelte sich. Das Urteil war eben verkündigt worden.

James Burbank wie Gilbert waren des angeblich gleichen Verbrechens schuldig befunden und zur Hinrichtung verdammt worden; Vater und Sohn sollten von dem nämlichen Exekutionskommando fallen.

»Zum Tode mit ihnen ... zum Tode!« brüllte sinnlos die Menge. James Burbank erschien auf den obersten Stufen. Er war ruhig und völlig Herr seiner selbst. Ein Blick unsäglicher Verachtung – das war alles, was er für das Toben der Volksmasse hatte.

Eine Abteilung Miliz umringte ihn; sie hatte Befehl,

ihn nach dem Kerker zurückzuführen.

Er war nicht allein.

Gilbert ging an seiner Seite.

Aus der Zelle geholt, in der er die Stunde der Exekution erwartete, war der junge Offizier vor den Bürgerausschuß geschleppt worden, um James Burbank gegenübergestellt zu werden. Dieser konnte die Aussagen seines Sohnes nur in allen Stücken bestätigen und versicherte, daß derselbe nur nach dem Castle-House gekommen sei, um dort zum letzten Male seine sterbende Mutter zu sehen. Dieser unzweideutigen Bestätigung gegenüber hätte die Anklage gegen ihn eigentlich schon allein aufgehoben werden müssen, wenn der Ausgang der Untersuchung nicht schon vorher bestimmt gewesen wäre. So traf also dasselbe Urteil zwei Unschuldige – eine Verurteilung, welche nur durch persönlichen Haß herbeigeführt und von unwürdigen Richtern bestätigt wurde.

Die Menschenmenge stürzte inzwischen auf die Verurteilten zu, so daß es der Miliz nur mit Mühe gelang, diesen über den Platz vor dem Court-Justice Bahn zu brechen.

Da entstand eine eigentümliche Bewegung. Miß Alice hatte sich zu James und Gilbert Burbank hindurchgedrängt.

Unwillkürlich wich der über dieses unerwartete Dazwischentreten des jungen Mädchens erstaunte Pöbel ein wenig zurück.

»Alice . . .!«, rief Gilbert.

»Gilbert . . . Gilbert . . .!« schluchzte Alice Stannard, die in die Arme des jungen Offiziers fiel.

»Alice . . . warum bist du hier . . .?« sagte James Burbank.

»Um eure Begnadigung zu erflehen! Um eure Richter zu erweichen! . . . Gnade . . . Gnade für euch!«

Die Ausrufe des unglücklichen jungen Mädchens klangen wahrhaft herzzerreißend. Sie hing sich an die Kleider

der Verurteilten, die einen Augenblick stehengeblieben waren. Konnte sie denn von der sie umtobenden zügellosen Menge Mitleid erhoffen? Nein! Ihr Dazwischentreten hatte jedoch mindestens die Wirkung, jene in dem Augenblicke aufzuhalten, wo sie sich vielleicht, trotz der Milizen, zu Gewalttätigkeiten gegen die Gefangenen hinreißen ließ.

Dazu erschien auch Texar, von dem Vorgefallenen unterrichtet, eben auf der Schwelle des Court-Justice. Ein Zeichen von ihm beschwichtigte die stürmende Menge. Der von ihm wiederholte Befehl, daß James und Gilbert Burbank nach dem Gefängnisse zurückzuführen seien, wurde gehört und beachtet.

Die Milizabteilung setzte sich in Bewegung.

»Gnade . . .! Gnade . . .!« rief Miß Alice, die sich vor Texar auf die Knie geworfen hatte.

Der Spanier antwortete nur durch eine abwehrende Handbewegung.

Da erhob sich das junge Mädchen wieder.

»Elender!« donnerte sie ihn an.

Sie wollte sich wieder zu den Verurteilten gesellen, verlangte, ihnen wieder ins Gefängnis zu folgen, die letzten Stunden, die jene noch zu leben hatten, mit ihnen zu teilen . . .

Diese waren jedoch schon über den Platz hinaus, und die Volksmenge begleitete sie mit ihrem wüsten Geheul.

Das war mehr, als Miß Alice zu ertragen vermochte. Die Kräfte verließen sie. Sie wankte und stürzte zusammen. Als Mr. Harvey sie in seinen Armen auffing, hatte sie weder Empfindung noch Bewußtsein mehr.

Das junge Mädchen kam erst wieder zu sich, als sie schon in das Haus des Herrn Harvey und zu ihrem Vater geschafft worden war.

»Nach dem Gefängnis! Nach dem Gefängnis . . .!« murmelte sie schwach, »wir müssen beiden entweichen helfen . . .!«

»Ja«, antwortete Stannard, »etwas anderes können wir nicht mehr versuchen ... Doch dazu wollen wir die Nacht abwarten.«

In der Tat war auch während des Tages nichts zu tun. Wenn die Dunkelheit ihnen gestatten würde, ohne Besorgnis einer Überraschung zu handeln, wollten Mr. Harvey und Mr. Stannard versuchen, mit Hilfe des Wärters eine Flucht der beiden Gefangenen zu ermöglichen. Sie gedachten dazu eine so große Summe Geld bei sich zu führen, welche den Mann – so hofften sie wenigstens – bestimmen könnte, ihren Willen zu tun, zumal da der erste von der Flottille des Kommandanten Stevens donnernde Kanonenschuß der Herrschaft des Spaniers ein Ende zu machen versprach.

Doch als die Nacht gekommen war, als die Herren Stannard und Harvey ihre Absicht auszuführen gedachten, da sahen sie sich gezwungen, darauf zu verzichten. Das Haus erwies sich streng bewacht durch eine starke Abteilung Milizen, und es wäre unbedingt vergeblich gewesen, dasselbe nur verlassen zu wollen.

Viertes Kapitel

Ein Windstoß von Nordosten

Den Verurteilten winkte jetzt nur noch eine Rettung, eine einzige, die Hoffnung, daß die Föderierten vor Verlauf von zwölf Stunden sich zu Herren der Stadt machten, denn schon am folgenden Tage mit Sonnenaufgang sollten James und Gilbert Burbank ihren letzten Gang zum Richtplatz antreten, denn aus ihrem Gefängnisse, selbst im Einverständnisse mit dem Schließer, zu entweichen, daran war gar nicht zu denken, schon weil dasselbe ebenso scharf überwacht wurde wie das Haus des Mr.

Harvey.

Was eine Einnahme von Jacksonville anging, so durfte man bestimmt nicht auf die gelandeten nordstaatlichen Truppen rechnen, die einige Tage vorher Fernandina besetzt hatten und welche diesen wichtigen Punkt im Norden von Florida nicht preisgeben konnten. Diese Aufgabe fiel allein den Kanonenbooten des Kommandanten Stevens zu. Um dieselbe aber zu lösen, handelte es sich vor allem darum, die Barre des Saint-John zu überschreiten. War die Linie der die Flußsperre bildenden Boote einmal durchbrochen, so brauchte die Flottille sich nur vor dem Hafen der Stadt in Schlachtordnung aufzustellen. Sobald sie diese in ihrem Feuerbereich hatte, war gar nicht daran zu zweifeln, daß die Milizen sich ohne Kampf nach den unzugänglicheren Sumpfgebieten der Grafschaft zurückziehen würden. Texar und sein Gelichter beeilten sich dann gewiß, ihnen zu folgen, um der allzu gerechten Strafe zu entgehen. Dann konnte der bessere Teil der Einwohnerschaft wieder die Stelle einnehmen, von der er auf so unwürdige Weise verdrängt worden war, und mit den Vertretern der Bundesregierung wegen der Übergabe der Stadt verhandeln.

Ob freilich der Übergang über die Barre ausführbar und auch in so kurzer Zeit ausführbar war, ob es irgendein Mittel gab, dieses materielle Hindernis, welches der Wassermangel der Weiterfahrt der Kanonenboote bisher entgegenstellte, zu überwinden, das schien freilich, wie wir gleich sehen werden, sehr zweifelhaft.

Nach der Verkündigung des Todesurteiles hatten sich nämlich Texar und der Befehlshaber der Milizen von Jacksonville nach dem Kai begeben, um den Unterlauf des Flusses zu besichtigen.

Natürlich ist es nicht zu verwundern, daß ihre Augen hartnäckig nach der Sperrlinie weiter stromabwärts gerichtet waren und ihre Ohren gespannt auf jede Detonation lauschten, die von der Seite des Saint-John kommen konnte.

»Es ist nichts Neues gemeldet worden?« fragte Texar, als er am Ende der Verpfählung stehenblieb.

»Nichts«, antwortete der Kommandant. »Eine Rekognoszierung, welche ich eben nach Norden hin unternommen habe, gestattet mir auch zu behaupten, daß die Föderierten Fernandina nicht verlassen haben, um etwa auf Jacksonville zu marschieren. Höchstwahrscheinlich bleiben sie nur zur Beobachtung an der Grenze von Georgia liegen und warten ruhig, bis die Schiffe die Wasserstraße freigemacht haben.«

»Können aber nicht andere Truppen von Süden her kommen, die vielleicht von Saint-Augustine ausgehen und den Saint-John bei Picolata überschreiten?« fragte der Spanier.

»Das denk ich nicht«, antwortete der Offizier. »An Landungstruppen hat Dupont selbst nicht mehr mit sich, als er zur Besetzung der Stadt braucht, und sein Zweck ist offenbar nur der, längs der ganzen Küste von der Mündung des Saint-John an bis zu dem letzten Eilande Floridas hin die Blockade aufrechtzuerhalten. Von dieser Seite her haben wir also nichts zu fürchten, Texar.«

»So bleibt nur die eine Gefahr übrig, von der Flottille Stevens' angegriffen zu werden, wenn es dieser gelingt, die Barre zu überschreiten, vor der sie nun schon seit drei Tagen stilliegt.«

»Gewiß; doch diese Frage wird binnen weniger Stunden entschieden sein. Vielleicht haben die Föderierten doch allein die Absicht, den Unterlauf des Flusses abzuschließen, um jede Verbindung zwischen Saint-Augustine und Fernandina abzuschneiden.

Ich wiederhole Ihnen, Texar, die Hauptaufgabe der Nordstaatler liegt keineswegs darin, sich Floridas in diesem Augenblicke zu bemächtigen, sondern nur der Konterbande zu steuern, die an allen Einfahrten des Südens eingeschmuggelt wird. Man darf wohl glauben, daß ihre

Expedition keinen anderen Zweck verfolgt, denn sonst hätten die Truppen, welche Herren der Insel Amelia schon seit zehn Tagen sind, gewiß nach Jacksonville vordringen können.«

»Sie können recht haben«, erwiderte Texar. »Doch immerhin, mir liegt sehr viel daran, die Frage wegen der Barre baldmöglichst aus der Welt geschafft zu sehen.«

»Nun, das wird noch heute geschehen.«

»Doch wenn die Kanonenboote Stevens' noch heute vor unserem Hafen Stellung nehmen sollten, was würden Sie dann tun?«

»Ich würde dem mir zugegangenen Befehle nachkommen und die Milizen tiefer ins Innere führen, um jeden Zusammenstoß mit den Föderierten zu vermeiden. Mögen sie sich immer der Städte in der Grafschaft bemächtigen! Lange werden sie diese nicht halten können, da ihnen alle Verbindungen mit Georgia und den beiden Karolina fehlen, und wir werden sie ihnen schon bald genug wieder abzunehmen wissen.«

»Vielleicht; aber wenn sie«, warf Texar zögernd ein, »wenn sie auch nur einen einzigen Tag in Jacksonville die Macht in den Händen hätten, müßten wir uns nicht schwerer Repressalien ihrerseits versehen ... Alle jene sogenannten ehrsamen Leute, die reichen Ansiedler, die Gegner der Sklaverei kämen dann zur Gewalt und dann ... Doch dahin wird es nicht kommen! ... Nein! ... Und ehe ich die Stadt verließe ...«

Der Spanier vollendete seinen Gedanken nicht – er war ja leicht genug zu verstehen.

Er würde die Stadt den Föderierten gewiß nicht überliefern, weil das gleichbedeutend gewesen wäre mit deren Übergabe an die Behörden, welche der Pöbel unter seiner Leitung vertrieben hatte. Eher zündete er dieselbe an allen Enden an, und vielleicht waren seine Maßnahmen zur Ausführung eines solchen Zerstörungswerkes schon getroffen, dann zog er sich mit den Seinigen im Gefolge der

Milizen zurück, und er durfte darauf rechnen, in den Sumpfgegenden des Südens unnahbare Zufluchtsorte zu finden, wo er den Lauf der Dinge abwarten konnte.

Immerhin, wie hier wiederholt betont sei, war der Eintritt dieser Ereignisse nur in dem Falle zu fürchten, daß die Barre den feindlichen Kanonenbooten den Übergang gestattete, und jetzt war der Augenblick gekommen, wo diese Frage endgültig gelöst werden sollte. – Nach dem Hafen strömten dichte Massen niedrigen Volkes, und es genügten wenige Minuten, um die Kais zum Erdrücken zu füllen. Ringsum ertönte ein wahrhaft betäubendes Geschrei.

»Die Kanonenboote kommen!«

»Nein, sie rücken nicht von der Stelle!«

»Das Meer steht gerade ganz hoch ...«

»Sie versuchen mit voller Dampfkraft den Übergang.«

»Da seht! Seht doch ...«

»Wahrhaftig!« sagte der Kommandant der Milizen. »Es ist etwas im Werke! – Sehen Sie da, Texar!«

Der Spanier antwortete nicht. Seine Augen blieben starr auf die Boote flußabwärts geheftet, welche quer über dem Strom lagen. Eine halbe Meile jenseits derselben erhoben sich die Masten und die Schornsteine der Kanonenboote des Kommandanten Stevens. Ein dichter Rauch stieg über die Flottille empor, und, vom Winde getrieben, der etwas heftiger aufgefrischt hatte, drang derselbe bis nach Jacksonville herein.

Offenbar versuchte Stevens unter Benützung des Hochwassers der Flut jetzt unter Anspannung der Dampfkessel »bis zum Zerplatzen«, wie man sagt, durchzukommen. Doch würde er auch über der Untiefe hinreichendes Wasser finden, selbst wenn es ihm nicht darauf ankäme, den Grund mit dem Kiele seiner Schiffe zu streifen? Diese Frage hatte Interesse genug, um die am Ufer des Saint-John versammelten Volksmassen in die lebhafteste Bewegung zu versetzen. Das Hinundherschreien wurde nur noch toller, weil immer der eine etwas gesehen und der andere nichts bemerkt haben wollte.

»Sie sind um eine halbe Kabellänge näher herangekommen!«

»Nein, sie haben sich noch nicht mehr von der Stelle gerührt, als wenn ihre Anker noch im Grunde festlägen.«

»Da seht, das eine macht eine Wendung!«

»Ja, es zeigt sich von der Breitseite und dreht, weil es ihm an Wasser gebricht!«

»O diese Rauchwolken!«

»Und wenn sie alle Steinkohlen der Vereinigten Staaten verfeuerten, sie können doch nicht darüber!«

»Ach, und jetzt fängt die Flut schon an zu sinken!«

»Hurra für den Süden!«

»Hurra!«

Dieser von der Flottille unternommene Versuch währte etwa zehn Minuten – zehn Minuten, welche Texar, seinen Genossen und allen denen, deren Leben und Freiheit durch die gefürchtete Einnahme von Jacksonville gefährdet erschien, unendlich lange dauerten. Sie wußten auch jetzt nicht recht, woran sie waren, da man bei der noch so großen Entfernung der Kanonenboote deren Bewegung nicht hinlänglich genau erkennen konnte. Hatten sie die schlimmsten Stellen schon passiert, oder würde das, trotz der zu frühzeitigen Hurras, die aus der Mitte der Volksmenge ertönten, doch noch geschehen? Noch immer und jedenfalls solange der höchste Stand des Wassers anhielt, blieb ja zu fürchten, daß der Kommandant Stevens, wenn die Kanonenboote allen unnützen Ballast löschten und sich erleichterten, um ihre Schwimmlinie höher zu verlegen, die kurze Strecke zurücklegen konnten, hinte der sie dann wieder tieferes Wasser und eine freie Fahrstraße bis zur Höhe des Hafens der Stadt finden mußten.

Wie einzelne bemerkten, fing die Flut jedoch schon an zurückzuweichen, und wenn einmal Ebbe eintrat, senkte sich der Wasserstand des Saint-John sehr schnell.

Plötzlich streckten sich alle Arme stromaufwärts des Flusses aus, und alle anderen Rufe übertönte der eine:

»Ein Boot! ... Ein Boot!«

In der Tat zeigte sich jetzt ein leichtes Fahrzeug dicht am linken Ufer, wo der Flutstrom noch ein wenig bemerkbar war, während der zurückweichende Ebbestrom in der Mitte der Wasserstraße schon an Kraft gewann. Das von mehreren Rudern getriebene Fahrzeug schoß rasch vorwärts. Im Hintergrunde desselben stand ein Offizier in der floridischen Uniform. Er hatte bald den Fuß der Landungsbrücke erreicht und erklomm hurtig die Stufen der steilen, neben der Pfahlwand angebrachten Treppe. Als er den oben stehenden Texar gewahrte, begab er sich mitten durch die Gruppen, die sich herandrängten, um ihn zu sehen und zu hören, zu diesem.

»Was ist geschehen?« fragte der Spanier.

»Eigentlich nichts, und es wird auch nichts geschehen«, antwortete der Offizier.

»Wer sendet Sie?«

»Der Führer unserer Boote, welche sich in kürzester Zeit nach dem Hafen zurückziehen werden.«

»Warum?«

»Weil die Kanonenboote bis jetzt ganz vergeblich versucht haben, die Barre sowohl dadurch, daß sie sich leichter machten, als daß sie mit vollem Dampf dagegen anfuhren, zu überwinden; weil überhaupt nichts mehr zu fürchten ist ...«

»Bei der jetzt herrschenden Flut ...?« fragte Texar.

»Sowenig wie bei einer anderen ... wenigstens nicht innerhalb mehrerer Monate.«

»Hurra! Hurra!«

Laut donnerte der Jubelruf durch die Stadt. Und wenn die hitzigsten Köpfe noch einmal dem Spanier als demjenigen Beifall riefen, in dem sich alle ihre verabscheuungswürdigen Gelüste gleichsam verkörperten, so fühlten sich die gemäßigteren Leute niedergeschmettert bei dem Gedanken, daß sie nun noch eine lange Reihe von Tagen der verbrecherischen Herrschaft des Bürgerausschusses und seines Leiters unterworfen sein sollten.

Der Offizier hatte wahr gesprochen. Vom heutigen Tage ab sollte das Meer immer weiter zurücksinken und die Flut stets nur eine geringere Wassermenge in den Saint-John drängen. Diese Flut des 12. März war eine der höchsten des ganzen Jahres gewesen, und es mußte ein Zeitraum von mehreren Monaten verfließen, ehe der Fluß sich wieder auf das gleiche Niveau erhob. Da die Wasserstraße damit unbenützbar wurde, entging Jacksonville aller Voraussicht nach dem Feuer des Kommandanten Stevens. Das bedeutete die Verlängerung der Machtvollkommenheiten Texars und für diesen Elenden die Gewißheit, sein Rachewerk bis zum letzten Ende auszuführen ...

Selbst angenommen, daß der General Sherman durch die Truppen des bei Fernandina gelandeten Generals Voight Jacksonville besetzten lassen wollte, so nahm dieser Marsch nach dem Süden doch immer einige Zeit in Anspruch. Was aber James und Gilbert Burbank anging, deren Hinrichtung ja auf die ersten Stunden des folgenden Tages angesetzt war, so konnte diese jetzt nichts mehr retten.

Die von dem Offizier überbrachte Nachricht verbreitete sich unverzüglich in die Umgebung nach allen Seiten, und man kann sich leicht vorstellen, welche Wirkung sie auf den rohen hocherregten Pöbel ausübte. Die Orgien und Ausschweifungen aller Art wiederholten sich nur mit doppelter Kraft. Die eingeschüchterte bessere Bevölkerung mußte sich der scheußlichsten Exzesse versehen. Die meisten trafen denn auch Anstalt, eine Stadt zu verlassen, die ihnen keinerlei Sicherheit des Lebens und

Eigentums mehr bot.

Als die Hurrarufe und das Freudengeschrei bis zu den unglücklichen Gefangenen drangen, erkannten diese, daß für sie jede Aussicht auf Rettung verschwunden sei. Auch bis zum Hause des Mr. Harvey tönte das Gebrüll der Menge, und man begreift leicht die Verzweiflung, welche sich des Mr. Stannard und der Miß Alice bemächtigte, die nun nicht mehr wußten, was sie unternehmen sollten, um James Burbank und dessen Sohn zu befreien. Konnten sie versuchen, deren Kerkermeister zu bestechen und um einen noch so hohen Preis die Flucht der Verurteilten zu ermöglichen? Sie waren ja nicht einmal imstande, das Haus zu verlassen, in dem sie schützend Zuflucht gefunden hatten, denn der Leser weiß, daß eine ganze Bande dasselbe in Gesichtsweite überwachte, und unaufhörlich ertönten deren Drohungen und Verwünschungen vor dessen Tür.

So kam die Nacht. Die Witterung, deren bevorstehender Umschlag sich seit einigen Tagen fühlbar machte, hatte sich merklich geändert.

Nachdem der Wind längere Zeit vom Lande her geweht, war er plötzlich nach Nordosten umgesprungen. Schon jagten sich gewaltige Massen grauer zerrissener Wolken, die nicht einmal Zeit fanden, sich in Regen aufzulösen, mit großer Schnelligkeit von der Seeseite her und streiften fast die Oberfläche des Meeres. Eine Fregatte erster Klasse hätte sicherlich die Spitzen ihres Mastwerkes schon in dieser Anhäufung von Dünsten verschwinden sehen, so niedrig zogen dieselben am Himmel hin. Das Barometer war schnell bis auf die Marke »Sturm« gefallen, und deutlich erschienen alle Vorzeichen eines in unermeßlicher Ferne im Atlantischen Ozean entstandenen Orkans. Mit Anbruch der Nacht, welche alles in tiefes Dunkel hüllte, entfesselte sich derselbe auch in voller Wut.

Infolge seiner Richtung peitschte dieser Orkan mit aller Kraft gerade das Wasser vor den Mündungen des Saint-John. Er türmte die Wellen davor auf, wie man sie bei der sogenannten hohlen See wahrnimmt, und trieb sie vor sich her wie jene »Mascarets« der großen Ströme, deren Wogen alles, was den Ufern nahe liegt, vernichten.

Während dieser Sturmnacht wurde auch Jacksonville mit außerordentlicher Gewalt betroffen. Ein Stück der Uferverpfählung versank, da deren Grundpfeiler unter dem Stoße der anschlagenden Wellen nachgaben. Das Wasser überflutete auch einen Teil des Kais, wo verschiedene Dogres zerstört wurden, deren Sorrtaue wie Zwirnsfäden zerrissen. Auf den Straßen und Plätzen, über welche es Bruchstücke aller Art hagelte, konnte kein Mensch sich erhalten. Der Pöbel mußte sich in die Schänken flüchten; hier litten die Kehlen natürlich keine Not, und das Gebrüll der Leute wetteiferte nicht ganz ohne Erfolg mit dem Heulen des Sturmes.

Aber nicht nur auf dem festen Erdboden richtete der Windstoß arge Verwüstungen an. Längs des Bettes des Saint-John entstand ein desto größerer Wellengang, da das Wasser desselben sich gegen den Grund des Flusses stieß. Die vor der Barre verankerten Schaluppen wurden von dieser Sturmflut überrascht, ehe es ihnen möglich war, den Hafen zu erreichen. Ihre Anker brachen, und ihre Ketten rissen entzwei. Die nächtliche, von dem Drängen des Windes gesteigerte Flut warf sie unwiderstehlich flußaufwärts zurück. Einige gingen an den Pfählen der Kais in Trümmern, während andere, die über Jacksonville hinaus verschlagen wurden, sich einige Meilen weiter oben an den kleinen Inseln und den in den Fluß vorspringenden Landzungen verloren. Eine gewisse Anzahl der Mannschaft auf denselben verlor bei diesem Unfall das Leben, da dessen urplötzlicher Eintritt die Ergreifung irgendwelcher unter solchen Umständen gebotener Maßregeln verhindert hatte.

Hatten nun die Kanonenboote des Kommandanten

Stevens die Anker gelichtet und mit der Kraft des Dampfes vielleicht Zuflucht in den Buchten des Unterlaufes im Strom gesucht? Waren sie, dank eines derartigen Manövers, der Vernichtung entgangen? Doch ob sie nun das erste getan und sich weiter nach den Mündungen des Saint-John zurückgezogen hatten, oder ob sie vor Anker liegengeblieben waren, jedenfalls hatte Jacksonville sie jetzt nicht zu fürchten, da die Barre ihnen ein unwiderstehliches Hindernis entgegensetzte.

Es wurde eine rabenschwarze Nacht, die das Tal des Saint-John einhüllte, während Luft und Wasser sich vermischten, als ob irgendein chemischer Prozeß sie zu einem einzigen Element zu vereinen strebte. Mit einem Worte, jetzt vollzog sich eines jener in den Tropenzonen zur Zeit der Tagundnachtgleiche nicht seltenen entsetzlichen Naturereignisse, aber mit einer Heftigkeit und über das ganze Gebiet von Florida verbreitet, wie man das kaum vorher erlebt hatte.

Ganz entsprechend seiner außerordentlichen Kraft dauerte dieses Meteor auch nur wenige Stunden an. Mit Aufgang der Sonne fegten zwar noch durch den Luftraum die schärfsten Windstöße, dann aber verlor sich der Orkan über dem Golf von Mexiko, nachdem er mit seiner letzten Wut die floridische Halbinsel heimgesucht hatte.

Gegen vier Uhr morgens, als das erste Tagesgrauen den vom Sturm in der Nacht wieder rein gefegten Horizont mit bleichem Schimmer beleuchtete, folgte jener Empörung der Elemente eine vergleichsweise Ruhe. Da strömte der Pöbel wieder auf die Gassen, aus denen er nach den Schänken hatte entfliehen müssen. Die Miliz bezog wieder die verlassenen Posten, und alle gingen daran, die durch den Sturm verursachten Schäden nach Kräften auszubessern. Vor allem zeigten sich solche längs des Kais der Stadt, wo da und dort das Pfahlwerk zertrümmert, eine Anzahl Dogres vernichtet und eine noch größere Anzahl Boote weggeführt waren, welche die

Ebbe von den höheren Teilen des Flusses wieder herabtragen mußte.

Diese Stromtriften sah man jedoch nur in der Entfernung einiger Schritte vom Ufer vorübergleiten. Ein dichter Nebel lagerte über dem ganzen Bette des Saint-John und hob sich auch nach den höheren, durch den Sturm abgekühlten Luftschichten. Noch um fünf Uhr war die Wasserstraße bis zur Mitte hin nicht erkennbar und konnte das erst werden, wenn der Nebel durch die erwärmenden Strahlen der Sonne wieder verschwand.

Plötzlich, ein wenig nach fünf Uhr, drang ein furchtbares Krachen durch die dichte Dunsthülle. Niemand konnte sich über die Natur desselben täuschen, denn dasselbe rührte gewiß nicht von dem rollenden Donner nach einem Blitze her, sondern kennzeichnete sich als der Donner schwerer Geschütze. Ein Schreckensschrei erhob sich aus der Volksmenge, die sich, Milizen und Pöbel untermischt, nach dem Hafen begeben hatte.

Unter den wiederholten Detonationen lichtete sich der Nebel. Seine letzten Wolken trieben, durchleuchtet von dem Aufblitzen der Kanonen, auf der oberen Fläche des Flusses hin.

Die Kanonenboote Stevens' waren da, hatten vor Jacksonville Stellung genommen und wandten der Stadt die Breitseiten zu.

»Die Kanonenboote! . . . Die Kanonenboote . . .!«

Diese von Mund zu Mund gehenden Ausrufe waren bald bis zum Ende der Vorstadt gedrungen. Binnen wenigen Minuten erfuhr die ehrbare Bewohnerschaft zur größten Befriedigung und der Pöbel zum tödlichen Schreck, daß die Flottille jetzt den Saint-John beherrschte. Wenn sich die Stadt nicht ergab, war es um sie geschehen.

Doch wie war das gekommen? Hatten die Nordstaatler in dem Sturme einen unerwarteten Bundesgenossen getroffen? – Ja! – Die Kanonenboote hatten auch keinen

Schutz in den Buchten nahe den Mündungen gesucht. Trotz der Gewalt des Seeganges und des Windes waren sie an ihrem Ankerplatz verblieben. Während sich ihre Gegner mit den Schaluppen entfernten, hatten der Kommandant Stevens und seine Mannschaften dem Sturme ruhig Trotz geboten – selbst auf die Gefahr hin, dabei zugrunde zu gehen –, um womöglich die Einfahrt zu versuchen, welche die augenblicklichen Umstände wahrscheinlich erleichtern mußten.

In der Tat schwellte dieser Orkan, der das Wasser vom Meere her in die Flußmündungen jagte, das Niveau im Strombett zu außergewöhnlicher Höhe an, welche die Kanonenboote zur Überfahrt über die schlimmste Stelle sofort benutzten, und dabei gelang es ihnen, unter vollem Dampfdruck, wenn die Kiele sich auch zuweilen in den Sand des Grundes einwühlten, die Barre zu überschreiten.

Gegen vier Uhr morgens manövrierte der Kommandant Stevens zwar im dichten Nebel, seiner Schätzung nach mußte er sich aber ungefähr auf der Höhe von Jacksonville befinden. Da ließ er die Anker herabrollen und ordnete seine Stellung. Nachdem das geschehen, hatte er den Nebel durch die Detonation seiner größten Geschütze zerrissen und die ersten Sprenggeschosse nach dem linken Ufer des Saint-John geworfen.

Die Wirkung davon zeigte sich augenblicklich. Binnen weniger Minuten hatten die Milizen, ganz ebenso wie die südstaatlichen Truppen in Fernandina und Saint-Augustine, die Stadt geräumt. Stevens, der die Kais menschenleer sah, mäßigte sofort das Feuer, da es nicht in seiner Absicht lag, Jacksonville zu zerstören, sondern dasselbe zu besetzen und in seiner Gewalt zu behalten.

Fast gleichzeitig stieg auch schon die weiße Flagge an der Fahnenstange des Court-Justice in die Höhe.

Man begreift wohl leicht, mit welcher Angst jene ersten Kanonenschüsse im Hause des Mr. Harvey vernommen wurden; der Stadt drohte damit ein unmittelbarer Angriff. Doch dieser Angriff konnte ja nur von den Föderierten ausgehen, welche entweder den Saint-John hinaufgekommen oder aus dem Norden Floridas herbeigezogen waren. Eröffnete sich hiermit vielleicht eine unerwartete Aussicht zur Rettung – die einzige, welche James und Gilbert Burbank noch beschieden sein konnte?

Mr. Harvey und Miß Alice eilten nach der Schwelle des Hauses. Die Leute Texars, welche dieselbe vorher bewachten, hatten sich den nach dem Inneren der Grafschaft abziehenden Milizen abgeschlossen.

Mr. Harvey und das junge Mädchen näherten sich dem Hafen. Da der Nebel sich zerstreut hatte, konnte man jetzt den Fluß bis zum rechten Ufer hinüber frei überblikken.

Die Kanonenboote schwiegen, denn offenbar verzichtete Jacksonville schon auf jeden Widerstand.

In diesem Augenblicke landeten mehrere Boote an der Verpfählung und brachten eine mit Gewehren, Revolvern und Äxten bewaffnete Abteilung, welche sogleich im Hafen Fuß faßte.

Plötzlich erscholl ein freudiger Aufschrei aus der Mitte der von einem Offizier befehligten Seeleute.

Der Mann, der denselben ausgestoßen hatte, stürzte auf Miß Alice zu.

»Mars . . .! Mars . . .!« rief das junge Mädchen, erstaunt, sich dem Gatten Zermahs gegenüberzusehen, den sie längst in den Fluten des Saint-John ertrunken glaubte.

»Herr Gilbert! . . . Herr Gilbert!« antwortete Mars, »wo ist er?«

»Gefangen mit Herrn Burbank! . . . Mars, rettet ihn . . . rettet ihn und rettet seinen Vater!«

»Nach dem Gefängnis!« rief Mars, der, sich an seine Gefährten wendend, diese mit sich fortriß.

Da eilten alle, was sie die Füße tragen konnten, um womöglich ein letztes, auf Befehl Texars zu begehendes Verbrechen zu verhindern.

Mr. Harvey und Miß Alice folgten ihnen.

Mars hatte sich also, nachdem er in den Fluß gestürzt, aus den Wirbeln der Barre noch freimachen können? Ja! Aber aus Vorsicht hütete sich der mutige Mestize, dem Castle-House wissen zu lassen, daß er heil und gesund war. Hätte er dort Zuflucht gesucht, so wäre damit seine eigene Sicherheit in Frage gestellt gewesen, und er mußte ja frei sein, um sein Werk zu vollenden. Nachdem er schwimmend das rechte Ufer erreicht, hatte er, durch das Röhricht schlüpfend, bis zur Höhe der Flottille vordringen können, und hier nahm ihn, als man sein Signal erkannte, ein Boot auf, das ihn an Bord des Kanonenbootes des Kommandanten Stevens führte. Dieser wurde sofort über die Sachlage unterrichtet, und gegenüber der Gefahr, welche Gilbert Burbank bedrohte, richteten sich alle seine Anstrengungen nur darauf, den Eingang in den Fluß zu erzwingen. Der erste Versuch war, wie wir wissen, fruchtlos verlaufen, und das Manöver sollte schon aufgegeben werden, als jener ungestüme Windstoß während der Nacht das Niveau des Flusses noch einmal außerordentlich aufstaute. Immerhin wäre die Flottille, da sie mit den gewundenen Wegen der Wasserstraße unbekannt war, noch Gefahr gelaufen, auf Untiefen des Flusses zu stranden. Zum Glück war Mars jetzt wieder da. Er hatte sein Kanonenboot mit großem Geschick durchgelotst, und die anderen folgten, trotz des Wüten des Sturmes, dessen Richtung, und noch bevor der Nebel den ganzen Teil des Saint-John umhüllte, hatten sie vor der Stadt Stellung genommen, die nun in ihrem nächsten Feuerbereich lag.

Es war die höchste Zeit, denn die beiden Verurteilten sollten in der ersten Stunde des Tages hingerichtet werden. Doch schon hatten sie nichts mehr zu fürchten. Die früheren Behörden von Jacksonville hatten die von Texar usurpierte Macht wieder in den Händen, und in dem Augenblicke, wo Mars und seine Gefährten vor dem Gefängnisse anlangten, verließen James und Gilbert Burbank – endlich frei – die düsteren Mauern.

In derselben Minute auch hatte der junge Lieutenant Miß Alice an sein Herz gedrückt, während Mr. Stannard und James Burbank einander in die Arme fielen.

»Meine Mutter . . .?« war Gilberts erste Frage.

»Sie lebt! . . . Sie lebt!« antwortete Miß Alice.

»Dann schnell nach Haus!« rief Gilbert. »Schnell nach Castle-House.«

»Nicht eher, bis der Gerechtigkeit Genüge geschehen!« erklärte James Burbank.

Mars hatte seinen Herrn verstanden. Er eilte, in der Hoffnung, Texar zu finden, nach der Seite des großen Platzes hinweg.

Doch sollte der Spanier nicht schon die Flucht ergriffen haben, um der strafenden Vergeltung zu entgehen? Hätte ihm nicht alles daran gelegen, nebst allen denjenigen, die während dieser Zeit der schamlosesten Ausschreitungen so viel Schuld auf sich luden, der öffentlichen Verurteilung aus dem Wege zu gehen? Folgte er nicht jetzt schon den Abteilungen der Miliz, welche sich nach den niederen Teilen der Grafschaft zurückzogen?

Das konnte, das mußte man wohl glauben. Doch ohne das Eingreifen der Föderierten erst abzuwarten, waren schon viele Bewohner der Stadt nach dem Court-Justice zusammengeströmt. Im Augenblick, wo er entweichen wollte, verhaftet, wurde Texar unter Aufsicht gehalten. Übrigens schien er sich ziemlich leichten Mutes in sein Schicksal ergeben zu haben.

Nur als er sich plötzlich Mars gegenübersah, begriff er, daß es ihm jetzt an den Kopf zu gehen drohte.

Der Mestize stürzte sich nämlich rasend vor Wut auf den elenden Schurken. Trotz der Anstrengung derjenigen, die ihn bewachten, hatte er ihn schon an der Gurgel gepackt und würgte ihn, als James und Gilbert Burbank hinter ihm erschienen.

»Nein ... nein ... lebend!« rief James Burbank. »Er muß leben! ... Er muß erst reden!«

»Ja, ja ... Das muß er!« antwortete Mars.

Wenige Minuten später saß Texar in derselben Zelle eingesperrt, in der seine Opfer noch kurz vorher ihrer bangen Todesstunde entgegenharrten.

Fünftes Kapitel

Die Besitznahme

Die Föderierten waren endlich Herren von Jacksonville – und infolgedessen auch des Saint-John. Die unter der Leitung des Kommandanten Stevens gelandeten Truppen besetzten unverzüglich die Hauptpunkte der Stadt. Die Beamten aus eigener Machtvollkommenheit waren entflohen. Vom früheren Bürgerausschuß war Texar der einzige, der in ihre Hände fiel.

Im übrigen bereiteten die Einwohner, sei es, weil sie der in den letzten Tagen verübten Vexationen müde waren, oder aus Gleichgültigkeit gegenüber der Sklavenfrage, welche der Norden und der Süden jetzt noch durch Waffengewalt zu entscheiden suchten, den Offizieren der Flottille, also den Vertretern der Bundesregierung zu Washington, keineswegs einen schlechten Empfang.

Zu derselben Zeit beschäftigte sich der jetzt in Saint-Augustine liegende Kommodore Dupont damit, am floridischen Ufer die Einfuhr von Kriegskonterbande zu verhindern. Die Wasserstraße des Mosquito-Eilands wurde sofort gesperrt. Das machte den Handel mit Waffen und Munition, der von den zu den englischen Bahama-Inseln gehörigen Lucayen aus sehr schwunghaft betrieben wurde, mit einem Schlage ein Ende. Man konnte sagen, von dieser Stunde an stand der Staat Florida wieder unter der Botmäßigkeit der Bundesregierung.

Noch am nämlichen Tage fuhren James und Gilbert Burbank, Mr. Stannard und Miß Alice wieder über den Saint-John, um nach dem Castle-House zurückzukehren.

Perry und die Unterverwalter erwarteten sie an der Landungsbrücke des kleinen Hafens mit einer Anzahl Schwarzer, welche sich auf der Ansiedlung wieder eingefunden hatten, und man kann sich leicht den Empfang, der ihnen zuteil wurde, die Huldigungen, welche die Leute ihnen darbrachten, vorstellen.

Eine Minute nachher befanden sich James Burbank und sein Sohn, Mr. Stannard und seine Tochter am Krankenbette der Frau Burbank.

In derselben Stunde, wo sie Gilbert wiedersah, erfuhr die Leidende auch alles, was geschehen war. Der junge Offizier preßte sie in seine Arme. Mars küßte ihr die Hand. Jetzt dachten sie sie nicht mehr zu verlassen. Miß Alice konnte ihr alle Sorgfalt und Pflege angedeihen lassen, und dabei mußte sie ihre früheren Kräfte wohl wiedergewinnen. In Zukunft hatte sie ja nichts mehr von den verbrecherischen Anschlägen Texars und derjenigen zu fürchten, die er, um sich zu rächen, um sich versammelt hatte. Der Spanier war in den Händen der Föderierten, und die Föderierten waren die Herren in Jacksonville.

Doch wenn die Gattin James Burbanks, die Mutter Gilberts, nicht mehr für ihren Gatten und ihren Sohn zu zittern brauchte, so hefteten sich deren Gedanken um so mehr an die verschwundene kleine Tochter. Ihr fehlte Dy ebenso wie Mars seine Zermah.

»Wir werden sie wiederfinden!« rief James Burbank. »Mars und Gilbert werden uns bei unseren Nachforschungen begleiten.«

»Ja, mein Vater, ja . . . und ohne einen Tag zu verlieren«, antwortete der junge Lieutenant.

»Da wir nun Texar haben«, bemerkte Mr. Burbank, »ist es unbedingt nötig, daß Texar redet.«

»Und wenn er sich dessen weigert?« warf Mr. Stannard ein. »Wenn dieser Mensch behauptet, daß er mit der Entfernung Dys und Zermahs gar nichts zu schaffen gehabt habe?«

»Er war es bestimmt!« ließ Frau Burbank sich vernehmen, die sich erhob, als wollte sie gleich das Bett verlassen.

»Ja . . .!« fügte auch Miß Alice hinzu, »ich selbst habe ihn sicher erkannt! . . . Er stand . . . im Hinterteile seines Kanus, das sich nach der Mitte des Flusses zu entfernte.«

»Zugegeben«, sagte Mr. Stannard, »Texar ist das gewesen! Es ist ja daran kein Zweifel möglich. Doch wenn er es abschlägt zu sagen, nach welchem Orte Dy und Zermah verschleppt worden sind, wo sollen wir die Verschollenen finden, nachdem wir das Ufer des Flusses schon auf eine Entfernung von mehreren Meilen abgesucht haben?«

Auf diese so klar und bündig gestellte Frage vermochte niemand Antwort zu geben. Alles hing davon ab, was der Spanier sagen würde, und doch wußte von ihm niemand, ob er es in seinem Interesse finden werde, zu schweigen oder zu sprechen.

»Man kannt also wohl die gewöhnliche Wohnung dieses Elenden gar nicht?« fragte Gilbert.

»Man kennt sie nicht und hat sie nie gekannt«, antwortete James Burbank. »Im Süden der Grafschaft gibt es so ausgedehnte Forste, so viele unzugängliche Sümpfe, wo er sich hat verbergen können. Man würde vergeblich das ganze Land durchforschen können, in dem selbst die Föderierten die Milizen auf dem Rückzuge nicht zu verfolgen vermöchten. Nein, das wäre verlorene Mühe!«

»Ich muß meine Tochter wiedersehen!« rief Frau Burbank, die James Burbank nur schwer zu beruhigen imstande war.

»Meine Frau!... Ich will auch meine Frau haben!« rief Mars, »und ich werde den Schurken schon dazu zwingen, zu sagen, wo sie ist!«

»Ja«, erklärte James Burbank, »wenn dieser Mensch erst sieht, daß sein Leben auf dem Spiele steht, das er durch eine offene Aussage vielleicht noch retten kann, so wird er wohl nicht zögern zu sprechen. Wäre er entflohen, so müßten wir leider an einem Erfolg verzweifeln. Befindet er sich in den Händen der Föderierten, so werden wir ihm sein Geheimnis zu entreißen wissen. Hab nur Vertrauen, mein armes Weib! Wir sind ja alle da, wir werden dir auch dein Kind wiedergeben!«

Frau Burbank war tief erschöpft auf ihr Bett zurückgesunken. Miß Alice, die sie nicht allein lassen wollte, hatte sich neben ihr niedergesetzt, während Mr. Stannard, James Burbank, Gilbert und Mars nach der Vorhalle hinuntergingen, um daselbst mit Edward Carrol über die zunächst zu tuenden Schritte zu beratschlagen.

Hier einigte man sich dann über folgendes: Ehe irgend etwas unternommen werden sollte, wollte man den Föderierten Zeit lassen, sich in ihrem neuen Besitze zu organisieren. Übrigens erschien es auch notwendig, den Kommodore Dupont nicht allein von den Vorgängen bezüglich Jacksonvilles, sondern auch bezüglich der auf Camdleß-Bay zu benachrichtigen. Vielleicht mußte Texar unter den jetzigen Verhältnissen gar der Militärjustiz ausgeantwortet werden, und in diesem Falle konnte seine Verfolgung nur mit Hilfe des Oberkommandanten der ganzen Expedition nach Florida aufgenommen werden.

Jedenfalls wollten aber Mars und Gilbert weder das Ende dieses noch das des nächsten Tages abwarten, ohne ihre Nachforschungen zu beginnen. Während James Burbank und die Herren Stannard und Edward Carrol die ersten notwendigen Schritte taten, wollten sie den Saint-

John hinauffahren, in der Hoffnung, doch irgendwo ein Merkzeichen, eine noch so leise Spur zu entdecken.

Konnten sie in der Tat nicht fürchten, daß Texar jede Auskunft verweigern möchte, daß er, von wildem Haß getrieben, es vielleicht vorzog, sich einer Verurteilung zum Tode auszusetzen, statt seine Opfer zurückzugeben? Von ihm konnte man ja alles erwarten. Es kam also zunächst darauf an, zu erfahren, an welchem Orte er gewöhnlich wohnte. Das war jedoch vergeblich. Von der Schwarzen Bucht wußte niemand etwas, und allgemein hielt man diese Lagune für unzugänglich. Gilbert und Mars fuhren denn auch wiederholt an dem Gestrüpp des Ufers derselben hin, ohne den engen Eingang aufzufinden, durch den ihr leichtes Boot hätte schlüpfen können.

Im Laufe des 13. März ereignete sich kein Zwischenfall, der diese Lage der Dinge geändert hätte. Auf Camdleß-Bay vollzog sich allmählich die Reorganisation der Ansiedlung. Von allen Winkeln des weiten Gebietes her wie aus den benachbarten Wäldern, in welche sich zu zerstreuen sie gezwungen gewesen waren, kamen die Schwarzen in großer Anzahl zurück. Freigelassen durch den edelmütigen Entschluß James Burbanks, betrachteten sie sich keineswegs jeder Verpflichtung gegen denselben entbunden. Sie wollten seine Diener sein, wenn sie nicht mehr seine Sklaven waren. Es verlangte alle nach der Pflanzung zurückzukehren, die durch die Banden Texars zerstörten Baracken wieder aufzubauen, die Werkstätten wieder einzurichten, die Zimmerplätze in Ordnung zu bringen und die gewohnten Arbeiten aufzunehmen, denen sie schon seit einer langen Reihe von Jahren das Wohlbefinden und das Glück ihrer Familien verdankten.

Man ging also daran, den Betrieb der Pflanzung wieder zu organisieren. Edward Carrol, jetzt fast ganz geheilt von seiner Verwundung, konnte sich seinen gewohnten Beschäftigungen wieder hingeben. Ebensoviel lobenswerten Eifer entwickelten Perry und seine Unterverwalter. Es gab keinen, der sich nicht regte, selbst Pygmalion nicht ausgenommen, obgleich er dabei nichts Besonderes leistete. Der arme Tropf war von seinen früheren Ideen doch ein wenig zurückgekommen. Wenn er sich als frei ansah, so handelte er jetzt wie ein platonischer Freigelassener, der sehr in Verlegenheit war, seine Freiheit zu benützen, trotzdem er das Recht hatte, dieselbe nach Belieben zu genießen. Kurz, das ganze Personal war auf Camdleß-Bay zurück, und wenn die zerstörten Baulichkeiten wiederhergestellt waren, mußte die Ansiedlung bald wieder das gewohnte Aussehen gewinnen. Welches Ende der Sezessionskrieg auch nahm, durfte man sich doch dem Glauben hingeben, daß in Zukunft die Sicherheit der hervorragendsten Ansiedler nicht weiter bedroht würde.

In Jacksonville war die Ordnung nun wiederhergestellt. Die Föderierten hatten von Anfang an darauf verzichtet, sich in städtische Verwaltungsangelegenheiten zu mischen. Sie besetzten die Stadt nur militärisch und ließen den Behörden die Autorität, welche ihnen vor wenigen Wochen durch einen Aufruhr aus der Hand gerissen worden war. Es genügte ihnen, daß das Sternenbanner auf den Gebäuden flatterte. Schon deshalb, weil die Mehrheit der Einwohner sich ziemlich indifferent gegenüber einer Frage zeigte, welche jetzt die Vereinigten Staaten in zwei Heerlager spaltete, unterwarf sie sich willig und ohne Widerstreben der siegreichen Partei. Die Sache der Unionisten sollte also in den Gebieten Floridas eigentlich keinen ausgesprochenen Gegner finden. Man empfand es wohl, daß die Doktrin der »states-rights«, welche sonst der Bevölkerung der Südstaaten wie in Georgia und den beiden Karolina so teuer war, hier nicht mit der den Separatisten eigenen Halsstarrigkeit aufrechterhalten würde, selbst wenn die Bundesregierung ihre Truppen wieder zurückzöge.

Die kriegerischen Ereignisse, deren Schauplatz Amerika damals war, lassen sich in folgendes zusammenfassen:

Die Konföderierten hatten, um die Armee Beauregards zu unterstützen, sechs Kanonenboote unter dem Kommando Hollins' abgesendet, der auf dem Mississippi zwischen New Madrid und der Insel 10 Stellung nahm. Hier kam es zu einem Kampfe, den der Admiral Foote mit aller Zähigkeit in der Absicht durchführte, sich des Oberlaufes des Flusses zu bemächtigen. An demselben Tage, wo Jacksonville in die Gewalt Stevens' fiel, antwortete die föderierte Artillerie dem Feuer der Kanonenboote Hollins'. Der Sieg neigte sich zuletzt auf die Seite der Nordstaatler, welche die Insel 10 und New Madrid wegnahmen. Sie behaupteten nun den Lauf des Mississippi auf eine Länge von zweihundert Kilometern, wenn man die Windungen seines Stromes dabei anrechnet.

In jener Zeit zeigte sich aber in den Plänen der föderierten Regierung eine merkwürdige Zögerung. Der General McClellan hatte seine Beschlüsse erst einem Kriegsrate unterbreiten müssen, und obgleich dieselben von der Mehrheit des Rats gebilligt wurden, so schob der Präsident Lincoln, der dabei beklagenswerten Einflüssen nachgab, deren Ausführung längere Zeit hinaus. Die Armee des Potomac wurde geteilt, um Washington gegen jeden Handstreich sicherzustellen. Zum Glücke hatte der Sieg des »Monitor« und die Flucht der »Virginia« die Schiffahrt auf dem Chesapeake wieder frei gemacht, und außerdem gestattete der übereilte Rückzug der Konföderierten nach der Räumung Manassas der Armee, ihre Kantonnements in diese Stadt zu verlegen. Hiermit war die Frage, betreffend die Blockade des Potomac, endgültig gelöst.

Leider sollte die Politik, deren Einfluß immer so verderblich ist, wenn sie sich in die Militärangelegenheiten eines Landes mischt, noch eine die Interessen des Nordens benachteiligende Entscheidung herbeiführen. Jener Zeit wurde nämlich der General McClellan von der Oberleitung der föderierten Armee enthoben und sein Kommando einzig auf die Operationen am Potomac beschränkt, während die anderen nun unabhängig gewordenen Korps dem persönlichen Befehle des Präsidenten Lincoln unterstellt blieben.

Das war ein entschiedener Fehler. McClellan empfand lebhaft das Demütigende dieser von ihm gewiß nicht verdienten Degradierung. Er als Soldat kannte jedoch nur seine Pflicht, und er fügte sich. Schon am nächsten Tage entwarf er einen Plan, der dahin ging, seine Streitkräfte am Strande des Forts Monroe ans Land zu setzen. Dieser von den Führern der einzelnen Korps gebilligte Plan erhielt auch die Zustimmung des Präsidenten. Der Kriegsminister erließ die nötigen Befehle nach New York, nach Philadelphia und Baltimore, und bald sammelten sich Schiffe jeder Art auf dem Potomac, um die Armee McClellans mit ihrem gesamten Materiale aufzunehmen und fortzuschaffen.

In dieselbe bedrohliche Lage, in der Washington bisher geschwebt hatte, kam nun Richmond, die Hauptstadt der Südstaaten.

Das war die Lage der kriegführenden Parteien zur Zeit, als Florida sich dem General Sherman und dem Kommodore Dupont unterwarf. Mit dem Tage, wo das Geschwader der Föderierten über die floridische Küste eine effektive Blockade ausübte, wurden diese auch zu Herren des Saint-John – was ihnen also den vollständigen Besitz der Halbinsel sicherte.

Inzwischen hatten Gilbert und Mars leider vergeblich die Uferstrecken und Eilande des Flusses bis über Picolata hinaus untersucht, und nun blieb ihnen nichts anderes übrig, als direkt gegen Texar vorzugehen. Seit dem Tage, wo sich die Pforten des Gefängnisses hinter ihm geschlossen hatten, konnte er keine Verbindungen mit seinen Helfershelfern gehabt haben. Es folgt daraus, daß die kleine Dy und Zermah sich noch an demselben Orte befinden mußten, wo sie vor der Einfahrt der föderierten Kriegsdampfer in den Saint-John gewesen waren.

Wie die Verhältnisse in Jacksonville jetzt lagen, gestatteten sie gegen den Spanier, wenn dieser Aufschluß zu geben sich weigerte, der Gerechtigkeit freien Lauf. Doch ehe hierbei zu den äußersten Mitteln geschritten wurde, konnte man wohl hoffen, daß er sich, um seine persönliche Freiheit wieder zu erlangen, wohl zu einigen Geständnissen herbeilassen werde.

Am 14. beschloß man, unter Zustimmung der vorher davon benachrichtigen Militärbehörden, diesen ersten Schritt zu versuchen.

Frau Burbank war wieder bei Kräften wie früher. Die Rückkehr ihres Sohnes, die Hoffnung, ihr Töchterchen bald wiederzusehen, die jetzt im ganzen Lande herrschenden friedlicheren Verhältnisse, die Sicherheit, deren die Ansiedlung von Camdleß-Bay sich wieder erfreute – alles wirkte glücklich zusammen, um ihr wenigstens einen Teil der zeitweilig verlorenen früheren moralischen Energie wiederzugeben. Jetzt war nichts mehr zu fürchten von den Spießgesellen Texars, welche Jacksonville terrorisiert hatten. Die Milizen waren mehr nach dem Innern der Grafschaft Putnam abgezogen. Sollten später einmal auch diejenigen von Saint-Augustine, nachdem sie den Fluß in seinem Oberlauf überschritten, jenen die Hand reichen, um einen Putsch gegen die föderierten Streitkräfte zu wagen, so barg das doch nur eine sehr entfernt liegende Gefahr in sich, auf welche kein besonderes Gewicht zu legen war, solange Dupont und Sherman noch im Lande weilten.

Es wurde also beschlossen, daß James und Gilbert Burbank an genanntem Tage nach Jacksonville gehen, aber allein dahin gehen sollten, während die Herren Carrol, Stannard und Mars auf der Pflanzung zurückblieben.

Miß Alice leistete natürlich der Frau Burbank Gesellschaft. Übrigens rechneten der junge Offizier und sein Vater stark darauf, noch vor Abend im Castle-House zurück zu sein und dahin erfreuliche Nachrichten mit heimzubringen. Sobald Texar nur das Versteck, wo Dy und Zermah gefangengehalten wurden, verraten, wollte man zur schleunigsten Befreiung derselben vorschreiten. Einige Stunden, schlimmstenfalls ein Tag, mußten dazu ja hinreichen.

Als James und Gilbert Burbank schon zum Aufbruche bereitstanden, nahm Miß Alice den jungen Offizier noch einmal zur Seite.

»Gilbert«, redete sie ihn fast bittend an, »du gehst, dem Manne gegenüberzutreten, der so viel Unglück über deine Familie gebracht, dem Elenden, der deinen Vater und dich in den Tod senden wollte... Gilbert, versprichst du mir, auch Texar gegenüber deine Selbstbeherrschung zu bewahren?«

»Meine Selbstbeherrschung...!« rief Gilbert, in dem schon bei der Namensnennung des Spaniers der gerechte Zorn aufwallte.

»Es muß ja sein!« fuhr Miß Alice fort. »Du erreichst gewiß gar nichts, wenn du dich von deinem Groll hinreißen läßt... Vergiß jeden Gedanken an Wiedervergeltung, um ein Ziel, die Rettung deiner Schwester, welche bald auch die meinige sein wird, nicht aus dem Auge zu verlieren! Diesem Ziele mußt du alles opfern, und solltest du Texar selbst zusichern, daß er von deiner Seite in Zukunft nichts zu fürchten habe.«

»Nichts zu fürchten!« rief Gilbert, noch einmal auflodernd. »Ich soll vergessen, daß meine Mutter durch seine Schuld beinahe dem Tode verfallen wäre... daß er meinen Vater erschießen lassen wollte...«

»Und dich ebenfalls, Gilbert«, unterbrach ihn Miß Alice, »dich, den ich schon niemals wiederzusehen fürchtete. Ja, das alles hat er getan – und doch dürfen wir uns dessen nicht erinnern! . . . Ich sage dir das, weil ich besorge, daß dein Vater sich zu beherrschen nicht imstande sein möchte, und wenn es dir nicht gelingt, ihn zu besänftigen, wird euer Schritt überhaupt nutzlos bleiben. Ach, warum habt ihr ausgemacht, ohne mich nach Jacksonville zu gehen! . . . Vielleicht hätte ich . . . durch Sanftmut . . . erlangen können . . .«

»Und wenn der Mensch sich weigert, Antwort zu geben . . .!« warf Gilbert ein, der wohl die Berechtigung der Warnungen seitens seiner Verlobten empfand.

»Wenn er sich dessen weigert, wird der Behörde die Aufgabe überlassen bleiben müssen, ihn dazu zu nötigen. Es handelt sich ja um sein Leben, und sobald er einsieht, daß er das nur durch ein offenes Geständnis erkaufen kann, wird er schon sprechen . . . Gilbert, ich muß dein Versprechen haben! . . . Bei unserer Liebe – gibst du es mir?«

»Ja, meine teure Alice, ja!« versicherte Gilbert. ». . . Was dieser Mann auch getan, er gebe mir meine Schwester wieder, und alles soll vergessen sein . . .«

»So ist's recht, mein Gilbert! Wir haben ja schreckliche Prüfungen ausgestanden, doch jetzt neigen sie ihrem Ende zu . . . Die traurigen Tage, während der wir so viel gelitten haben, wird uns Gott durch lange Jahres des Glückes vergelten!«

Gilbert hatte seiner Verlobten, der einzelne Tränen über die Wangen herabperlten, innig die Hand gedrückt, und beide schieden nun voneinander.

Um zehn Uhr schifften sich, nachdem sie ihren Freunden Lebewohl gesagt, James und Gilbert Burbank im kleinen Hafen von Camdleß-Bay ein.

Die Fahrt über den Fluß ging rasch vonstatten. Auf eine Bemerkung Gilberts hin steuerte das Boot aber nicht unmittelbar nach dem Hafen von Jacksonville, sondern hielt die Richtung nach dem Kanonenboote des Kommandanten Stevens ein.

Dieser Offizier fungierte jetzt als militärischer Befehlshaber der Stadt, und dieser Umstand erheischte es, ihm den von James Burbank beabsichtigten Schritt vorher noch einmal zu unterbreiten. Stevens stand mit den Behörden von Jacksonville in sehr häufiger Verbindung. Ihm war nicht unbekannt geblieben, welche Rolle Texar gespielt hatte, seit seine Anhänger die Macht an sich rissen, eine wie große Verantwortlichkeit für die Ereignisse, welche die Verwüstungen von Camdleß-Bay herbeiführten, auf ihm lastete, warum und unter welchen Verhältnissen er in der Stunde, wo die Milizen schon entflohen, verhaftet und eingekerkert worden war. Er wußte auch, daß gegen ihn ein allgemeiner Widerwille herrschte, daß die ganze bessere Bevölkerung von Jacksonville sich erhob, um seine Bestrafung für viele begangene Verbrechen zu fordern.

Der Kommandant Stevens bereitete James und Gilbert Burbank einen wohlverdienten Empfang. Er schätzte den jungen Offizier ganz besonders hoch, da er, seitdem Gilbert unter ihm diente, dessen Charakter und Mannesmut wiederholt kennenzulernen Gelegenheit gehabt hatte, und als er nach der Rückkehr Mars' an Bord der Flottille erfahren, daß Gilbert den Südstaatlern in die Hände gefallen sei, dachte er nur daran, ihn um jeden Preis zu retten. Doch wie hätte er, aufgehalten durch die Flußbarre, hierzu zur rechten Zeit gelangen können? ... Wir wissen ja, welchen Umständen der junge Lieutenant und James Burbank ihr Leben zu verdanken hatten.

Mit wenigen Worten klärte Gilbert den Kommandanten Stevens über alles Vorgefallene auf und bestätigte damit, was Mars jenem schon vorher gemeldet hatte. Wenn es nicht zweifelhaft war, daß Texar der persönliche Urheber der Entführung in der Marino-Bucht war, so konnte auch kein Zweifel aufkommen, daß dieser Mann allein sagen konnte, an welcher Stelle von Florida Dy und Zermah durch seine Helfershelfer jetzt noch zurückgehalten wurden. Ihr Schicksal lag also in den Händen des Spaniers, das war nur zu gewiß, und der Kommandant zauderte denn auch nicht, das anzuerkennen. Er wollte es übrigens James und Gilbert Burbank allein überlassen, diese Angelegenheit ganz nach eigenem Ermessen zu erledigen, und im voraus billigte er alle Maßnahmen, die im Interesse der Mestizin und des Kindes getroffen werden könnten. Selbst wenn es nötig werden sollte, Texar als Austausch seine Freiheit anzubieten, sollte ihm diese zugestanden werden. Der Kommandant übernahm dafür gegenüber den Behörden in Jacksonville die volle Verantwortung.

Für diese ihnen gewährte Handlungsfreiheit sprachen James und Gilbert Burbank ihren herzlichen Dank dem Kommandanten aus, der ihnen noch eine schriftliche Erlaubnis, mit dem Spanier zu verhandeln, aushändigte, und dann fuhren sie nach dem Hafen selbst.

Hier befand sich schon der von James Burbank durch einige Zeilen benachrichtigte Mr. Harvey. Alle drei begaben sich sofort nach dem Court-Justice, und dort wurde der Befehl erteilt, ihnen die Türen des Gefängnisses zu öffnen.

Ein Psychologe hätte gewiß nicht ohne Interesse das Gesicht oder noch mehr die ganze Erscheinung Texars seit seiner Gefangensetzung beobachtet. Daß der Spanier höchst erregt war, seit das Eintreffen der föderierten Truppen seiner Stellung als oberstem Beamten der Stadt ein Ziel gesetzt; daß er mit der ihm zugefallenen Machtvollkommenheit, ganz nach Belieben zu handeln, die verlorene Leichtigkeit, seinen persönlichen Haß zu befriedigen, bedauerte und daß ein Verzug von nur wenigen Stunden ihm nicht gestattet hatte, James und Gilbert Burbank durch einige Lot Blei abtun zu lassen – in dieser Hinsicht bestand kein Zweifel. Darüber hinaus reichte aber sein Bedauern nicht. Sich in den Händen seiner Feinde zu befinden, unter den schwersten Beschuldigungen eingekerkert und verantwortlich zu sein für alle die Gewalttätigkeiten, welche ihm mit Recht vorgeworfen werden konnten, das schien ihn völlig gleichgültig zu lassen. Sein ganzes Auftreten war also ebenso seltsam wie unerklärlich. Ihn quälte offenbar nur der eine Gedanke, daß er seine dunklen Anschläge gegen die Familie Burbank nicht nach Wunsch habe durchführen können. Um die Folgen seiner Verhaftung schien er sich gar nicht zu kümmern. – Sollte diese bisher so rätselhafte Natur wirklich den letzten Versuchen, ihre Lösung zu finden, erfolgreich widerstehen?

Die Tür der Zelle öffnete sich. James und Gilbert Burbank standen dem Gefangenen gegenüber.

»Aha, Vater und Sohn zugleich!« rief Texar zunächst mit dem ihm zur Gewohnheit gewordenen unverschämten Tone. »Wahrhaftig, ich fühle mich den Herren Föderierten tief verpflichtet. Ohne sie hätte ich nicht die Ehre Ihres Besuches genossen. Sie kommen ohne Zweifel, um mir die Begnadigung anzubieten, die Sie von mir zu erbitten nicht mehr brauchen?«

Diese Worte polterte er in so herausforderndem Tone hervor, daß James Burbank schon aufbrausen wollte. Sein Sohn hielt ihn zurück.

»Mein Vater«, sagte er, »laß mich ihm antworten. Texar will uns auf ein Gebiet verlocken, wo wir ihm nicht folgen können. Es ist nutzlos, auf die Vergangenheit zurückzugreifen; wir haben uns mit der Gegenwart, nur mit der Gegenwart, zu beschäftigen.«

»Mit der Gegenwart«, rief Texar, »das soll wohl heißen, mit der gegenwärtigen Lage. Diese scheint mir aber völlig klar zu sein. Vor drei Tagen waren Sie beide in dieser Zelle eingesperrt, die Sie nur verlassen sollten, um zum Tode zu gehen. Heute bin ich dafür an Ihrer Stelle und befinde mich dabei weit behaglicher, als Sie wohl voraussetzen mögen.«

Diese Antwort war ganz dazu angetan, James Burbank

und seinen Sohn etwas außer Fassung zu bringen, da sie darauf ausgingen, Texar im Austausch gegen sein Geheimnis bezüglich der Entführung seine Freiheit anzubieten.

»Texar«, sagte Gilbert, »hören Sie mich an. Wir wollen mit Ihnen ganz offenherzig sprechen. Was Sie in Jacksonville etwa getan, berührt uns nicht. Was Sie auf Camdleß-Bay getan, wollen wir der Vergessenheit anheimgeben. Uns interessiert nur eine Sache. Meine Schwester und Zermah sind verschwunden, während Ihre Parteigänger die Ansiedlung überfielen und das Castle-House förmlich belagerten. Es steht fest, daß beide entführt worden sind . . .«

»Entführt!« wiederholte Texar fast mechanisch; »ah, es freut mich sehr, das zu erfahren.«

»Zu erfahren?« rief James Burbank entrüstet. »Leugnen Sie etwa, Sie Elender, wagen Sie zu leugnen . . .?«

»Liebster Vater«, sagte der junge Offizier, »bewahre dir dein kaltes Blut . . . es muß sein! Ja, Texar, diese doppelte Entführung hat während des Angriffes auf die Pflanzung stattgefunden . . . Geben Sie zu, der persönliche Urheber derselben gewesen zu sein?«

»Darauf hab' ich nichts zu antworten.«

»Schlagen Sie es ab, uns jetzt mitzuteilen, wohin meine Schwester und Zermah auf Ihren Befehl gebracht worden sind?«

»Ich wiederhole Ihnen, daß ich darauf nichts zu antworten habe.«

»Auch dann nicht, wenn wir Ihnen als Entgelt für eine wahrheitsgemäße Antwort die Freiheit wiedergeben können?«

»Ich habe nicht nötig, diese von Ihrer Hand anzunehmen.«

»Und wer wird Ihnen die Türe dieser Zelle, die Pforte dieses Hauses öffnen?« rief James Burbank, den eine solche Frechheit außer sich brachte.

»Wer? ... Die Richter, die ich verlange.«

»Richter? ... Die werden Sie ohne Erbarmen zum Tode verurteilen ...«

»Dann werd' ich ja sehen, was ich zu tun habe.«

»Sie weigern sich also unbedingt, mir eine Antwort zu geben?«

»Ganz entschieden!«

»Auch nicht um den Preis Ihrer Freiheit, die ich Ihnen dafür biete?«

»Von dieser Freiheit mag ich nichts wissen.«

»Auch nicht um den Preis eines ganzen Vermögens, das ich ...« – »Ich brauche Ihr Vermögen nicht. Und nun, mein Herr, lassen Sie mich in Ruhe.«

James und Gilbert Burbank fühlten sich einer solchen Sicherheit dieses Mannes gegenüber wirklich verblüfft, da sie nicht begreifen konnten, worauf dieselbe sich gründete und wie Texar sich einer Untersuchung auszusetzen wagen konnte, die doch nur mit seiner Verurteilung zum Tode oder doch zur schwersten Freiheitsstrafe ausgehen mußte. Weder die Freiheit noch das versprochene Gold hatte ihm eine Antwort entlocken können, so daß es nur durch einen gar nicht zu stillenden Haß erklärlich schien, wenn er seinen eigenen Vorteil so auffällig aus den Augen setzte. Diese rätselhafte Persönlichkeit wollte selbst gegenüber den schlimmsten, für ihn daraus erwachsenden Folgen nicht der Rolle untreu werden, die er bisher gespielt.

»Komm, Vater, komm!« sagte der junge Offizier.

Er zog damit James Burbank schon aus dem Gefängnisse. An der Türe fanden sie Mr. Harvey, und alle drei beschlossen, sich zum Kommandanten Stevens zu begeben und diesem von ihrem fruchtlosen Schritte Meldung zu machen.

Zur selben Zeit war eine Proklamation des Kommodore Dupont an Bord der Flottille eingetroffen; an die Einwohner von Jacksonville gerichtet, enthielt sie die Zusicherung, daß niemand wegen seiner politischen Anschauung verfolgt noch wegen tätiger Teilnahme an solchen Maßregeln bestraft werden solle, die seit dem Beginn des Bürgerkrieges zum gewaltsamen Widerstand Floridas getroffen worden wären. Die Unterwerfung unter das Sternenbanner deckte, soweit das allgemeine Angelegenheiten betraf, jede Verantwortlichkeit.

Offenbar konnte diese an sich sehr weise Maßnahme, für welche unter ähnlichen Verhältnissen der Präsident Lincoln stets eingetreten war, keinen Bezug auf private Angelegenheiten und Streitigkeiten haben. Hierher gehörte aber offenbar die Sache Texars. Daß er aus den Händen der gesetzmäßigen Behörden die Gewalt an sich gerissen, daß er diese zur Organisation des Widerstandes mit Waffengewalt angewendet, das war eine Frage, die nur zwischen Südstaatlern als solchen Bedeutung hatte, und eine Frage, um deren Erledigung sich die föderierte Regierung nicht weiter kümmerte. Seine Attentate auf Personen aber, sein Überfall von Camdleß-Bay, der sich gegen einen einzelnen Nordstaatler richtete, die Vernichtung seines Eigentums, der Raub der Tochter desselben und einer zu dessen Personal gehörigen Frau, das waren Verbrechen, welche das gemeine Recht berührten und denen gegenüber die Gerechtigkeit vollkommen freien Lauf behalten mußte.

Hierhin ging die Ansicht des Kommandanten Stevens, der auch Kommodore Dupont rückhaltlos zustimmte, als die Anklage James Burbanks und dessen Antrag bezüglich einer gerichtlichen Untersuchung gegen den Spanier zu seiner Kenntnis gebracht worden waren.

Am folgenen Tage, am 15. März, wurde dann auch eine Ordonnanz abgeschickt, welche Texar unter der Anschuldigung der Plünderung und des Menschenraubes vor das Kriegsgericht führte. Vor dieser Behörde, welche derzeit ihren Sitz in Saint-Augustine hatte, sollte der Angeklagte sich gegen das ihn Vorliegende verantworten.

Sechstes Kapitel

Saint-Augustine

Eine der ältesten Städte Nordamerikas, die schon aus dem fünfzehnten Jahrhundert herrührt. Es ist die Hauptstadt der Grafschaft Saint-John, welche trotz ihrer großen Ausdehnung doch nur dreitausend Bewohner zählt. – Von spanischem Ursprunge, hat sie Aussehen und Charakter fast gar nicht geändert. Sie erhebt sich am Ende einer der Inseln der Küste. Kriegs- und Handelsfahrzeuge können in ihrem Hafen sichere Unterkunft finden, da derselbe gegen die von der Seeseite kommenden Winde, welche an dieser höchstgefährlichen Küste Floridas häufig sehr stark auftreten, hinlänglich geschützt ist. Um da hineinzugelangen, muß man aber eine schwierige Barre passieren, deren Eingang durch die Wirbel des Golfstromes oft sehr erschwert ist.

Die Straßen von Saint-Augustine sind enge wie die aller Städte, auf welche die Sonne ihre Strahlen gelegentlich lotrecht hinabsendet. Dank ihrer Lage und der Seebrise, welche jeden Morgen und jeden Abend die Atmosphäre erfrischt, ist das Klima dieser Stadt besonders mild, und sie nimmt in den Vereinigten Staaten nach dieser Seite etwa die Stelle Nizzas oder Mentones unter dem Himmel der Provence ein.

Die Bevölkerung hat sich vorzüglich im Hafenviertel und in den benachbarten Straßen zusammengedrängt. Die Vorstädte mit ihren vereinzelten, mit Palmenblättern abgedeckten Häuschen und elenden Hütten würden ohne die Hunde, die Schweine und die Kühe, welche hier eine unbegrenzte Freiheit genießen, so gut wie vollkommen verödet sein.

Die eigentliche innere Stadt bietet durchweg ein spanisches Aussehen. Die Häuser zeigen sorgfältig vergitterte Fenster und haben im Innern den traditionellen Patio –

das ist ein mit schlanken Kolonnaden eingefaßter Raum mit phantastischen Giebeln und gleich Altarblättern in Stein gearbeiteten Balkons. Zuweilen, meist an einem Sonn- oder Festtage, ergießen die Häuser alles, was sie bergen, auf die Straße. Das ergibt dann ein merkwürdiges Gemisch von Señoras, Negerinnen, Mulattinnen, Halbindianern, Negern und deren Kindern, englischen Damen und Gentlemen, Geistlichen, Mönchen oder anderen katholischen Priestern, fast alle mit der Zigarette im Munde, selbst wenn sie sich nach der Calvaire, der Parochialkirche von Saint-Augustine, begeben, deren volle Glocken fast unausgesetzt seit der Mitte des 17. Jahrhunderts läuten.

Hier sind auch die Märkte nicht zu vergessen mit ihrer reichen Zufuhr an Gemüse, Fischen, Geflügel, Schweinen, Lämmern – welche hic et nunc auf Verlangen der Käufer abgeschlachtet werden –, ferner von Eiern, gesottenen Bananen, »Frijoles«, das sind kleine eingekochte Bohnen, endlich von allen tropischen Früchten, wie Ananas, Datteln, Oliven, Granaten, Orangen, Goyaven, Pfirsichen, Feigen, Maronen – und das alles zu ganz billigen Preisen, was das Leben in diesem Teile Floridas ebenso angenehm wie leicht macht.

Was die Straßenreinigung betrifft, so wird diese im allgemeinen nicht durch dazu angestellte Straßenkehrer, sondern durch zahlreiche Banden von Geiern besorgt, welche das Gesetz schützt, indem es die Tötung derselben mit harten Strafen belegt. Diese vertilgen alles, selbst Schlangen, deren Anzahl trotz der Gefräßigkeit jener schätzbaren Vertreter der Vogelwelt leider eine sehr große ist.

An freundlichem Grün fehlt es dieser Anhäufung von Häusern, welche die eigentliche Stadt bildet, auch nicht. An den Straßenkreuzungen sind häufig kleine Plätze angelegt, welche dem Blicke gestatten, auf Gruppen von Bäumen auszuruhen, deren Höhe die der Dächer übertrifft und welche durch das unaufhörliche Geschnatter wilder Papageien belebt werden. Meist sind es große Palmen, die ihre Kronen im Winde wiegen und deren Blätter den Fächern der Señoras oder den Punkas der Hindus ähneln. Da und dort verlaufen auch lange Ketten von Lianen oder Glyzinen und erheben sich Bouquets riesenhafter Kaktusarten, deren unterer Teil eine undurchdringliche Hecke bildet. All das ist anziehend, ja reizend zu sehen und würde es noch mehr sein, wenn die Geier ihren Obliegenheiten gewissenhafter nachkämen. Entschieden vermögen diese aber die mechanischen Besen nicht zu ersetzen.

In Saint-Augustine findet man nur ein oder zwei Dampfsägewerke, eine Zigarrenfabrik und eine Terpentin-Destillieranstalt. Die mehr handeltreibende als industrielle Stadt importiert oder exportiert Melasse, Getreide, Baumwolle, Indigo, Harze, Bauholz, Fische und Salz. In gewöhnlichen Zeiten ist der Hafen immer sehr gelebt von ein- und ausfahrenden Dampfern, welche den Güterverkehr und den Personentransport nach den verschiedenen Häfen im Ozean und im Meerbusen von Mexiko besorgen.

Saint-Augustine ist ferner der Sitz eines der höheren Gerichtshöfe, welche es im Staate Florida gibt. Was seine Verteidigungsanstalten betrifft, die gegen einen Angriff von der Landseite oder einen Überfall vom Meere her zu dienen bestimmt sind, so bestehen diese nur aus einem einzigen Fort, dem Fort Marion oder Saint-Marc, ein nach kastilischem Vorbilde im 17. Jahrhundert errichtetes Bauwerk. Vauban oder Cormontaigne würden damit allerdings wenig Federlesens gemacht haben; dagegen erweckt es die Bewunderung der Archäologen und Antiquare mit seinen Türmen und Bastionen, seinem Halbmond, seinen Machicoulis wie mit seinen alten Waffen und Mörsern, welche für diejenigen, welche sie abschießen, gefährlicher sind als für die, nach denen sie zielen.

Dieses Fort war es, das die konföderierte Besatzung bei Annäherung der föderierten Flottille sofort aufgegeben hatte, obwohl die Regierung dasselbe nur wenige Jahre vor dem Kriege in besseren Verteidigungszustand versetzt hatte. Nach Abzug der Milizen hatten es denn auch die Bewohner von Saint-Augustine dem Kommodore Dupont gern übergeben, und dieser ließ es, ohne einen Schuß abzufeuern, von seinen Leuten besetzen.

Die bevorstehende Untersuchung gegen den Spanier Texar hatte sich inzwischen gleich einem Lauffeuer in der ganzen Umgebung verbreitet. Es schien damit der letzte Akt in dem Kampfe zwischen dieser verdächtigen Persönlichkeit und der Familie Burbank sich abspielen zu wollen. Die Entführung des kleinen Mädchens und der Mestizin Zermah erregte ziemlich heftig die öffentliche Meinung, die sich übrigens lebhaft zugunsten der Bewohner von Camdleß-Bay aussprach. Daß Texar der Urheber des Verbrechens sei, daran hegte niemand einen Zweifel. Selbst für der Sache ferner Stehende hatte diese wenigstens den Reiz, zu sehen, wie dieser Mann sich aus der Schlinge ziehen und ob ihn nicht endlich die Strafe erreichen werde, die er für alle Untaten, deren man ihn schon seit langer Zeit bezichtigte, so reichlich verdiente.

In Saint-Augustine konnte man sich also einer ziemlichen Erregung versehen. Die Besitzer der benachbarten Ansiedlungen strömten daselbst zusammen. Die hier vorliegende Frage berührte sie ziemlich nahe, da die Hauptbeschuldigung auf den Überfall und die Zerstörung der Ansiedlung von Camdleß-Bay hinauslief und andere Niederlassungen ebenfalls durch südstaatliche Banden verwüstet worden waren. Es kam nun darauf an zu sehen, welche Stellung die Vertreter der Bundesregierung gegenüber diesen Verletzungen des gemeinen Rechtes einnehmen würden, welche unter dem Deckmantel der separatistischen Politik verübt worden waren.

Das vornehmste Gasthaus von Saint-Augustine, das

City-Hôtel, hatte eine große Anzahl Besucher erhalten, deren Sympathie von vornherein der Familie Burbank zugewendet war, es hätte deren auch noch mehr aufnehmen können. In der Tat gab es keine mehr geeignete Baulichkeit als dieses aus dem 16. Jahrhundert stammende Haus, die frühere Wohnung des Corregidor mit ihrer »Puerta« oder Hauptpforte, ihrer großen »Sala« oder Ehrensaal, ihrem inneren Hofe, dessen Säulen von Passionsblumen umwunden waren, ihrer Veranda, nach der sich hübsch ausgestattete Zimmer öffneten, deren Getäfel unter leuchtender Smaragd- und Goldfarbe verschwindet, mit ihren nach spanischer Mode an den Mauern emporstrebenden Miradores, ihren plätschernden Springbrunnen und frischgrünen Rasenflächen, und das alles in ausgedehntem Raume, in einem »Patio« mit hochragenden Mauern. Es ist mit einem Worte eine Art Karawanserei, welche jedoch nur von bemittelten Reisenden besucht werden kann.

Hier hatten James und Gilbert Burbank, Mr. Stannard und seine Tochter, begleitet von Mars, seit dem Vortage Wohnung genommen.

Nach ihrem vergeblichen Schritte im Gefängnisse zu Jacksonville waren James Burbank und sein Sohn nach dem Castle-House zurückgekehrt. Bei der Nachricht, daß Texar es verweigerte, die an ihn gerichtete Frage zu beantworten, glaubte die Familie ihre letzte Hoffnung schwinden zu sehen, und nur die Gewißheit, daß Texar für seine Schandtaten auf Camdleß-Bay einem Kriegsgericht überantwortet werden sollte, gewährte einigen Trost in dieser Angst. Sah er sich hier zu einer Strafe verurteilt, der er sich nicht entziehen konnte, so würde der Spanier wohl nicht länger das frühere Schweigen bewahren, wenn es sich darum handelte, Leben und Freiheit zu erkaufen.

Bei dieser Untersuchung sollte Miß Alice als Hauptzeugin auftreten. Sie befand sich ja damals an der Marino-Bucht, als Zermah den Namen Texars ausrief, und auch sie selbst hatte ganz genau den Elenden in seinem sich entfernenden Boote erkannt. Das junge Mädchen rüstete sich also zur Abfahrt nach Saint-Augustine. Ihr Vater wollte sie ebenso begleiten wie ihre Freunde James und Gilbert Burbank, welche durch ein Gesuch des Referenten beim Kriegsgericht dahin geladen waren. Der Gatte Zermahs aber wollte dabeisein, wenn man dem Spanier das Geheimnis, das er allein entschleiern konnte, abnötigen würde. Dann hatten James Burbank, sein Sohn und Mars nur noch die beiden Gefangenen aus den Händen derjenigen in Empfang zu nehmen, die sie ja bloß auf Befehl Texars festhielten.

Am Nachmittag des 16. hatten James Burbank und Gilbert, Mr. Stannard, seine Tochter und Mars sich von Frau Burbank und Edward Carrol verabschiedet. Einer der Dampfer, der den Dienst auf dem Saint-John versah, nahm sie am Pier von Camdleß-Bay auf und setzte sie in Picolata wieder ab. Von hier brachte sie ein Stellwagen durch die gewundene Fahrstraße, welche durch ein Dikkicht von Eichen, Zypressen und Platanen, die auf diesem Teile der Halbinsel besonders üppig wuchern, hindurchführt.

Noch vor Mitternacht fanden sie dann in den Zimmern des City-Hôtel ein bequemes und angenehmes Unterkommen.

Man darf übrigens nicht glauben, daß Texar von allen Anhängern verlassen gewesen wäre. Er zählte unter den kleinen Leuten in der Grafschaft, meist ausgesprochene Gegner der Sklaverei, noch eine Menge Parteigänger. Andererseits hatten seine Gefährten, da sie darüber beruhigt waren, wegen des in Jacksonville erregten Aufstandes ungestraft zu bleiben, ihren alten Führer nicht im Stiche lassen wollen. Viele derselben waren in Saint-Augustine eingetroffen, wenn man sie natürlich auch nicht im Patio des City-Hôtels suchen durfte. In der Stadt fehlt es aber nicht an gewöhnlichen Schankstätten, jenen »Tiendas«, wo die

Mestizen spanischer Abkunft von allem, was eßbar, trinkbar und rauchbar ist, verkaufen. Hier hörte man von dem niedrigeren Volke, von den Leuten zweideutigen Rufes, so manche Proteste bezüglich des Verfahrens gegen Texar.

Der Kommodore Dupont befand sich jetzt gerade nicht in Saint-Augustine. Er war in Anspruch genommen, mit einem Geschwader die versteckteren Fahrstraßen an der Küste zu blockieren, um diese für jede Kriegskonterbande zu sperren. Die nach der Übergabe des Forts Marion gelandeten Truppen wachten für die Ordnung in der Stadt, so daß weder eine Erhebung der Südstaatler noch ein Putsch der nach der anderen Seite des Flusses entwichenen Milizen zu fürchten war. Hätten die Parteigänger Texars einen Aufstand versucht, um die Stadt den Händen der Föderierten zu entreißen, so wären sie ohne Mühe vernichtet worden.

Den Spanier hatte eines der Kanonenboote des Kommandanten Stevens von Jacksonville nach Picolata befördert. Von Picolata nach Saint-Augustine war er unter sicherer Bedeckung geführt und sofort in einem festen Gelaß des Forts eingesperrt worden, von wo zu entfliehen ihm ganz unmöglich war. Da er übrigens selbst verlangt hatte, vor Gericht gestellt zu werden, dachte er an so etwas wahrscheinlich gar nicht. Seine Anhänger wußten das recht gut. Sollte er diesmal verurteilt werden, so würden sie ja sehen, was zur Ermöglichung seiner Flucht zu tun wäre.

Bis dahin hatten sie sich nur ruhig zu verhalten.

In Abwesenheit des Kommodore versah der Oberst Gardner die Funktion des militärischen Stadtkommandanten, und ihm fiel demnach der Vorsitz bei der Gerichtsverhandlung zu, welche in einem der Säle des Forts Marino über Texar abgehalten werden sollte.

Dieser Oberst war nicht lange vorher bei der Einnahme von Fernandina beteiligt gewesen, und auf seinen Befehl wurden die durch den Angriff des Kanonenbootes »Ottawa« gefangenen Flüchtlinge achtundvierzig Stunden zurückgehalten – ein Umstand, der hier nicht unerwähnt bleiben darf.

Das Kriegsgericht trat um elf Uhr vormittags zur Verhandlung zusammen. Ein zahlreiches Publikum hatte die Bänke der Zuhörerschaft dicht besetzt, und unter den Lautesten konnte man Freunde oder Parteigänger des Angeklagten voraussetzen.

James und Gilbert Burbank, Mr. Stannard, seine Tochter und Mars nahmen die für die Zeugen reservierten Plätze ein, wobei ihnen sofort auffiel, daß kein einziger Entlastungszeuge zu sehen war. Es hatte den Anschein, als habe der Spanier sich überhaupt keine Mühe gegeben, jemanden zu finden, der zu seinen Gunsten aussagte, doch blieb es ungewiß, ob er freiwillig auf jede Zeugenschaft verzichtete oder nur die Unmöglichkeit eingesehen hatte, seine Sache durch eine solche zu unterstützen. Bald sollte man das erfahren. Jedenfalls schien jedoch an dem Ausgange der Verhandlung niemandem ein Zweifel beizukommen.

James Burbanks hatte sich immerhin eine Art unerklärlicher Vorahnung bemächtigt. In derselben Stadt war es ja gewesen, wo er schon einmal eine Klage gegen Texar angestrengt und wo der Spanier sich durch ein unbestreitbares Alibi der drohenden Bestrafung zu entziehen gewußt hatte. Auch im Zuhörerkreise mußte die Erinnerung daran noch wach sein, denn jene erste Verhandlung lag ja nur wenige Wochen gegen den heutigen Tag zurück.

Durch Gerichtsdiener hereingeführt, erschien Texar sofort, als der Kriegsrat zur Sitzung zusammengetreten war. Man geleitete ihn zur Anklagebank, wo er sich, äußerlich sehr ruhig, niedersetzte. Ohne Zweifel konnte nichts und unter keinen Umständen auf seine natürliche Frechheit einen dämpfenden Einfluß ausüben. Seine Erscheinung bot nur ein verächtliches Lächeln gegenüber seinen Richtern, einen höchst zuversichtlichen Blick auf seine Freunde, die er im Saale erkannte, und einen solchen voll glühenden Hasses, den er James Burbank zusandte. So erwartete er den Beginn der gewöhnlichen Fragestellung seitens des Oberst Gardner.

In Gegenwart dieses Mannes, der ihnen soviel Unheil zugefügt, konnten sich James Burbank, Gilbert und Mars kaum beherrschen.

Die Vorfragen erfolgten gemäß den gewöhnlichen Formeln, um die Identität des Angeklagten zu konstatieren.

»Ihr Name?« fragte Oberst Gardner.

»Texar.«

»Ihr Alter?«

»Fünfunddreißig Jahre.«

»Wo wohnen Sie?«

»In Jacksonville, in der Tienda Torillos.«

»Ich frage, wo Sie Ihren gewöhnlichen Wohnsitz haben?«

»Ich habe gar keinen.«

Wie fühlten James Burbank und die Seinigen ihre Herzen schneller schlagen, als sie diese Antwort vernahmen, welche durch ihren Ton die feste Absicht des Angeklagten verriet, auf keinen Fall seinen gewöhnlichen Aufenthaltsort kundzugeben.

In der Tat beharrte Texar, trotz dringlicher Aufforderung des Vorsitzenden, dabei, keine feste Wohnung zu haben. Er stellte sich sozusagen als Nomaden dar, als Waldläufer, als Jäger in den ungeheuren Urwäldern des Landes oder als Einsiedler in den Zypressendickichten, der sein Lager aufschlug, wo es der Zufall wollte, und der auf gut Glück von seiner Flinte und seinen Fallen und Schlingen lebte. Etwas anderes konnte man aus seinen Aussagen nicht abnehmen.

»Nun, mag sein«, antwortete Oberst Gardner; »darauf kommt ja nicht allzuviel an.«

»In der Tat, darauf kommt gar nichts an«, erklärte Texar unverschämt. »Nehmen wir also, wenn es Ihnen recht ist, Herr Oberst, an, meine Wohnung befände sich jetzt im Fort Marion in Saint-Augustine, wo man mich gegen Recht und Gesetz zurückhält. – Wessen bin ich denn angeklagt, wenn es Ihnen beliebt?« fügte er hinzu, als wolle er von Anfang herein die Verhandlung in seinem Sinn weiterführen.

»Sie sind«, erwiderte Oberst Gardner, »nicht verhaftet worden wegen dessen, was in Jacksonville vorgefallen ist. Eine Proklamation des Kommodore Dupont erklärt ausdrücklich, daß die Bundesregierung jede Einmischung verschmäht, soweit es sich um lokale Revolutionen handelt, durch die anstelle der gesetzmäßigen Behörden des Landes andere Beamte, wer sie auch sein mögen, eingesetzt worden sind. Florida ist jetzt wieder unter die Flagge des Bundes zurückgekehrt, und die Regierung des Nordens wird die Reorganisation des Staates alsbald in die Hände nehmen.«

»Wenn man mich aber nicht verfolgt, weil ich die Behörden, und zwar unter Zustimmung der Mehrheit der Einwohner, verjagte«, fragte Texar, »warum bin ich dann überhaupt vor dieses Kriegsgericht gestellt worden?«

»Das will ich Ihnen sagen, da Sie sich stellen, als ob Ihnen das unbekannt wäre«, erwiderte Oberst Gardner. »Während Sie die Stellung des ersten Beamten der Stadt innehatten, sind Verbrechen gegen das gemeine Recht begangen worden. Sie sind beschuldigt, den zu Gewalttätigkeiten neigenden Teil der Bevölkerung zur Begehung derselben aufgereizt zu haben.«

»Von welchen Verbrechen reden Sie?«

»Zunächst handelt es sich um die Verwüstung von Camdleß-Bay, auf das sich eine Horde von Übeltätern gestürzt hat ...«

»Neben einer von einem Offizier der Miliz geführten Abteilung Soldaten«, fügte der Spanier hinzu.

»Zugegeben, Texar; es handelt sich aber um eine Plünderung, Brandlegung, um einen Angriff mit bewaffneter Hand auf die Wohnung eines Kolonisten, dessen Recht es war, einen solchen Überfall zurückzuweisen, und der das auch getan hat.«

»Sein Recht?« versetzte Texar. »Das Recht war gewiß nicht auf der Seite desjenigen, der sich weigerte, den Anordnungen des eingesetzten Bürgerausschusses nachzukommen. James Burbank – denn um ihn handelt es sich – hatte seine Sklaven freigelassen, entgegen der allgemeinen Anschauung, welche in Florida wie in den meisten südlichen Staaten der Union für Beibehaltung der Sklaverei ist. Dieser Akt konnte für die anderen Ansiedlungen des Landes durch die nahegelegte Verleitung der Schwarzen zur offenen Empörung die schlimmsten Folgen haben. Der Bürgerausschuß von Jacksonville hielt sich unter den gegebenen Umständen also für verpflichtet, amtlich einzuschreiten. Wenn er die von James Burbank so unklugerweise verkündete Freilassung seiner Leute nicht einfach aufhob, so erschien es ihm doch als angezeigt, die neuen Freigelassenen wenigstens aus diesem Gebiete entfernt zu sehen. Da James Burbank nun sich weigerte, einer derartigen Aufforderung nachzukommen, blieb dem Bürgerausschuß nichts übrig, als seinem Beschlusse mit Gewalt Geltung zu verschaffen, und deshalb schritt die Miliz, der sich ein Teil der Einwohnerschaft anschloß, zur Vertreibung der früheren Sklaven von Camdleß-Bay.«

»Sie stellen diesen Vorgang«, erwiderte Oberst Gardner, »von einem Gesichtspunkt aus dar, den das Kriegsgericht zu dem seinigen nicht machen kann. James Burbank hat als geborener Nordländer nur in Ausübung eines ihm zustehenden Rechtes gehandelt, wenn er seine Leute freigab. Nichts vermag also die Ausschreitungen zu entschuldigen, deren Schauplatz seine Ansiedlung gewesen ist.«

»Ich fürchte hier nur Zeit zu vergeuden«, entgegnete Texar unhöflich, »meine Anschauungen vor dem Kriegsgericht weiter darzulegen. Der Bürgerausschuß von Jacksonville hat getan, was er tun zu müssen glaubte. Verfolgt man mich nun etwa als den Vorsitzenden dieses Ausschusses, und will man mir allein die Verantwortung für seine Beschlüsse und Handlungen zuwälzen?«

»Allerdings Ihnen, Texar, gerade Ihnen, der Sie nicht allein der Vorsitzende des genannten Ausschusses waren, sondern der Sie auch persönlich die auf Camdleß-Bay gehetzten Räuberbanden geführt haben.«

»Beweisen Sie mir das«, erwiderte Texar kühl. »Gibt es einen einzigen Zeugen, der mich in der Mitte jener Bürger und Milizsoldaten, welche dem Befehl des Ausschusses Nachdruck zu geben beauftragt waren, gesehen hat?«

Auf diese Antwort ersuchte Oberst Gardner James Burbank um seine bezüglichen Mitteilungen.

James Burbank erzählte die Tatsachen, die sich seit der Stunde vollzogen hatten, wo Texar und seine Anhänger die gesetzmäßigen Behörden von Jacksonville stürzten. Er wies dabei mit besonderer Betonung auf die Haltung des Angeklagten hin, der den Pöbel auf seine Wohnung gehetzt hatte.

Auf die Frage des Oberst Gardner bezüglich der Anwesenheit Texars unter den Angreifern konnte er nur antworten, daß er davon sich persönlich nicht habe überzeugen können. Der Leser erinnert sich wohl, daß John Bruce, der Bote des Mr. Harvey, als sich James Burbank bei dessen Eintreffen im Castle-House nach jenem Umstande erkundigte, nicht hatte behaupten können, daß Texar sich an der Spitze jener Übeltäter befunden habe.

»In jedem Falle«, setzte James Burbank hinzu, »kann es für gar niemand zweifelhaft erscheinen, daß auf ihn die Verantwortlichkeit für jene Schandtat zurückfällt. Er ist es gewesen, der die Angreifer zur Plünderung von

Camdleß-Bay angereizt hat, und sein Verdienst war es wahrlich nicht, daß meine eigene Wohnung von der Vernichtung durch die Flammen verschont blieb und die letzten Verteidiger derselben dem Tode entgingen. Ja, seine Hand ist hier überall im Spiele, wie wir dieselbe bei einem noch schändlicheren Verbrechen wiederfinden werden!«

James Burbank schwieg. Ehe die Frage der Entführung verhandelt werden konnte, mußte der erste Teil der Anklage, den Überfall von Camdleß-Bay betreffend, erledigt sein.

»Sie glauben also«, nahm Oberst Gardner wieder das Wort, »nur einen Teil der Verantwortlichkeit auf Ihren Schultern zu tragen, während diese sonst jenem Bürgerausschuß, der seine Befehle zur Durchführung bringen wollte, zufiele?«

»Ganz gewiß.«

»Und Sie bleiben auch bei der Behauptung, nicht an der Spitze der Angreifer gestanden zu haben, welche Camdleß-Bay überfielen?«

»Ich bleibe dabei«, erklärte Texar. »Es wird kein einziger Zeuge auftreten können, der mich da gesehen hätte. Ich stand nicht in den Reihen jener mutigen Bürger, welche für die Anordnungen des Ausschusses mit Blut und Leben eintraten, und ich muß sogar hinzufügen, daß ich an jenem Tage von Jacksonville überhaupt abwesend war.«

»Ja, freilich . . . das ist nach allem sehr möglich«, mischte sich James Burbank selbst wieder ein, da er jetzt den Augenblick gekommen glaubte, den ersten Teil der Auflage an dessen zweiten zu knüpfen.

»Das ist sogar gewiß«, warf Texar dazwischen.

»Doch wenn Sie sich nicht unter den Plünderern von Camdleß-Bay befanden«, fuhr James Burbank fort, »so kam das nur daher, daß Sie an der Marino-Bucht zur Verübung eines noch schlimmeren Verbrechens auf der

Lauer lagen.«

»Ich? . . . Ich bin gar nicht in der Marino-Bucht gewesen«, antwortete Texar. »Ich erkläre auch nochmals, daß ich mich weder unter jenen Angreifern noch an dem betreffenden Tage überhaupt in Jacksonville befand.«

Der Leser wird nicht vergessen haben, daß John Bruce sich James Burbank gegenüber dahin ausgesprochen hatte, daß Texar, der nicht unter den Angreifenden sichtbar, auch schon achtundvierzig Stunden lang, das heißt vom 2. bis zum 4. März, in Jacksonville nicht bemerkt worden sei.

Dieser Umstand veranlaßte den Vorsitzenden des Gerichts daher zu folgender Frage:

»Wenn Sie an jenem Tage nicht in Jacksonville waren, wollen Sie uns dann mitteilen, wo Sie sich damals aufhielten?«

»Das werd' ich Ihnen sagen, wenn es dazu Zeit ist«, erwiderte Texar. »Für den Augenblick genügt es mir, festgestellt zu haben, daß ich an jenem Überfalle der Ansiedlung nicht teilgenommen habe.

Und nun, Herr Oberst, wessen beschuldigt man mich ferner?«

Die Arme nachlässig kreuzend und mit einem noch frecheren Blick als vorher, maß Texar seine ihm gegenüber sitzenden Ankläger.

Diese Beschuldigung ließ denn nicht auf sich warten. Der Oberst Gardner formulierte dieselbe, und dieses Mal schien es sehr schwierig, darauf zu antworten.

»Wenn Sie nicht in Jacksonville waren«, sagte der Vorsitzende, »so wird von gegnerischer Seite doch behauptet, daß Sie sich in der Marino-Bucht befanden.«

»In der Marino-Bucht? . . . Und was soll ich da getan haben?«

»Sie haben von da ein Kind, Diana Burbank, die Tochter James Burbanks, und Zermah, die Frau des hier anwesenden Mestizen Mars, welche jenes Kind begleitete, entweder selbst entführt oder doch entführen lassen.«

»Ah, also mich beschuldigt man jener Entführung . . .!« rief Texar in höchst ironischem Tone.

»Ja! . . . Sie . . .!« riefen gleichzeitig James Burbank, Gilbert und Mars, die sich nicht zurückzuhalten vermochten.

»Und warum, wenn es Ihnen beliebt«, antwortete Texar, »soll gerade ich das gewesen sein und nicht eine andere Person?«

»Weil Sie allein das Interesse daran hatten, jenes Verbrechen zu begehen«, entgegnete der Oberst.

»Welches Interesse?«

»Einen Akt der Rache gegen die Familie Burbank auszuüben. Mehr als einmal hatte James Burbank gegen Sie schon Klage zu führen gehabt, und wenn Sie infolge gelungener Berufung auf Ihr Alibi noch nicht verurteilt worden sind, so haben Sie doch zu wiederholten Malen die Absicht laut werden lassen, sich an ihren Anklägern zu rächen.«

»Zugegeben«, erklärte Texar. »Daß zwischen mir und James Burbank ein unversöhnlicher Haß herrscht, leugne ich gewiß nicht. Daß ich ein Interesse daran haben könnte, um durch das Verschwindenlassen seines Kindes ihm das Herz zu brechen, leugne ich ebenfalls nicht. Aber daß ich es auch getan haben sollte, ist doch ein ganz anderes Ding. Gibt es einen Zeugen, der mich gesehen hat?«

»Ja«, antwortete Oberst Gardner.

Er ersuchte Alice Stannard, ihre Aussage unter eidlicher Versicherung der Wahrheit vorzubringen.

Miß Alice erzählte hierauf, was in der Marino-Bucht vorgegangen war, wobei ihr die Erregung manchmal das Wort auf der Lippe erstickte. Über die inkriminierte Tatsache sprach sie sich mit zweifelloser Sicherheit aus. Aus dem Tunnel hervortretend, hatten Frau Burbank und sie selbst von Zermah einen Namen ausrufen hören, und dieser Name war der Texars gewesen. Beide waren, nachdem sie die Leichen der zwei Schwarzen am Ufer gefunden, nach dem Flußufer zugeeilt. Von diesem entfernten sich eben zwei Boote, das eine, welches die Opfer davonführte, und das andere, auf dem im Hinterteile Texar aufrecht stand. Bei den Feuersbrünsten, welchen die Zimmerplätze von Camdleß-Bay zum Opfer fielen, und dem Widerschein, der sich über den Saint-John ausbreitete, hatte Miß Alice den Spanier vollkommen genau erkannt.

»Das beschwören Sie?« sagte der Oberst Gardner.

»Ich beschwöre es!« entgegnete Miß Alice ruhig.

Nach einer so bestimmt abgegebenen Erklärung konnte über die Schuld Texars eigentlich kein Zweifel mehr aufkommen, und doch bemerkten James Burbank, seine Freunde sowie das ganze Auditorium, daß der Angeklagte in seiner bisherigen Zuversicht nichts eingebüßt zu haben schien.

»Texar, was haben Sie auf diese Aussage zu erwidern?« fragte der Vorsitzende des Kriegsrats.

»Nur folgendes«, sagte der Spanier. »Es kommt mir nicht in den Sinn, Miß Alice Stannard falschen Zeugnisses zu zeihen. Ebensowenig fällt mir ein, sie zu beschuldigen, daß sie etwa dem Hasse der Familie Burbank gegen mich ihre Unterstützung leiht, indem sie unter eidlicher Versicherung erklärt, ich sei der Urheber einer Entführung, von der ich doch erst seit meiner Verhaftung etwas gehört habe. Ich behaupte allein, sie täuscht sich, wenn sie mich in einem jener Boote, die sich von der Marino-Bucht damals entfernt hatten, aufrecht stehen zu sehen glaubte.«

»Doch wenn Miß Alice Stannard auch in diesem Punkte geirrt haben sollte, so kann sie mindestens keiner Täuschung unterliegen bezüglich der Aussage, daß sie Zermah hatte ›Zu Hilfe! . . . Texar ist es!‹ rufen hören.«

»Nun gut«, antwortete der Spanier, »wenn sich Miß

Alice Stannard nicht getäuscht hat, so hat sich Zermah geirrt, das ist alles.«

»Zermah hätte gerufen, ›das ist Texar!‹, und Sie wären es nicht gewesen, der sich im Augenblick des Raubes daselbst befunden hätte?«

»Das muß wohl so sein, da ich nicht im Boote war und nicht einmal nach der Marino-Bucht gekommen bin.«

»Dafür wird der Beweis beizubringen sein.«

»Obgleich es nicht meine Sache ist, den Beweis zu liefern, sondern diejenigen, welche mich anklagen, so wird es mir doch ein leichtes sein.«

»Noch ein Alibi . . .?« sagte der Oberst Gardner.

»Noch eins!« antwortete Texar kühl.

Auf diese Antwort entstand unter den Zuhörern ein ironisches zweifelhaftes Murmeln, das keineswegs zugunsten des Angeklagten zu sprechen schien.

»Texar«, sagte der Oberst, »da Sie sich auf ein neues Alibi berufen, können Sie Beweise dafür aufbringen?«

»Sehr leicht«, antwortete der Spanier, »und dafür wird es genügen, eine Frage an Sie zu stellen, Herr Oberst.«

»Reden Sie.«

»Befehligten Sie nicht, Herr Oberst Gardner, die Landungstruppen bei Gelegenheit der Einnahme von Fernandina und des Forts Clinch durch die Föderierten?«

»So ist es.«

»Dann müssen Sie sich sicherlich besinnen, daß ein nach Cedar Key entfliehender Bahnzug durch das Kanonenboot ›Ottawa‹ auf der Brücke, welche die Insel Amelia mit dem Festlande verbindet, angegriffen wurde.«

»Vollkommen.«

»Nun, der Wagen am Ende dieses Zuges wurde auf der Brücke zurückgehalten, und eine Abteilung föderierter Truppen bemächtigte sich aller der Flüchtlinge, welche er enthielt. Die Gefangenen, deren Namen und Signalement man feststellte, erhielten ihre Freiheit erst achtundvierzig Stunden später wieder.«

»Ich weiß es«, antwortete der Oberst Gardner.

»Nun wohl, unter jenen Gefangenen befand auch ich mich.«

»Sie?«

»Ich!«

Ein neues, noch mißliebigeres Gemurmel beantwortete diese so unerwartete Erklärung.

»Da diese Gefangenen also«, fuhr Texar fort, »vom 2. bis zum 4. März zurückgehalten wurden, der Überfall der Pflanzung und die mir vorgeworfene Entführung aber in der Nacht zum 3. März stattgehabt haben soll, so ist es doch schlechterdings unmöglich, daß ich deren Urheber sein könnte. Alice kann ferner auch Zermah gar nicht meinen Namen haben ausrufen hören; sie kann mich folgerichtig nicht auf dem aus der Marino-Bucht sich entfernenden Boote gesehen haben, einfach, weil ich zu derselben Zeit von den föderierten Truppen in Haft gehalten wurde.«

»Das ist falsch«, rief James Burbank. »Das kann nicht sein . . .!«

»Und ich«, fügte Miß Alice hinzu, »ich schwöre, daß ich diesen Mann gesehen, daß ich ihn deutlich erkannt habe.«

»Schlagen Sie die Akten nach«, begnügte sich Texar zu antworten.

Der Oberst Gardner ließ die Akten herbeischaffen, die zur Verfügung des Kommodore Dupont in Saint-Augustine gestellt waren, und zwar diejenigen, welche die bei der Einnahme von Fernandina und bei Überrumplung des Eisenbahnzuges nach Cedar Key gemachten Gefangenen betrafen. Man legte sie ihm vor, und der mußte in der Tat bestätigen, daß der Name Texar nebst passendem Signalement sich in dem Verzeichnisse vorfand.

Es war also kein Zweifel mehr. Der Spanier konnte jenes Raubes nicht angeklagt werden. Miß Alice täuschte sich, wenn sie ihn wiederzuerkennen versicherte. Er hatte an jenem Abend in der Marino-Bucht gar nicht sein können. Seine achtundvierzigstündige Abwesenheit erklärte sich ganz natürlich; er befand sich während derselben an Bord eines der Kanonenboote des Geschwaders.

Auch dieses Mal war es ein unbestreitbares, auf ein offizielles Aktenstück begründetes Alibi, welches Texar von der Anschuldigung eines Verbrechens freimachte. Man mußte sich wirklich fragen, ob nicht bei den früher gegen ihn erhobenen Anklagen ein offenbarer Irrtum unterlaufen sei, ebenso wie man einen solchen bei der heutigen Sache bezüglich Camdleß-Bay und der Marino-Bucht anzuerkennen gezwungen war.

James Burbank, Gilbert, Mars und Alice Stannard fühlten sich von dem Ausgange dieser Verhandlung wie niedergeschmettert. Texar entging ihnen noch einmal und mit ihm jede Aussicht, je zu hören, was aus Dy und Zermah geworden war.

Gegenüber dem von dem Angeklagten nachgewiesenen Alibi konnte die Entscheidung des Kriegsgerichts nicht mehr zweifelhaft sein.

Texar wurde von der Anklage der Plünderung und des Menschenraubes freigesprochen. Er verließ den Gerichtssaal mit hocherhobenem Kopfe und begleitet von den laut schallenden Hurras seiner Freunde.

An demselben Abend noch hatte der Spanier Saint-Augustine verlassen, und niemand hätte sagen können, in welchem Winkel von Florida er sein abenteuerliches Leben wiederaufnehmen werde.

Siebtes Kapitel

Letzte Worte und ein letzter Seufzer

Am nämlichen Tage, am 17. März, kehrten James und Gilbert Burbank, Mr. Stannard und seine Tochter nebst dem Gatten Zermahs nach der Ansiedlung von Camdleß-Bay zurück.

Frau Burbank konnte die Wahrheit nicht wohl verhehlt werden.

Für die unglückliche Gattin war das ein neuer Schlag, der bei dem Zustande der Schwäche, in dem sie sich befand, leicht tödlich werden konnte.

Der letzte Versuch, das Schicksal ihres Kindes aufzuhellen, hatte sich erfolglos erwiesen, da Texar jede Antwort verweigerte. Und wie hätte man diesen auch zu einer solchen zwingen können, da er behauptete, mit der Entführung nichts zu tun gehabt zu haben? Und das behauptete er nicht allein, sondern es bewies ein nicht weniger als alle früheren unerklärliches Alibi, daß er zu der Zeit, wo das Verbrechen begangen wurde, in der Marino-Bucht gar nicht hatte sein können. Da ihn das Gericht infolgedessen von der erhobenen Klage freisprechen mußte, verschwand auch die Möglichkeit, ihn vor die Wahl einer harten Strafe oder eines Geständnisses zu stellen, welche wenigstens auf die Spuren seiner Opfer hätte führen können.

»Doch wenn es Texar nicht gewesen ist«, wiederholte Gilbert, »auf wem lastet dann dieses Verbrechen?«

»Es kann ja durch seine Leute begangen worden sein«, meinte Mr. Stannard, »ohne daß er dabei persönlich anwesend war.«

»Das wäre die einzige annehmbare Erklärung«, sagte Edward Carrol.

»Nein, lieber Vater; nein, Herr Carrol!« versicherte Miß Alice. »Texar befand sich in dem einen Boote, während das andere unsere kleine Dy fortführte ... Ich habe ihn gesehen ... habe ihn noch in dem Augenblicke erkannt, als Zermah mit einem letzten Hilferuf seinen Namen ausstieß ... Ich habe ihn gesehen ... ganhz sicher und bestimmt gesehen.«

Niemand wußte eine Antwort auf eine so bestimmt abgegebene Erklärung, nach der ein Irrtum ihrerseits, wie das junge Mädchen im Castle-House wiederholt erklärte, ebensowenig unterlaufen konnte wie vorher, als sie ihre Aussage im Fort Marion eidlich erhärtete. – Freilich blieb damit noch immer unaufgeklärt, wie der Spanier sich in dem Augenblicke hatte unter den Gefangenen in Fernandina befinden und an Bord eines der Fahrzeuge des Kommodore Dupont zurückgehalten werden können.

Doch wenn sich bei allen anderen leise Zweifel über diesen Punkt regen mochten, bei Mars war dies nicht der Fall. Er suchte gar nicht zu begreifen, was einmal unbegreiflich schien, wie er sagte, und, entschlossen, den Spuren Texars nachzufolgen, hoffte er, ihm sein Geheimnis schon noch entwinden zu können, und müßte er es ihm durch die Folter entreißen.

»Du hast recht, Mars«, antwortete Gilbert. »Im Notfalle müssen wir freilich ohne diesen Schurken unser Ziel zu erreichen suchen, denn wir wissen nicht, was jetzt aus ihm geworden und wohin er gegangen ist. Wir nehmen unsere Nachsuchungen wieder auf. Ich habe Urlaub, so lange Zeit, wie es mir nötig erscheint, auf Camdleß-Bay zu bleiben, und schon von morgen an ...«

»Ja, ja, Herr Gilbert«, fiel Mars ein, »von morgen an!«

Der Mestize begab sich nach seinem Zimmer, wo er seinem Schmerze und seinem Zorne gleichmäßig freien Lauf lassen konnte.

Am folgenden Tage trafen Gilbert und Mars ihre Vorbereitungen zum Aufbruche. Sie wollten die nächsten zwölf Stunden dazu benützen, mit größter Sorgfalt alle Einbuchtungen und kleinen Eilande flußaufwärts von Camdleß-Bay an beiden Ufern des Saint-John abzusuchen.

Während ihres Fernbleibens sollten James Burbank und Edward Carrol die nötigen Maßregeln zur Ausführung eines umfassenden Zuges treffen. Lebensmittel, Schießbedarf, Transportmittel und Mannschaft – nichts sollte dabei vernachlässigt werden, um denselben zu gutem Ende zu führen.

Wurde es notwendig, sogar bis in die verwilderten Teile des unteren Florida vorzudringen, quer durch die Everglades inmitten der Sümpfe des Südens, so würde man deshalb nicht zögern. Es schien ja unmöglich, daß Texar das Gebiet des Staates verlassen haben könnte; denn bei dem Versuche, nach Norden hin auszuweichen, wäre er den föderierten Truppen in die Hände gefallen, welche längs der Grenze von Georgia standen. Wollte er über das Meer entkommen, so konnte das nur durch eine Fahrt über die Meerenge von Bahama erfolgen, um dann vielleicht Zuflucht auf den englischen Lucayen zu suchen. Die Schiffe des Kommodore Dupont hielten aber alle Wasserstraßen vom Mosquito-Eiland bis zum Eingange in jene Meerenge besetzt, und außerdem übten die Schaluppen derselben eine effektive Blockade über das ganze Küstengebiet aus. Nach dieser Seite hin bot sich dem Spanier also keine Aussicht zur Flucht. Er mußte in Florida sein und hielt sich wahrscheinlich ebenda verborgen, wo seine von dem Indianer Squambo bewachten Opfer nun schon seit vierzehn Tagen schmachteten. Der von James Burbank geplanten Expedition fiel also die Aufgabe zu, jene Schurken auf dem ganzen Gebiete von Florida aufzusuchen.

Übrigens erfreute sich dieses ganze Gebiet jetzt einer vollkommenen Ruhe infolge der Anwesenheit der Truppen aus dem Norden, und der Schiffe, welche die östliche

Küste im Schach hielten.

Wir brauchen wohl kaum hinzuzufügen, daß dieselben Zustände in Jacksonville herrschten, wo die früheren Beamten ihre Stellungen in der Stadtverwaltung wieder eingenommen hatten. Da gab es keine wegen ihrer lauen oder gegenteiligen Anschauungen eingekerkerten Bürger mehr, und die Spießgesellen Texars, die sich in der ersten Stunde auf den Fersen der zurückweichenden Milizen aus dem Staube machten, waren nach allen Himmelsgegenden zerstreut.

Inzwischen nahm der Sezessionskrieg in den Zentralstaaten der Union einen für die Föderierten immer günstiger verlaufenden Fortgang. Am 18. und 19. März war die erste Division der Potomac-Armee beim Fort Monroe gelandet; am 22. schicke sich die zweite an, Alexandria zu verlassen, um jener mit derselben Bestimmung zu folgen. Trotz des militärischen Genies des ehemaligen Chemieprofessors J. Jackson, der sich den Namen »Stonewall (das ist: Steinmauer) Jackson« erworben hatte, wurden die Südstaatler doch schon wenige Tage später in der Schlacht bei Kernstown aufs Haupt geschlagen. Für jetzt war demnach von einer etwaigen Erhebung in Florida nicht das geringste zu befürchten, hier in dem Staate, der sich, was nicht genug hervorgehoben werden kann, gegenüber jenen den Norden wie den Süden erfüllenden Leidenschaften ziemlich teilnahmslos verhalten hatte.

Unter diesen Verhältnissen hatte das nach dem Überfalle der Pflanzung einstweilen zerstreute Personal von Camdleß-Bay nach und nach zurückkehren können. Nach der Einnahme Jacksonvilles hatten die Befehle Texars und seines Bürgerausschusses bezüglich der Ausweisung der befreiten Sklaven ja keinerlei Geltung mehr. An jenem 17. März waren die meisten Familien der auf der Ansiedlung wieder eingetroffenen Schwarzen schon mit der Wiederaufrichtung ihrer Baracken beschäftigt. Gleichzeitig räumten zahlreiche Arbeiter die Trümmer der Zimmerplätze und Sägewerke hinweg, um den regelmäßigen Betrieb auf ganz Camdleß-Bay baldigst wiederaufnehmen zu können. Perry und seine Unterverwalter entwickelten unter der Leitung Edward Carrols eine große Tätigkeit.

Wenn James Burbank ihm die Sorge, alles anzuordnen, überließ, so kam das daher, daß er selbst eine andere Aufgabe zu erfüllen hatte – daß er sein Kind wiederzufinden hatte, und er wollte also für einen nahe bevorstehenden Nachforschungszug alle Elemente seiner Expedition vereinigen. Eine Abteilung von zwölf befreiten Schwarzen, ausgewählt unter denen, die ihm auf Gut und Blut ergeben waren, sollte ihn bei seinen Nachsuchungen begleiten, und man darf sicher glauben, daß die wackeren Leute sich dieser Aufgabe mit opfermutigem Feuereifer unterzogen.

Nun blieb zunächst festzustellen, welche Richtung die Expedition einschlagen sollte, denn hierüber konnte man wohl im Zweifel sein. Ja, nach welchem Teile des Landes sollte der Zug denn gehen? Diese Frage mußte offenbar alle anderen überwiegen.

Ein ganz unerwarteter Umstand, den einzig der Zufall herbeiführte, wies da mit ziemlicher Bestimmtheit darauf hin, welcher Fährte man, wenigstens zum Beginne des Zuges, zu folgen habe.

Am 19. fuhren nämlich Gilbert und Mars, die am frühen Morgen von Castle-House aufgebrochen waren, in einem der leichtesten Boote von Camdleß-Bay schnell den Saint-John hinauf. Keiner der Schwarzen von der Ansiedlung begleitete sie bei diesen Nachsuchungen, welche sie jeden Tag an beiden Ufern des Flusses unternahmen. Sie bemühten sich dabei, so heimlich wie möglich zu Werke zu gehen, um ja nicht den Verdacht etwaiger Spione zu wecken, welche auf Befehl Texars die Umgebungen des Castle-House überwachen konnten.

An genanntem Tage glitten beide längs des linken

Ufers hin. Ihr unter dem hohen Schilf, das sich hinter den durch die Hochfluten der Tagundnachtgleichen vom Lande losgerissenen Inseln erhob, hinschleichendes Fahrzeug lief nicht die geringste Gefahr, bemerkt zu werden. Für Boote, welche im eigentlichen Flußbette steuerten, wäre es vollständig unsichtbar gewesen; ebenso auch vom Ufer selbst aus, dessen Höhe gegen die Blicke jedes Lauschers schützte, der sich unter dem Blätterdache desselben aufhielt.

An jenem Tage wollten sie die verborgensten Einbuchtungen und selbst die kleinsten Zuflüsse, welche die Grafschaften Duval und Putnam zum Saint-John entsenden, aufsuchen und durchforschen.

Bis zum Weiler Mandarin erscheint der Fluß überall ziemlich sumpfig. Bei Hochwasser im Meer steigt dasselbe über seine niedrigeren Uferteile, welche sich dann nicht vollständig wieder entleeren, wenn wieder so weit Ebbe eingetreten ist, um den Saint-John auf seinen gewöhnlichen Wasserstand zurückzuführen. Auf dem rechten Ufer nun steigt der Erdboden fast überall höher an. Dort sind die Maisfelder geschützt gegen die periodischen Überflutungen, welche keine Kultur derselben gestattet hätten. Der Örtlichkeit selbst, wo sich die wenigen Häuser von Mandarin erheben und die sich in ein bis zur Mitte der Wasserstraße reichendes Vorland fortsetzt, kann man fast den Namen eines Hügels geben.

Weiter hinaus durchsetzen zahlreiche Inseln das mehr eingeengte Bett des Flusses, und, die weißlichen Blütenmassen ihrer prächtigen Magnolien widerspiegelnd, wälzt sich das in drei Arme geteilte Wasser desselben mit der Flut hinauf und sinkt mit der Ebbe wieder herunter – ein Wechsel, den die Flußschiffahrt binnen vierundzwanzig Stunden zweimal mit Vorteil benützt.

Nachdem sie in den westlichen Arm eingedrungen, durchsuchten Gilbert und Mars auch die geringsten Einschnitte und Durchlässe des Ufers; sie bemühten sich, zu erkennen, ob nicht die Mündung eines kleinen Rio unter dem Gezweige der Tropenbäume sich öffnete, dessen Windungen sie nach dem Innern hinein hätten folgen können. An dieser Stelle fanden sich schon nicht mehr die Sumpfniederungen des unteren Flußlaufes; vielmehr zeigte sich hier eine Art kleiner Täler mit baumartigen Farnen und Ambrabüschen, deren erste zarte Blüten, durch welche sich Girlanden von Schlangenkraut und Aristolochia wanden, welche die Luft mit ihrem durchdringenden Geruch erfüllten. Wo sie aber hier und da solche kleinen Zuflüsse entdeckten, hatten diese nur eine ganz geringe Tiefe und bildeten eigentlich nur Wasserfäden, die nicht einmal einem Skiff genug Wasser boten, vorzüglich, da die Ebbe sie fast ganz trockenlegte. An deren Rande erhob sich nirgends eine Wohnstätte, höchstens vereinzelte, jetzt verlassene Jägerhütten, die schon seit langer Zeit unbenützt zu sein schienen. Wenn sich hier auch keine menschlichen Wesen aufhielten, hätte man doch glauben können, daß verschiedene Tiere in dieser Wildnis hausten. Das Gebell der Hunde, das Miauen von Katzen, das Quaken von Fröschen wie das Pfeifen von Reptilien und das Kläffen von Füchsen schlug einem dann und wann ans Ohr. Und doch gab es hier weder Füchse noch Katzen, Frösche, Hunde oder Schlangen; alles kam nur auf den Schrei des fast jede Tierstimme nachahmenden Katzenvogels hinaus, einer Art bräunlicher Drossel mit schwarzem Kopfe und orangerotem Schwanz, den die Annäherung des Bootes aus seinem Verstecke verscheuchte.

Es war jetzt etwa um drei Uhr nachmittags. Eben glitt das leichte Fahrzeug mit seinem Vorderteile unter das düstere Dickicht riesenhaften Schilfrohrs, als ein kräftigerer Stoß mit dem Bootshaken, dessen Mars sich hier bediente, dasselbe durch eine grüne Wand trieb, welche ganz undurchdringlich schien. Jenseits dieser Wand glitzerte ein vielleicht einen halben Anker großer Einschnitt, dessen durch ein dichtes Gewölbe von Tulpenbäumen gedecktes Wasser sich wohl noch niemals durch die Strahlen der Sonne erwärmt hatte.

»Da ist ein Teich, den ich bisher nicht gekannt«, sagte Mars, der sich erhob, um den Verlauf der Uferwand an der entgegengesetzten Seite zu übersehen.

»So untersuchen wir ihn«, antwortete Gilbert. »Es muß wohl mit der Kette von Tümpeln zusammenhängen, welche in dieser Lagune zerstreut liegen. Vielleicht werden dieselben doch von einem Nebenflusse gespeist, der uns gestattet, weiter ins Innere dieses Gebietes einzudringen.«

»Ganz recht, Herr Gilbert«, bestätigte Mars, »dort seh' ich auch schon die Öffnung einer Fahrstraße im Nordwesten von uns.«

»Kannst du wohl angeben«, fragte der junge Offizier, »an welchem Orte wir uns befinden?«

»Ganz genau nicht«, antwortete Mars, »wenn das nicht die Lagune ist, welche man die Schwarze Bucht nennt. Übrigens glaubte ich mit allen Leuten im Lande, daß es unmöglich sei, zu Wasser in dieselbe einzudringen, und daß sie überhaupt nicht mit dem Saint-John in Verbindung stände.«

»Befand sich in dieser Bucht nicht ehemals eine zur Abwehr der Seminolen errichtete Befestigung?«

»Ja, Herr Gilbert. Doch schon seit langen Jahren hat sich der Eingang zur Bucht vom Flusse her geschlossen, und die Befestigung ist aufgegeben worden. Ich selbst bin übrigens nie bis dahin gekommen, und sie muß jetzt wohl in Trümmern liegen.«

»Versuchen wir, dieselbe zu erreichen«, sagte Gilbert.

»Ja, wir wollen es versuchen«, stimmte Mars zu, »obgleich die Sache schwierig sein wird. Bald muß es mit dem Wasser zu Ende sein, und das sumpfige Land bietet uns dann nicht hinreichend festen Boden, um über denselben hinzuschreiten.«

»Gewiß, Mars; solange wir also genug Fahrwasser unter uns haben, bleiben wir natürlich in dem Boote.«

»Verlieren wir keinen Augenblick, Herr Gilbert; es ist schon drei Uhr, und unter diesen Bäumen muß es zeitig Nacht werden.«

In der Tat war es jene Schwarze Bucht, in die Gilbert und Mars eingedrungen waren dank jenes Stoßes mit dem Bootshaken, der ihr Boot unvermutet durch die Schilfwand getrieben hatte. Wie wir wissen, war diese Lagune nur für ganz leichte Skiffs, wie Squambo ein solches gewöhnlich benützte, wenn er oder sein Herr sich nach dem Saint-John selbst hinausbegab, fahrbar. Um übrigens bis zu dem inmitten dieser umfänglichen Einbuchtung gelegenen Blockhause zu gelangen, das fast unentwirrbare Netzgewebe von Eilanden und schmalen Wasserstraßen zu passieren, mußte man mit deren tausend Windungen genau vertraut sein, und schon seit langen Jahren hatte sich bis hierher niemand verirrt, ja, man glaubte wohl im Lande gar nicht an das Nochvorhandensein jener kleinen Befestigung; das gewährte natürlich der fremdartigen und verbrecherischen Persönlichkeit, die hier gewöhnlich einen Schlupfwinkel fand, ungestörte Sicherheit, und daher rührte auch das bisher unentschleierte Geheimnis, welches das Privatleben Texars umhüllte.

Man hätte einen Ariadnefaden gebraucht, um sich durch dieses immer dunkle Labyrinth zu finden, welches die Sonne nicht einmal, wenn sie im Mittag stand, durchleuchtete. In Ermangelung dieses Fadens konnte es nur der Zufall geben, die Zentralinsel der Schwarzen Bucht zu entdecken.

Dieser unbewußten Führung mußten sich also auch Gilbert und Mars anvertrauen. Über den ersten freien Einschnitt hinweggekommen, steuerten sie in die Kanäle ein, deren Gewässer jetzt mit der steigenden Flut anwuchs, so daß selbst die engsten Durchlässe fahrbar schienen. Sie drangen dabei vorwärts, als triebe sie ein geheimes Vorgefühl, ohne sich zu fragen, wie sie wohl den Rückweg finden würden. Da sie einmal die ganze Grafschaft bis ins kleinste durchsuchen wollten, so sollte auch kein Winkel in dieser Lagune ihrer Besichtigung entgehen.

Nach einer halbstündigen Anstrengung mochten sie, wie Gilbert es schätzte, wohl eine gute Meile in die Bucht eingedrungen sein. Mehr als einmal hatten sie sich dabei, vor ein undurchdringliches Uferstück gelangt, wieder rückwärts wenden müssen, um eine andere Durchfahrt zu entdecken, doch bestand kein Zweifel darüber, daß sie sich in der Hauptrichtung nach Westen hin fortbewegten. Weder der junge Offizier noch Mars hatten daran gedacht, ans Land zu gehen, was auch seine Schwierigkeiten gehabt hätte, da der Boden aller dieser Eilande den mittleren Wasserstand des Flusses nur um wenige Fuß überragte.

Jedenfalls schien es besser, das leichte Boot nicht eher zu verlassen, als bis eintretender Wassermangel dessen weiteres Vorwärtskommen verhinderte.

Dennoch hatten Gilbert und Mars diese eine Meile nur unter großer Anstrengung zurücklegen können. So kräftig er auch war, mußte der Mestize wohl ein wenig ausruhen. Er wollte das aber nicht früher, als bis sie ein größeres und höher ansteigendes Eiland erreicht haben würden, auf das durch Lücken in den Bäumen wenigstens einige Sonnenstrahlen herniederfielen.

»Da, das ist auffallend«, sagte er plötzlich.

»Was meinst du?« fragte Gilbert.

»Dieses Eiland zeigt Spuren von Kultur«, antwortete Mars.

Beide sprangen ans Land und sahen, daß sie sich auf einem minder sumpfigen Ufer befanden.

Mars täuschte sich nicht; hier verrieten sich deutliche Spuren eines stattfindenden Anbaues. Da und dort sproßten Ignamen, und der Erdboden zeigte vier bis fünf offenbar von Menschenhänden gezogene Furchen; überdies stak noch eine zurückgelassene Haue in der Erde.

»Die Bucht ist demnach bewohnt...?« fragte Gilbert.

»Das könnte man wohl glauben«, erwiderte Mars, »mindestens ist sie wahrscheinlich Waldläufern bekannt, vielleicht auch nomadisierenden Indianern, welche sich hier einiges Gemüse züchten.«

»Dann wäre es auch nicht unmöglich, daß dieselben sich Wohnstätten ... Hütten erbaut hätten ...«

»Nun, Herr Gilbert, wenn es nur eine solche gibt, werden wir sie auch finden.«

Sie hatten natürlich ein großes Interesse, zu wissen, welche Art Leute diese Schwarze Bucht besuchen mochten, ob es sich dabei nur um Jäger aus den unteren Gebieten oder um Seminolen handelte, von denen manche Banden noch immer durch die Sumpfländereien Floridas streifen.

Ohne an die Rückkehr zu denken, begaben sich Gilbert und Mars also wieder in ihr Boot und drangen noch tiefer in die Schlangenwege der Bucht ein. Es schien, als ob eine Art Ahnung sie gerade nach den düstersten Teilen derselben hinzöge. Ihre an die verhältnismäßige Dunkelheit, welche das dichte Laubwerk auf den Eilanden unterhielt, schon gewöhnten Blicke wandten sich nach allen Richtungen hin. Manchmal glaubten sie schon eine Wohnung zu entdecken, während es sich nur um einen von Baum zu Baum reichenden Blättervorhang handelte. Bald wieder sagten sie: »Da ist ein Mensch, der stillsteht und uns beobachtet!« – und es war doch nur ein seltsam gewundener alter Baumstumpf, dessen Profil einigermaßen die Seitenansicht eines Menschen wiedergab. Dann lauschten sie wieder voller Spannung ... konnte ihnen die Kunde, welche sie durch die Augen nicht erhielten, vielleicht durch die Ohren werden? Es genügte ja das geringste Geräusch, um die Anwesenheit eines lebenden Wesens in dieser Wüstenei erkennen zu lassen.

Eine halbe Stunde nach ihrem ersten Halt waren beide nahe bei der Mittelinsel angelangt. Das in Ruinen liegende Blockhaus verbarg sich so vollständig unter dem Baumdickicht, daß sie davon nichts wahrnehmen konnten. Es schien sogar, als ginge die Bucht hier zu Ende und als würden die von Gestrüpp durchsetzten Wasserfäden völlig unfahrbar. Hier strebte noch eine ganz undurchdringliche Wand von Buschwerk empor, und zwar zwischen den letzten Ausläufern der Kanäle und den sumpfigen Wäldern, die sich auf dem linken Ufer des Saint-John durch die ganze Grafschaft Duval verbreiten.

»Es scheint mir unmöglich, noch weiter vorwärts zu kommen«, bemerkte Mars. »Schon fehlt es an Wasser, Herr Gilbert . . .«

»Und doch«, erwiderte der junge Offizier, »haben wir uns bezüglich jener Spuren von Kultur nicht täuschen können, daß in dieser Bucht auch menschliche Wesen hausen. Vielleicht waren solche vor ganz kurzer Zeit . . . vielleicht sind sie gar jetzt noch hier . . .?«

»Gewiß«, stimmte Mars ihm zu, »wir müssen aber den Rest des Tages benutzen, um nach dem Saint-John zurückzufahren. Schon naht die Nacht heran, bald wird tiefe Finsternis herrschen, und wie sollen wir uns dann inmitten dieser gewundenen Kanäle wieder zurechtfinden? Ich glaube, Herr Gilbert, es ist am klügsten, wir kehren nun schleunigst um und beginnen diese Durchsuchung morgen bei Tagesanbruch von neuem. Kehren wir also wie gewöhnlich nach dem Castle-House zurück; dort melden wir, was wir gesehen haben, und stellen unter günstigeren Bedingungen eine wiederholte und vollständigere Durchsuchung der Schwarzen Bucht an.«

»Ja, es geht wohl nicht anders«, meinte Gilbert; »und doch, ehe wir aufbrechen, hätte ich gern . . .«

Gilbert hielt sich regungslos still, warf eben einen letzten Blick unter die Bäume hin und wollte schon das Boot wieder abstoßen lassen, als er Mars durch eine Handbewegung noch davon zurückhielt.

Der Mestize legte sofort die Ruder ein, richtete sich auf und lauschte auch selbst mit größter Aufmerksamkeit.

Ein Schrei oder vielmehr eine Art fortwährendes Wimmern, das mit den gewöhnlichen Lauten aus dem Walde gar nicht zu verwechseln war, ließ sich jetzt vernehmen. Es klang wie eine verzweifelte Klage, wie Schmerzenslaute eines menschlichen Wesens, welche diesem offenbar durch schwere Leiden abgerungen wurden. Man konnte darin die letzten Lebenszeichen einer Stimme erkennen, welche dem Verlöschen nahe war.

»Das ist ein Mensch! Er verlangt Hilfe! ... Vielleicht liegt er im Sterben!«

»Ja«, bestätigte Mars; »wir müssen zu ihm hin, müssen sehen, wer es ist! ... Gehen wir ans Land!«

Das war im Handumdrehen geschehen. Nach sorfältiger Festlegung des Bootes am Uferrand sprangen Gilbert und Mars auf das Eiland und drangen unter die Bäume desselben ein.

Auch hier fanden sich verschiedene Spuren auf den durch das Dickicht gebrochenen Fußpfaden, sogar solche von menschlichen Tritten, deren Eindrücke der letzte Schimmer des Tages gerade noch erkennen ließ.

Von Zeit zu Zeit blieben Mars und Gilbert stehen, um zu lauschen, ob jene Klagelaute noch hörbar wären, da sie sich ja nur durch diese und durch diese allein führen lassen konnten.

Beide vernahmen sie von neuem und jetzt schon weit näher. Trotz der mehr und mehr zunehmenden Dunkelheit mußte es ihnen offenbar gelingen, nach der Stelle vorzudringen, von der jene kamen.

Plötzlich ertönte ein schrecklicher Aufschrei, so daß sie über die einzuhaltende Richtung gar nicht im unklaren sein konnten. Mit wenigen Schritten hatten Gilbert und Mars ein dichtes Gebüsch erreicht und sahen sich hier einem schon röchelnden, neben einer Palisade auf der Erde liegenden Mann gegenüber.

Von einem Messerstich in die Brust getroffen, entquoll dem Unglücklichen ein reichlicher Blutstrom, und die letzten Seufzer kamen über seine erbleichten Lippen. Er hatte gewiß nur noch wenige Augenblicke zu leben.

Gilbert und Mars hatten sich über ihn hinabgebeugt. Er öffnete wohl noch einmal die Augen, bemühte sich aber vergebens, auf die an ihn gerichteten Fragen zu antworten.

»Wir müssen ihn genauer sehen können, diesen Mann!« rief Gilbert. »Eine Fackel! Einen brennenden Zweig her!«

Mars hatte bereits einen Zweig von einem der harzreichen Bäume gerissen, die in großer Anzahl auf dem Eilande wuchsen. Er zündete denselben an, und seine qualmende Flamme warf einige Helligkeit in den Schatten.

Gilbert kniete neben dem Sterbenden. Es war ein Schwarzer, dem Anscheine nach ein noch junger Sklave. Sein zerrissenes Hemd ließ eine klaffende Öffnung in seiner Brust erkennen, aus der das Blut hervorquoll. Die Verwundung mußte eine tödliche sein, da der Messerstich wohl durch die Lunge gedrungen war.

»Wer bist du? . . . Wer bist du . . .?« fragte Mars.

Keine Antwort.

»Wer hat dich verwundet?«

Der Sklave vermochte keine Silbe hervorzubringen.

Inzwischen bewegte Mars den brennenden Zweig hin und her, um die Örtlichkeit zu erkennen, wo dieses Verbrechen begangen worden war.

Da bemerkte er erst besser die Palisade und durch das halb offenstehende Tor derselben die unbestimmten Umrisse des Blockhauses. Es war das wirklich die kleine Veste der Schwarzen Bucht, von deren Vorhandensein in der Grafschaft Duval wahrscheinlich niemand etwas wußte.

»Die Befestigung!« rief Mars.

Und seinen Herrn neben dem armen Schwarzen zurücklassend, drang er durch das Tor in jene ein.

Binnen einer Minute war Mars durch das Innere des Blockhauses gelaufen und hatte in dessen Einzelräume, die sich von beiden Seiten nach dem mittleren größeren Raume öffneten, einen flüchtigen Blick geworfen. In dem einen fand er die Überreste eines Feuers, das sogar noch schwach rauchte. Die Befestigung war also bis vor ganz kurzer Zeit bewohnt gewesen. Doch welcher Art Leuten, Floridiern oder Seminolen, hatte dieselbe als Zufluchtsort gedient? Das mußten sie um jeden Preis erfahren, und zwar von einem Verwundeten, der ihnen unter den Händen zu sterben drohte. Sie mußten wissen, wer seine Mörder gewesen seien, die ja nur seit wenigen Stunden entflohen sein konnten.

Mars trat aus dem Blockhaus wieder heraus, lief im Innern der Einfriedigung um die Palisade herum, leuchtete mit seiner Fackel unter alle Bäume . . . Niemand! Wären Gilbert und er heute morgen hierhergekommen, vielleicht hätten sie dann die Insassen der Befestigung angetroffen. Jetzt war es zu spät.

Der Mestize kehrte zu seinem Herrn zurück und meldete ihm, daß sie sich beim Blockhaus der Schwarzen Bucht befänden.

»Hat dieser Mann eine Antwort geben können?« fragte er.

»Nein«, erwiderte Gilbert, »er ist jetzt ohne Bewußtsein, und ich fürchte sehr, daß er nicht wieder zu sich kommen wird.«

»Versuchen wir, was uns möglich ist, Herr Gilbert«, bat Mars. »Hier liegt ein Geheimnis vor, das zu erforschen sicher von Wichtigkeit ist und das kein Mensch uns zu entschleiern vermag, wenn dieser Unglückliche tot ist.«

»Ja, Mars, wir wollen ihn in die Befestigung tragen ... Dort erholt er sich vielleicht noch einmal ein wenig ... Wir können ihn nicht an dieser Stelle aushauchen lassen.«

»Nehmen Sie die Fackel, Herr Gilbert«, sagte Mars. »Ich werde ihn schon tragen können.«

Gilbert ergriff den brennenden Harzzweig. Der Mestize nahm den Körper, der nur noch eine leblose Masse war, in die Arme, stieg die Stufen am Ausfallstore hinauf, drang durch die Öffnung, welche durch die Umfriedigung Eingang gewährte, und legte seine Last in einem der Zimmer der kleinen Befestigung nieder.

Der Sterbende wurde auf eine dicke Blätterlage gebettet. Mars ergriff darauf seine Kürbisflasche und führte sie ihm zwischen die Lippen.

Wenn auch nur schwach und in längeren Zwischenräumen, klopfte das Herz des Unglücklichen doch noch. Das Leben drohte ihm zu entfliehen ... Sollte er sein Geheimnis vor dem letzten Atemzuge wirklich nicht mehr offenbaren?

Die wenigen Tropfen Branntwein schienen ihn ein wenig zu beleben, denn er öffnete noch einmal die Augen und richtete dieselben auf Gilbert und Mars, die ihn dem Tode abzuringen suchten.

Er wollte sprechen. Einige gurgelnde Laute – vielleicht ein Name – kamen mühsam über seine Lippen.

»Rede! ... Um Gottes willen, rede!«

Die maßlose Aufregung des Mestizen erschien ganz unerklärlich, als wenn das zu erreichende Ziel, dem er sein ganzes Leben gewidmet, von den letzten Worten dieses Sterbenden abhinge.

Der junge Sklave versuchte vergeblich, einige Silben hervorzubringen ... er fand die Kraft dazu nicht mehr ...

In diesem Augenblicke fühlte Mars, daß ein Stück Papier sich in dessen Westentasche befand.

Das Papier ergreifen, es entfalten und beim lodernden Scheine der Fackel lesen, war nur das Werk einiger Sekunden.

Auf demselben fanden sich, mit einem Kohlenstifte geschrieben, folgende Worte:

»Entführt durch Texar in der Marino-Bucht ... In die Everglades ... nach der Insel Carneral geschleppt ... Zettel diesem jungen Sklaven ... für Mr. Burbank ... anvertraut ...«

Es waren Schriftzüge, welche Mars gar zu gut kannte.

»Zermah ...!« rief er.

Bei Nennung dieses Namens schlug der Sterbende die Augen wieder auf und senkte, wie zur Bestätigung, ein wenig den Kopf.

Gilbert richtete ihn vorsichtig halb empor und fragte:

»Zermah ...?«

»Ja!«

»Und Dy ...?«

»Auch.«

»Wer hat dich so schwer verletzt?«

»Texar!«

Das war das letzte Wort des jungen Sklaven, der jetzt tot auf sein Blätterlager zurücksank.

Achtes Kapitel

Von Camdleß-Bay nach dem Washington-See

Noch denselben Abend, kurz vor Mitternacht, waren Gilbert und Mars wieder im Castle-House zurück; doch welche Schwierigkeiten hatten sie zu überwinden gehabt, um aus der Schwarzen Bucht wieder herauszukommen! Als sie das Blockhaus verließen, begann schon die Nacht über das Tal des Saint-John herabzusinken, und unter den Bäumen der düsteren Lagune herrschte bereits tiefe Finsternis. Ohne eine Art Instinkt, der Mars jetzt in der Dunkelheit noch durch die engen Wasserstraßen und zwischen dem endlosen Inselgewirr leitete, hätten sie weder der eine noch der andere den Lauf des Flusses wiederfinden können. Zwanzigmal mußte ihr Boot wohl vor einer geschlossenen Stelle haltmachen und wieder umkehren, um einen fahrbaren Weg aufzusuchen. Immer mußten sie frische harzreiche Zweige anzünden und am Vorderteile des Kanus befestigen, um, so gut es anging, das Fahrwasser zu beleuchten. Am allerschlimmsten gestalteten sich diese Schwierigkeiten, als Mars sich bemühte, den einzigen Ausgang zu finden, der dem Wasser der Bucht als Verbindung mit dem Saint-John diente. Der Mestize erkannte zuerst die Stelle nicht wieder, durch welche sie nur vor wenigen Stunden hierher eingedrungen waren, obwohl er sie durch Umbrechen verschiedener Rohrstengel bezeichnet hatte. Zum Glück war die Flut im Fallen, und das Boot konnte sich der Strömung überlassen, welche nach diesem natürlichen Abfluß hintrieb. Drei Stunden später und nachdem sie die zwanzig Meilen von der Schwarzen Bucht bis Camdleß-Bay in rascher Fahrt zurückgelegt, landeten Gilbert und Mars am Pier der Ansiedlung.

Im Castle-House wartete man ihrer. Noch hatten weder James Burbank noch einer der Seinigen ihre Zimmer aufgesucht, da alle diese ungewöhnliche Verzögerung beunruhigte. Gilbert und Mars pflegten sonst stets mit Anbruch des Abends heimzukehren, und heute blieben sie so lange aus. Natürlich erfüllte das alle mit einiger Angst, wenn man wie als Trost dafür auch die Erklärung darin zu finden meinte, daß sie wahrscheinlich eine neue Spur gefunden, daß ihre Nachforschungen vielleicht zu unerwartetem Erfolge geführt hätten.

Endlich kamen sie, und bei ihrem Eintritte in die Halle eilten ihnen alle entgegen.

»Nun, wie steht's, Gilbert?« rief James Burbank.

»Lieber Vater«, antwortete der junge Offizier, »Alice hatte sich doch nicht getäuscht! ... Texar ist es gewesen, der meine Schwester und Zermah entführte.«

»Hast du dafür Beweise?«

»Hier, lies selbst!«

Gilbert reichte ihm das zerknitterte Stückchen Papier, welches die wenigen von der Hand der Mestizin geschriebenen Worte trug.

»Ja«, fuhr er fort, »nun gibt's keinen Zweifel mehr, der Spanier ist der schurkische Räuber! Seine beiden Opfer hat er nach der kleinen Befestigung in der Schwarzen Bucht selbst gebracht oder dahin bringen lassen. Dort hat er gewohnt, ohne daß wir etwas davon ahnten. Ein armer Sklave, dem Zermah dieses Papierstückchen anvertraute, um es im Castle-House abzuliefern, und von dem sie ebenfalls erfahren hatte, daß Texar sich nach der Insel Carneral zurückzuziehen beabsichtigte, hat den Dienst, den er ihr leisten wollte, mit dem Leben bezahlen müssen. Wir haben ihn, von Texars Hand tödlich verwundet, nur sterbend aufgefunden, und jetzt ist er tot. Doch wenn Dy und Zermah auch nicht mehr in der Schwarzen Bucht weilen, so wissen wir mindestens, nach welchem Teile Floridas man sie geschleppt hat, nach den Everglades nämlich, und von dort müssen wir sie uns holen. Schon morgen, lieber Vater, gleich morgen brechen wir auf ...«

»Wir sind bereit, Gilbert.«

»Also morgen!«

In das Castle-House war ein neuer Hoffnungsschimmer eingezogen, denn jetzt brauchte man keine Zeit mehr in unfruchtbaren Nachforschungen zu vergeuden. Frau Burbank fühlte sich, als sie diese günstige Veränderung der Sachlage erfuhr, wie neu belebt, so daß sie die Kraft gewann, sich aufzurichten und Gott für seine Gnade auf den Knien zu danken.

Der bestimmten Aussage Zermahs nach war es also Texar gewesen, der persönlich jenen frechen Raub an der Marino-Bucht geleitet, und ihn hatte Miß Alice ganz richtig in dem nach der Flußmitte zu steuernden Boote erkannt, wenn diese Tatsache auch mit jenem Alibi, auf das der Spanier sich berief, kaum in Übereinstimmung zu bringen war. Wie konnte er zur Stunde, als jenes Verbrechen begangen wurde, gleichzeitig an Bord eines der Fahrzeuge des Geschwaders Gefangener der Föderierten gewesen sein? Ohne Zweifel mußte dieser Alibibeweis, ebenso wie die früheren, ein trügerischer, erlogener sein. Doch wie das zusammenhing und ob jemals das Geheimnis dieser Allgegenwart Texars, von der er schon mehrfache Proben abgelegt, gelüftet werden würde, das konnte vorläufig niemand sagen.

Im Grunde kam für den Augenblick wenig darauf an, da ja nun bekanntgegeben war, daß die Mestizin und das Kind anfänglich nach dem Blockhause in der Schwarzen Bucht und dann nach der Insel Carneral geschafft worden waren und daß man sie Texar dort wieder entreißen mußte. Diesmal sollte ihn nichts der härtesten Strafe entziehen, die er für seine schändlichen Verbrechen schon längst verdient hatte.

Jetzt galt es, keinen Tag zu verlieren. Die Everglades lagen von Camdleß-Bay in sehr beträchtlicher Entfernung, deren Zurücklegung wenigstens einige Tage in Anspruch nahm. Zum Glücke war die von James Burbank vorbereitete Expedition, wie er versprochen, schon zum Aufbruch vom Castle-House bereit.

Die Karten der Halbinsel Florida zeigen, daß die Insel Carneral im sogenannten Okeechobee-See gelegen ist.

Die Everglades selbst bilden ein sumpfiges Gebiet, das bis an den Okeechobee-See heranreicht und im südlichen Florida, ein wenig unterhalb des 27. Breitengrades, zu suchen ist. Zwischen Jacksonville und jenem See rechnet man nahezu vierhundert Meilen (= 644 Kilometer).

Überdies ist es ein sehr wenig besuchtes und jener Zeit fast unbekanntes Land.

Wäre der Saint-John bis zu seiner Quelle schiffbar gewesen, so hätte die Fahrt dahin rasch und ohne größere Schwierigkeiten ausgeführt werden können, höchstwahrscheinlich war dieser Wasserweg aber nur auf einer Strecke von hundertsieben Meilen, das heißt bis zum Georgsee, zu benützen. Weiterhin hätte in seinem beschränkten Bett, das von vielen Holmen übersät und von Wasserpflanzen so ausgefüllt ist, daß kein hinreichendes Fahrwasser freibleibt, zumal da bei tiefstem Ebbestand da und dort der Grund fast trockengelegt wird, ein einigermaßen belastetes Boot schon ernsthafte Hindernisse gefunden oder wenigstens beträchtliche Verzögerungen erleiden müssen. Erwies es sich dagegen ausführbar, denselben bis zum Washington-See, sehr nahe dem 28. Breitengrade und bis etwa zur Höhe des Kaps Malabar, hinaufzusegeln, so hätte man sich dem Ziele damit wesentlich genähert. Auf mehr durfte man jedenfalls nicht rechnen. Am richtigsten schien es, sich auf einen Landmarsch von zweihundertfünfzig Meilen vorzubereiten, der freilich durch eine beinahe ganz öde Gegend führte, in der alle Transportmittel und anderen Hilfsquellen fehlen mußten, deren eine rasch durchzuführende Expedition bedurfte. Unter Berücksichtigung aller dieser Umstände hatte James Burbank auch seine Vorbereitungen getroffen.

Am folgenden Tage, dem 20. März, waren alle Teilnehmer der Expedition auf dem Pier von Camdleß-Bay versammelt. James Burbank und Gilbert hatten nicht ohne ängstliche Unruhe Frau Burbank umarmt, die das Zimmer noch immer nicht verlassen konnte. Miß Alice, Mr. Stannard und die Unterverwalter hatten ihnen das Geleit gegeben. Selbst Pyg verabschiedete sich recht herzlich von Mr. Perry, für den er jetzt wirklich eine Art Zuneigung hegte. Er erinnerte sich ja der Lektionen, die ihm von jenem über die Unzuträglichkeiten einer Freiheit, für welche er sich doch nicht reif genug fühlte, zuteil geworden waren.

Die Expedition bestand aus folgenden Mitgliedern: James Burbank, sein jetzt von der erlittenen Verwundung völlig wiederhergestellter Schwager Edward Carrol, sein Sohn Gilbert, der Oberverwalter Perry, Mars und dazu ein Dutzend Schwarze, die aus den mutigsten und ergebensten Leuten der Ansiedlung gewählt worden waren – zusammen siebzehn Personen. Mars kannte hinlänglich den Lauf des Saint-John, um sozusagen als Lotse dienen zu können, solange – unterhalb und oberhalb des Georgsees – der Wasserweg überhaupt zu Gebote stand. Die Schwarzen dagegen, lauter junge Männer, denen es an der Übung im Rudern nicht fehlte, sollten ihre kräftigen Arme dransetzen, wo und wann es an der Strömung oder an günstigem Winde mangelte.

Das Fahrzeug, eines der größten von Camdleß-Bay, führte ein einziges Segel, das ihm bei Rücken- wie bei einem Seitenwinde gestattete, allen Windungen des manchmal sehr scharfe Winkel bildenden Fahrwassers zu folgen. Es trug übrigens Waffen- und Schießbedarf in hinreichender Menge, um James Burbank und seine Gefährten nichts von den Seminolen-Banden des unteren Florida oder von den Spießgesellen Texars fürchten zu lassen, sofern der Spanier etwa einige seiner Parteigänger um sich versammelt hatte, und auch diese Möglichkeit, welche den Erfolg des ganzen Zuges hätte in Frage stellen können, mußte wohl berücksichtigt werden.

Nun noch den letzten Abschied – Gilbert umarmte Miß Alice, und James Burbank drückte diese in die Arme, als wäre sie schon seine Tochter gewesen.

»Mein Vater ... liebster Gilbert ...«, rief sie, »bringt mir unsere kleine Dy mit zurück! ... Bringt mir mein Schwesterchen wieder ...!«

»Ja, meine teure Alice!« antwortete der junge Offizier,

»du wirst – du mußt sie wiederhaben! . . . Gott gebe uns seinen mächtigen Schutz!«

Mr. Stannard, Miß Alice, die Unterverwalter und Pyg waren auf der Landungsbrücke zurückgeblieben, als das große Boot von derselben abstieß, und alle sandten diesem ein letztes Lebewohl nach, als es, von günstigem Nordostwind getrieben und von der ansteigenden Flut unterstützt, hinter der kleinen Landzunge vor der Marino-Bucht verschwand.

Es war jetzt schon gegen sechs Uhr morgens. Eine Stunde später segelte das Boot an dem Weiler Mandarin vorüber, und etwa um zehn Uhr befand es sich, ohne daß bisher die Ruder in Anspruch genommen worden wären, in der Höhe der Schwarzen Bucht.

Wie schlug da allen das Herz, als sie nahe diesem linken Ufer des Flusses hinglitten, durch welches jetzt das höher stehende Wasser nach dem Hinterlande eindrang! Durch dasselbe Dickicht von Schilfrohr, von Cannas und Wurzelträgern waren ja Dy und Zermah anfänglich entführt worden. Hier hatten sie Texar und seine Helfershelfer seit länger als vierzehn Tagen so tief versteckt gehalten, daß nach dem schändlichen Raube auch keine Spur von ihnen zu entdecken war. Zehnmal wenigstens waren James Burbank und Stannard und nach diesen Gilbert und Mars bis zu dieser Höhe des Flusses hinaufgefahren ohne eine Ahnung, daß das verfallene Blockhaus jenen als Gefängnis diente.

Heute hatte man natürlich keine Ursache, sich hier aufzuhalten, wo es ja galt, die Nachforschungen mehrere hundert Meilen weiter unten im Süden wiederaufzunehmen, und das Boot trieb also ohne Verzug an der Schwarzen Bucht vorüber.

Die erste Mahlzeit wurde in Gemeinschaft eingenommen. Mitgenommene Kisten und Koffer enthielten Nahrungsmittel für gut zwanzig Tage und daneben eine gewisse Anzahl Säcke, um dieser weiterzuschaffen, wenn der Weg über Land eingeschlagen werden mußte. Verschiedene Lagergeräte gestatteten überdies, am Tage oder in der Nacht in den dichten Waldungen haltzumachen, mit denen die Ufergelände des Saint-John überall bedeckt sind.

Gegen elf Uhr, als das Wasser zurückzusinken begann, blieb zwar der Wind noch günstig, doch wurden jetzt die Ruder in Tätigkeit gesetzt, um die gewünschte Fahrschnelligkeit beizubehalten. Die Schwarzen gingen also ans Werk, und unter dem Drucke ihrer fünf Ruderpaare glitt das Boot rasch den Fluß hinauf.

Mars stand am Steuer und führte das Fahrzeug mit sicherer Hand durch die Einzelarme, welche Inseln und Eilande im Saint-John so vielfach bilden. Er folgte dabei allemal den Durchfahrten, in welcher eine minder starke Strömung stattfand, bog aber stets ohne jedes Zaudern in dieselben ein. Niemals geriet er dabei aus Irrtum in einen unfahrbaren Kanal, niemals lief er Gefahr, auf einer Untiefe zu stranden, welche die Ebbe vielleicht bald ganz trockenlegen sollte. Er kannte das Bett des Flusses bis zum Georgsee ebensogut wie dessen Verlauf unterhalb Jacksonvilles, und er leitete jetzt das Fahrzeug mit derselben Sicherheit wie die Kanonenboote des Kommandanten Stevens, als er diese durch die Windungen bei der Barre lotste.

In diesem Teile seines Laufes war der Saint-John ganz öde und verlassen. Die Küstenschiffahrt auf demselben – wenn dieses Wort erlaubt ist –, welche sonst im Interesse der Pflanzungen an seinen Ufern unterhalten wurde, war seit der Einnahme von Jacksonville gänzlich eingestellt worden. Wenn jetzt noch ein Boot auf demselben strom- auf- oder -abwärts hinglitt, so geschah das nur zur Befriedigung der Bedürfnisse der föderierten Truppen und zur Aufrechterhaltung der Verbindung des Kommandanten Stevens mit seinen Unterbefehlshabern. Sehr wahrscheinlich mußte übrigens oberhalb Picolata auch dieses geringe Leben auf dem Flusse aufhören.

James Burbank traf vor diesem kleinen Flecken gegen sechs Uhr abends ein. Eine Abteilung nordstaatlicher Soldaten hatte hier den Landungsplatz besetzt. Das Boot wurde angerufen und mußte in der Höhe des Kais haltmachen.

Hier gab sich Gilbert Burbank dem in Picolate kommandierenden Offizier zu erkennen und konnte, da er vom Kommandanten Stevens seinen Passierschein aufwies, ungehindert weiterfahren.

Dieser Aufenthalt hatte nur wenige Augenblicke in Anspruch genommen. Da sich jetzt schon wieder das Anschwellen der Flut bemerkbar machte, wurden die Ruder eingezogen, und das Boot schnitt rasch durch das Wasser zu den tiefen Wäldern hin, die sich auf jeder Seite des Ufers erhoben. Einige Meilen unterhalb Picolatas trat an die Stelle desselben ein mehr sumpfreiches Land. Was dagegen den Wälderbestand am rechten Ufer angeht, so mußte man bis über den Georgsee hinaus gelangen, ohne dessen Ende gesehen zu haben. Auf diesem Ufer entfernen sie sich freilich ein wenig von dem Saint-John und lassen einen ziemlich breiten Streifen offenen Landes liegen, dessen sich die Kultur mit Recht bemächtigt hat. Hier dehnen sich weite Reisfelder aus oder solche mit spanischem Rohr und Indigo, und daneben bezeugen reiche Baumwollpflanzungen noch die Fruchtbarkeit der floridischen Halbinsel.

Kurz nach sechs Uhr schon hatten James Burbank und seine Begleiter hinter einer Biegung des Flusses den roten Turm des alten spanischen, seit einem Jahrhundert verlassenen Forts, der sogar die hohen Wipfel der großen Palmen am Ufer überragt, aus dem Gesicht verloren.

»Du fürchtest nicht, Mars«, sagte da James Burbank, »auch während der Nacht auf dem Saint-John weiterzufahren?«

»Nein, Herr Burbank«, antwortete Mars, »bis zum

Georgsee stehe ich für alles. Weiter werden wir ja sehen. Übrigens haben wir keine Stunde zu verlieren, und da uns jetzt die Flut begünstigt, gilt es dieselbe zu benützen. Je weiter wir hinaufkommen, desto schwächer wird sie freilich sein, aber doch noch anhalten. Meiner Meinung nach sollten wir also immer Tag und Nacht weiterfahren.«

Mars' Vorschlag war durch die Umstände gegeben. Da er für ein ungehindertes Fortkommen eintrat, mußte man sich wohl seiner Geschicklichkeit anvertrauen und sollte das auch nicht zu bereuen haben. Die ganze Nacht hindurch drang das Boot ohne Schwierigkeiten den Lauf des Saint-John hinauf, doch während einiger Stunden kam ihm dabei die Flut zu Hilfe. Dann griffen die Schwarzen wieder zu den Rudern, und so konnte man noch fünfzehn Meilen nach Süden zu zurücklegen.

Weder in dieser Nacht noch während des 22. März selbst wurde irgendwo haltgemacht, alles ging ohne Störung ab, und auch im Laufe der nächsten zwölf Stunden ereignete sich keinerlei Zwischenfall. Der Oberlauf des Flusses schien vollständig verlassen. Man segelte sozusagen inmitten eines endlosen Waldes alter Zedern hin, deren Blättermassen sich zuweilen über den Saint-John vermischten und ein dichtes Laubgewölbe bildeten. Dorfschaften waren nirgends zu erblicken und ebensowenig Pflanzungen oder Einzelwohnungen. Das Uferland mochte offenbar zu keinem Anbau geeignet sein, so daß keinem Ansiedler der Gedanke ankommen konnte, hier eine Pflanzung oder nur eine kleine Farm zu begründen.

Am 23. bei Tagesanbruch erweiterte sich der Fluß zu einer sehr ausgedehnten Wasserfläche, deren Ufer sich zuletzt von dem schier endlosen Wald abhoben. Das sehr flache Land wich bis zu den Grenzen eines mehrere Meilen entfernten Horizontes zurück.

Das Ganze bildete einen See – den Georgsee –, den der Saint-John von Süden nach Norden durchfließt und dem er einen Teil seiner Wassermassen entnimmt.

»Ja, da ist der Georgsee«, erklärte Mars, »den ich schon besucht habe, als ich eine zur Erforschung des Oberlaufes des Flusses ausgesendete Expedition begleitete.«

»Und wie weit«, fragte James Burbank, »befinden wir uns jetzt von Camdleß-Bay?«

»Etwa hundert Meilen«, antwortete Mars.

»Das ist also noch nicht ganz der dritte Teil der Strecke, die wir zurückzulegen haben, um bis zu den Everglades zu gelangen«, bemerkte Edward Carrol.

»Wie sollen wir uns nun verhalten, Mars?« fragte Gilbert. »Werden wir das Boot verlassen müssen, um längs eines der Ufer des Saint-John weiterzuziehen? Das würde ohne Mühe und Verzögerung nicht abgehen. Sollte es nicht möglich sein, nach Überschreitung des Georgsees dem Wasserlaufe noch bis zu dem Punkte zu folgen, wo er überhaupt unfahrbar wird? Könnten wir das nicht versuchen, selbst auf die Gefahr hin, aufzulaufen und uns nicht wieder flottmachen zu können? Mindestens lohnt sich's der Mühe, es zu probieren. – Was meinst du?«

»Versuchen wir es, Herr Gilbert«, erwiderte Mars.

In der Tat konnten sie ja etwas Besseres nicht tun. Die Fahrt auf dem Wasser ersparte ihnen ohne Zweifel so manche Anstrengung und manche Verzögerung.

Das Boot steuerte also über den Georgsee, immer mehr an dessen östlichem Uferrande hin.

In der Umgebung dieses Sees, auf dem sehr ebenen Lande, ist die Vegetation nicht so üppig wie am Strande des Flusses. Große Sümpfe dehnen sich hier fast über Gesichtsweite hin aus. Einzelne, den Überschwemmungen weniger ausgesetzte Teile des Bodens zeigen sich mit einem Teppich von schwärzlichem Moose bedeckt, zwischen dem in violetter Färbung Abertausende von kleinen Champignons emporragen. Dieser beweglichen Erde hätte man sich gar nicht anvertrauen können, da der weiche Grund dem Fuße nirgends einen Stützpunkt darbot. Hätten James Burbank und seine Begleiter diesen Teil des floridischen Gebietes durchwandern müssen, so konnte ihnen das nur um den Preis der größten Anstrengungen, der tiefsten Entkräftung und unbegrenzt langer Verzögerungen gelingen, wenn sie sich nicht gezwungen sahen, überhaupt umzukehren. Nur Wasservögel allein – meistenteils die hier gewöhnlichen Plattfüßler – können sich in diese Sümpfe wagen, wo man auch unzählige Sarcellen, Enten und Wasserschnepfen antrifft. Da gab es Auswahl genug, um sich mit Mundvorräten zu versehen, wenn das Boot mit Lebensmitteln zu karg ausgestattet gewesen wäre. Um auf diesen Ufern aber der Jagd zu obliegen, hätte man den Kampf mit einer ganzen Legion sehr gefährlicher Schlangen in Kauf nehmen müssen, deren scharfes Zischen man aus dem Teppich von Algen und Wassermoosen hörte. Diese Reptilien fanden freilich ernsthafte Feinde in den Herden weißer Pelikane, die zu diesem Kampfe bis aufs Messer vorzüglich ausgerüstet sind und längs der ungesunden Ufer des Georgsees immer umherschweifen.

Das Boot glitt indes mit großer Schnelligkeit weiter. Das von frischem Nordwind geschwellte Segel trieb es in gewünschter Richtung vorwärts. Dank der günstigen Brise konnten die Ruder den ganzen Tag über in Ruhe bleiben. Mit Anbruch des Tages waren denn auch die dreißig Meilen Länge, welche der Georgsee von Norden nach Süden mißt, ohne jede Aufregung zurückgelegt. Gegen sechs Uhr hielt James Burbank mit seiner kleinen Truppe an dem unteren Winkel, durch welchen der Saint-John sich in den See gießt.

Wenn hier Rast gemacht wurde – übrigens ein Aufenthalt, der kaum eine halbe Stunde dauerte –, so kam das daher, weil drei oder vier Häuser an dieser Stelle eine Art Weiler bildeten. Sie waren von einigen jener floridischen Nomaden bewohnt, die sich zu Anfang der schönen Jahreszeit ausschließlich der Jagd und dem Fischfange widmen. Auf Edward Carrols Vorschlag hin erachtete man es für geraten, wegen des Vorüberkommens Texars hier Erkundigungen einzuziehen, und man sollte das nicht bereuen.

Einer der Bewohner des Weilers wurde also befragt, ob er während der vorhergegangenen Tage vielleicht ein Boot bemerkt habe, das über den Georgsee nach dem Washington-See zu gefahren sei – ein Boot, das sechs bis sieben Personen außer einer farbigen Frau und einem Kinde, einem kleinen Mädchen von weißen Eltern, getragen haben dürfte.

»Gewiß«, antwortete der Mann, »vor nur achtundvierzig Stunden sah ich ein Boot vorüberkommen, das jedenfalls dasselbe war, von dem Sie sprechen.«

»Hat es sich an diesem Weiler aufgehalten?« fragte Gilbert.

»Nein! Es schien sich sogar zu beeilen, den Oberlauf des Flusses zu erreichen. An Bord sah ich deutlich«, fügte der Floridier hinzu, »eine Frau mit einem Kinde, das sie in den Armen hielt.«

»Meine Freunde«, rief Gilbert, »frohe Hoffnung! Wir sind bestimmt auf Texars Spuren!«

»Ja«, bestätigte auch James Burbank. »Er hat nur einen Vorsprung von achtundvierzig Stunden, und wenn das Boot uns nur noch wenige Tage zu tragen vermag, so holen wir ihn ein.«

»Kennen Sie etwa den Lauf des Saint-John aufwärts vom Georgsee?« fragte Edward Carrol den Floridier.

»Jawohl, Herr, ich bin ihn selbst auf eine Strecke von über hundert Meilen hinaufgefahren.«

»Glauben Sie auch, daß er für ein Boot wie das unsrige schiffbar sein wird?«

»Welchen Tiefgang hat dasselbe?«

»Ungefähr drei Fuß«, antwortete Mars.

»Drei Fuß?« sagte der Floridier. »Das wird an manchen Stellen knapp hergehen, doch wenn Sie immer das Fahrwasser sondieren, werden Sie schon bis zum Washington-See hinaufkommen können.«

»Und wie weit«, fragte Carrol, »befinden wir uns denn vom Okeechobee-See?«

»Gegen hundertfünfzig Meilen.«

»Ich danke, guter Freund.«

»Stoßen wir also ab«, rief Gilbert, »und fahren wir so weit, bis uns das Wasser unter dem Kiele ausgeht.«

Jeder nahm seinen Platz wieder ein. Da der Wind gegen Abend abgeflaut hatte, wurden die Ruder wieder ausgelegt und kräftig gehandhabt. Rasch verschwanden die eingeengten Ufer des Flusses. Vor vollständigem Einbruche der Nacht waren bereits fünfzehn Meilen nach Süden zurückgelegt, und anzuhalten brauchte man nicht, da alles vorgesehen war, um an Bord schlafen zu können.

Der Mond war fast voll. Das Wetter versprach klar genug zu bleiben, um die Schiffahrt nicht zu behindern. Gilbert hatte das Steuer ergriffen. Mars stand jetzt am Vorderteile mit einer langen Stange in der Hand. Er untersuchte unablässig den Grund, und wenn er auf diesen stieß, ließ er das Boot nach back- oder steuerbord wenden. Kaum berührte er fünf- bis sechsmal während dieser nächtlichen Fahrt den Boden und konnte immer ohne größere Schwierigkeiten vorwärts kommen, so daß Gilbert gegen Morgen nach vier Uhr, als die Sonne sich zu zeigen begann, den während der Nacht zurückgelegten Weg auf nicht weniger als fünfzehn Meilen abschätzte.

Wie günstige Aussichten hätte es James Burbank und den Seinen geboten, wenn der Fluß noch einige Tage schiffbar blieb und sie bis nahe an ihr Ziel führte!

Im Laufe des Tages erhoben sich doch einige materielle Hindernisse. Infolge stark gewundenen Flußverlaufes traten sehr oft lange Landzungen in demselben hervor. Angehäufter Sand vervielfältigte noch die an und für sich vorhandenen Untiefen, welche man umschiffen mußte, was den Weg ebenso verlängerte, wie es merkbare Verzögerungen mit sich führte. Dazu konnte man den Wind nicht immer nach Wunsch benützen, wenn er auch, was die Hauptrichtung betraf, günstig blieb, da die zahlreichen Windungen die Richtung des Bootes gar zu oft änderten. Dann neigten sich aber die Schwarzen über ihre Ruder und entwickelten eine solche Kraft, als ob sie die verlorene Zeit wieder einzubringen sich bemühten.

Außerdem zeigten sich bald auch andere dem Saint-John eigentümliche Schwierigkeiten. Es waren das schwimmende Inseln, welche aus einer mächtigen Ansammlung einer wuchernden Pflanze bestanden, jener »Pistia«, die, von verschiedenen floridischen Forschern mit riesigem Lattich verglichen, sich auf der Wasserfläche ausbreitete. Diese Teppiche von Pflanzenfasern bieten nur den Fischottern und Reihern genügende Festigkeit, um sich darauf zu tummeln. Nun kam es sehr darauf an, sich nicht in diese vegetabilischen Massen zu verirren, aus denen man sich nur mit großer Mühe hätte befreien können. Als das Auftreten derselben gemeldet wurde, verwendete Mars denn auch alle Vorsicht darauf, sie zu vermeiden.

Was die Ufer des Flusses betrifft, so rahmten diese jetzt wieder dichte Wälder ein; doch enthielten sie nicht mehr die zahllosen Zedern, deren Wurzeln der Saint-John in seinem unteren Laufe badet. Hier streben vielmehr Unmassen von Fichten empor, und zwar eine Art jener australischen Fichten, welche inmitten dieser von hochstehendem Grundwasser getränkten Gebiete, die man unter dem Namen »Barrens« kennt, ganz vorzügliche Existenzbedingungen finden. Die fruchtbare Erde zeigt an diesen Stellen eine ganz außerordentliche Elastizität, welche da und dort so weit geht, daß ein Fußgänger völlig das Gleichgewicht verliert, wenn er sich auf dieselben wagt. Zum Glücke hatte die kleine Truppe James Burbanks eine solche Probe nicht zu bestehen. Der Saint-John trug sie noch immer durch die Gebiete des unteren Florida.

Der Tag verlief ohne Zwischenfall. Der Fluß blieb immer so öde wie vorher. Kein einziges Fahrzeug belebte seine Gewässer – keine Hütte erhob sich an den Ufern. Letzterer Umstand war eigentlich freudig zu begrüßen, denn man begegnet lieber niemandem in diesen weltvergessenen Gegenden, wo solche Begegnungen manchmal recht schlimm ablaufen – die hiesigen Waldläufer, die Jäger von Profession und die Abenteurer aller Art gehören einmal zu den verdächtigsten Gesellen.

Daneben konnte man wohl auch fürchten, mit Milizen aus Jacksonville oder Saint-Augustine zusammenzutreffen, welche Dupont und Stevens zum Rückzuge nach dem Süden genötigt hatten. Diese Möglichkeit schien vielleicht am allerbedrohlichsten. Unter jenen Abteilungen befanden sich ja gewiß auch Parteigänger Texars, welche nur zu gern die Gelegenheit ergriffen hätten, sich an James und Gilbert Burbank zu rächen. Die kleine Truppe mußte aber jeden Kampf meiden, außer einen solchen mit dem Spanier selbst, wenn es nötig wurde, die Gefangenen diesem mit Gewalt zu entreißen.

Die Fahrt James Burbanks und seiner Begleiter ging jedoch so ungehindert glücklich vonstatten, daß am Abende des 25. die Entfernung zwischen dem Georg- und dem Washington-See zurückgelegt war. Mit Erreichung des Randes dieses Kessels stagnierenden Wassers mußte das Boot endlich haltmachen. Die Schmalheit des Flusses und die geringe Tiefe seines Bettes verboten auf demselben jedes weitere Vordringen nach dem Süden.

Kurz, zwei Drittel des Zuges waren überwunden, und James Burbank und seine Gefährten befanden sich jetzt nur noch hundertvierzig Meilen von den Everglades entfernt.

Neuntes Kapitel

Der große Zypressenwald

Der etwa zehn englische Meilen lange Washington-See ist einer der wenigen bedeutenden in dieser Gegend des südlichen Florida. Sein seichtes Wasser scheint angefüllt mit Gras und allerlei Pflanzenteilen, welche die Strömung von den schwimmenden Wiesen abreißt; letztere aber bilden wahrhafte Nester von Schlangen, welche die Schiffahrt auf seiner Fläche sehr gefährlich machen. Er ist also meist ebenso verlassen wie seine Ufer, vorzüglich, da auch hier weder Jagd- noch Fischfang erfolgreich zu betreiben ist, und nur selten geschieht es, daß sich Fahrzeuge vom Saint-John bis zu ihm verirren.

Im Süden des Sees setzt sich der Lauf des Flusses fort, der dann genau nach dem Süden der Halbinsel abbiegt. Er bildet da freilich nur noch einen Bach, dessen Quelle gegen dreißig Meilen weiter unten, zwischen dem 28. und 27. Grad der Breite liegt.

Oberhalb des Washington-Sees hört die Schiffbarkeit des Saint-John auf. Wie sehr James Burbank das auch beklagte, so mußte er doch auf die weitere Wasserfahrt verzichten und einen Weg über Land einschlagen, aber leider über ein sehr beschwerliches Terrain mit vielfachen Sümpfen und durch endlose Waldungen, deren von Rios und Wasserlachen unterbrochener Boden das Vorwärtskommen von Fußgängern merkbar erschweren mußte.

Die ganze Gesellschaft ging also ans Land. Die Waffen und die Säcke, welche den Nahrungsvorrat enthielten, wurden unter die Schwarzen gleichmäßig verteilt. Das machte wenig Sorge und konnte das Personal der Expedition kaum besonders anstrengen, so daß aus diesem Grunde keine Verzögerung zu gewärtigen war. Alles hatte man schon im voraus bestens geordnet, und wenn haltgemacht werden sollte, so konnte eine Art Lager binnen weniger Minuten aufgeschlagen werden.

Zunächst ließ es Gilbert, unterstützt von Mars, sich angelegen sein, das Boot zu verbergen, da es ihm erklärlicherweise darauf ankam, dasselbe den Blicken Vorüberkommender zu entziehen, wenn eine Abteilung Floridier oder Seminolen etwa nach den Ufern des Washington-Sees kam, und jedenfalls wollte man sicher sein, es wiederzufinden. Unter den niederhängenden Baumzweigen des Ufers und zwischen dem riesenhaften Schilfrohr vor demselben ließ sich unschwer ein Platz für das Boot frei machen, dessen Mast schon vorher umgelegt worden war. Hier lag es unter dem dichten Grün so gut versteckt, daß es weder von der Wasser- noch von der Landseite her wahrgenommen werden konnte.

Neben der Sorge für sein eigenes Fahrzeug lag es Gilbert auch noch sehr am Herzen, womöglich ein anderes zu entdecken, das Boot nämlich, auf dem Dy und Zermah bis zum Washington-See geschafft worden waren. In Ansehung der Unfahrbarkeit des Wassers hatte ja auch Texar dasselbe notwendigerweise in der Umgebung dieses kesselartigen Bassins, durch welches der See nach dem Flusse zu abfließt, zurücklassen müssen. Das, wozu James Burbank sich genötigt sah, hatte der Spanier doch auch nicht umgehen können.

Aus diesem Grunde unternahm man denn in den letzten Tagesstunden sehr sorgfältige Untersuchungen, um jenes Boot aufzufinden. Es wäre das ein höchst schätzbares Merkzeichen und der Beweis gewesen, daß Texar den Fluß bis zum Washington-See benützt hätte.

Diese Nachforschungen blieben vergeblich. Das Boot konnte nicht entdeckt werden, ob nun die Nachsuchungen nicht weit genug ausgedehnt worden waren oder der Spanier jenes in der Annahme zerstört hatte, daß er, unter Aufgebung jedes Gedankens an eine spätere Rückkehr, dasselbe doch nicht wieder brauchen würde.

Doch wie beschwerlich mußte der Weg zu dem Washington-See und den Everglades gewesen sein, wo es keinen Fluß mehr gab, um einer Frau und einem Kinde so lang dauernde Strapazen zu ersparen. Mit schmerzlichster Empfindung stellten sich auch alle die traurigen Szenen vor, wie Dy da von den Armen der Mestizin getragen, Zermah aber gezwungen gewesen war, den an den Marsch durch solche beschwerliche Gegenden gewohnten Männern nachzufolgen; sie gedachten der Beleidigungen, der Gewalttätigkeiten, der Schläge, von denen sie gewiß nicht verschont blieb, um ihre Schritte zu beschleunigen; ihrer Bemühungen, das kleine Mädchen vor dem Fallen zu bewahren, ohne daß sie dabei an sich selbst dachte. Mars stellte sich besonders lebhaft vor, wie seine Frau allen diesen Leiden ausgesetzt war; er erbleichte vor Wut, und immer drangen ihm über die Lippen die Worte:

»Ich bringe Texar um!«

Warum befand er sich nicht schon auf der Insel Carneral, Auge in Auge jenem Elenden gegenüber, dessen schändliche Machinationen über die Familie Burbank so viel Unheil gebracht, der ihm Zermah, seine Gattin, geraubt hatte!

Das Lager war am Endpunkte des kleinen Kaps aufgeschlagen worden, das sich vom nördlichen Winkel des Sees aus in diesen hinausstreckt. Es wäre ja unklug gewesen, sich mitten in der Nacht durch ein unbekanntes Gebiet zu wagen, wo der Gesichtskreis höchstbeschränkt sein mußte. Nach kurzer Überlegung wurde denn auch beschlossen, den ersten Tagesschimmer hier abzuwarten, um dann erst den Marsch wiederaufzunehmen. Die Gefahr, sich in dem dichten Walde zu verirren, war eine zu große, als daß man sich ihr ohne Not hätte aussetzen mögen.

Die Nacht verlief übrigens ohne jede Störung. Um vier Uhr morgens, als sich der Himmel am Horizont zu erhellen begann, wurde das Signal zum Aufbruche gegeben.

Die Hälfte des Personals genügte schon zum Transporte der Lebensmittelsäcke und der Lagergeräte. Die Schwarzen konten einander also von Zeit zu Zeit ablösen. Alle, Herren und Diener, waren mit Minié-Gewehren, geladen mit je einer Kugel und vier Rehposten, und mit Colt-Revolvern bewaffnet, deren Gebrauch sich seit Anfang des Sezessionskrieges unter beiden kämpfenden Teilen ganz außerordentlich verbreitet hatte. Unter diesen Verhältnissen konnten sie noch mit Vorteil einem halben Hundert Seminolen Widerstand leisten, und wenn es sein mußte, auch Texar angreifen, selbst wenn dieser eine gleiche Anzahl von seiner Partei um sich hatte.

Soweit es ausführbar erschien, empfahl es sich selbstverständlich, immer dem Saint-John nachzugehen. Der Fluß verlief jetzt direkt nach Süden, also in der Richtung nach dem Okeechobee-See hin, und er bildete gleichsam einen durch dieses Wälderlabyrinth ausgespannten Faden, dem man nachgehen konnte, ohne auf einen falschen Weg zu geraten, und dem man also auch folgte.

Das machte sich unerwartet leicht. Auf dem rechten Ufer verlief eine Art Fußsteig – wie man solche zum Ziehen der Schiffe an manchen Strömen findet und der dazu dienen konnte, ein leichtes Boot weiter nach dem Oberlauf des Flusses hinaufzuschleppen. Die Gesellschaft schritt rasch dahin, Gilbert und Mars voran, James Burbank und Edward Carrol am Schlusse und der Verwalter Perry in der Mitte der Schwarzen, welche jede Stunde mit dem Tragen des Gepäckes abwechselten. Vor dem Aufbruche war noch eine kurze Mahlzeit eingenommen worden. Zu Mittag zum Essen, um sechs Uhr abends zum Nachtmahl anzuhalten, stillzuliegen, wenn die Dunkelheit einen Weitermarsch nicht gestattete, und sich wieder auf den Weg zu machen, wenn es möglich schien, durch den Wald fortkommen zu können, so lautete das angenommene Programm, welches auch stets streng eingehalten wurde.

Zuletzt galt es nun, um das östliche Ufer des Washington-Sees zu ziehen – übrigens ein ziemlich flaches und fast bewegliches Uferland. Hier traten wieder Wälder auf, doch weder der Ausdehnung noch der Dichtigkeit nach konnten sie sich mit den weiter hinaus liegenden messen, wo schon durch die Natur der dieselben bildenden Baumarten ihre Gedrängtheit bedingt wurde.

Hier erhoben sich nämlich nur Gehölze von Campeche-Bäumen mit kleinen Blättern und gelben Trauben, deren tief bräunlich gefärbtes Herz den bekannten Farbstoff liefert; ferner mexikanische Ulmen, Guazumas mit weißlichen Blütendolden, welche zu so vielerlei häuslichen Zwecken dienen und deren Schoten, wie man sagt, das hartnäckigste Erkältungsfieber – selbst das des Gehirns – heilen sollen. Da und dort finden sich auch einzelne Gruppen von Eichenbäumen, welche hier freilich nur als baumartige Gesträuche vorkommen, anstelle der mächtigen Bäume, die sie in Peru, ihrem Vaterlande, bilden. Endlich dufteten an verschiedenen Stellen, in zahlreichen Exemplaren zusammenstehend und ohne je durch sachverständige Kultur unterstützt worden zu sein, mancherlei Blumen von lebhaften Farben, wie Gentianen, Amaryllis, Asclepias, deren feine Büschel zur Herstellung gewisser Gewebe dienen. Alle Pflanzen und Blumen aber – nach den Bemerkungen einer der kompetentesten Erforscher Floridas* –, die in Europa gelb oder weiß sind, bekleiden sich in Amerika mit den verschiedensten roten Farbtönen, vom tiefsten Purpur bis zum zartesten Rosa.

Gegen Abend nahmen diese Gehölze ein Ende, um dem großen Zypressenwalde Platz zu machen, der sich bis zu den Everglades hin ausdehnt.

Während dieses Tages hatte man einige zwanzig Meilen zurückgelegt, und Gilbert fragte sich, ob seine Ge-

---

*Poussielque, der leider mit Tode abging, ehe er seine Forschungsreise vollenden konnte.

fährten sich nicht etwa zu erschöpft fühlten.

»Wir sind bereit, weiterzuziehen, Herr Gilbert«, antwortete einer der Schwarzen im Namen aller seiner Kameraden.

»Riskieren wir aber nicht, uns während der Nacht zu verirren?« bemerkte Edward Carrol.

»Keineswegs«, versicherter Mars, »da wir auch ferner immer nur dem Saint-John nachzugehen brauchen.«

»Und außerdem«, fügte der junge Offizier hinzu, »wird die Nacht klar sein. Der Himmel ist ganz wolkenlos, und der gegen neun Uhr beginnende Mondschein muß bis zum Morgen anhalten. Übrigens haben die Zypressen ein nur wenig dichtes Geäst, und die Dunkelheit darunter ist weniger tief als in jedem anderen Walde.«

Man brach also wieder auf. Am folgenden Morgen nahm die kleine Gesellschaft, nachdem sie einen Teil der Nacht ununterbrochen weitergezogen, ihr erstes Frühstück am Fuße einer jener gewaltigen Zypressen ein, die in dieser Gegend Floridas millionenweise vorkommen.

Wer diese Wunder der Natur nicht selbst gesehen hat, vermag sich kaum ein Bild davon zu machen. Man stelle sich eine in üppigem Grün prangende Wiese, aber eine von hundert Fuß Höhe, vor, die von schnurgeraden Baumschäften – welche auf der Drehbank zugerichtet scheinen – getragen wird und auf der man ohne Schwierigkeit hinwandern zu können glauben möchte; darunter ist der Erdboden weich und sumpfig, und jahraus, jahrein steht über dem undurchlässigen Untergrunde das Wasser, in dem es von Fröschen, Kröten, Eidechsen, Skorpionen, Wasserspinnen, Schlangen, Schildkröten und Sumpfvögeln jeder Art wimmelt. In den Kronen spielen, während Pirole, eine Art Goldammern mit metallisch glänzendem Gefieder, wie glitzernde Sterne umhergaukeln, Eichhörnchen, die von Zweig zu Zweig hüpfen, und zahlreiche Papageien erfüllen den Wald mit ihrem betäubenden Geschrei. Mit einem Worte, es ist eine merkwürdige, aber leider schwer zu bereisende Landschaft.

Der Grund und Boden, auf den man sich begab, mußte also sorgfältig besichtigt werden. Ein Fußgänger hätte hier leicht bis an die Achseln einsinken können. Mit einiger Aufmerksamkeit aber und dank der Klarheit des Mondes, der durch das obere Blätterwerk drang, konnte man – wohl oder übel – zurechtkommen.

Der Fluß bezeichnete wenigstens immer die einzuhaltende Richtung, und das war ein sehr glücklicher Umstand, denn alle diese Zypressen ähnelten sich ungemein mit ihren gewundenen, scheinbar abgedrehten, am Fuße ausgehöhlten Stämmen, welche lange, kleine Erhöhungen bildende Wurzeln über die Erde hintreiben und dann bis zur Höhe von zwanzig Fuß ihre zylindrischen Schäfte erhoben. Es sind das wirkliche Schirmstiele mit verdicktem Handgriffe, deren großer Stab einen ungeheuren grünen Sonnenschirm trägt, der freilich weder gegen Regen noch gegen Sonnenschein schützt.

Unter das endlose Dach dieser Bäume drangen James Burbank und seine Begleiter bald nach Tagesanbruch ein. Das Wetter war herrlich und jedenfalls kein Gewitter zu fürchten, das den Erdboden in einen ungangbaren Sumpf verwandelt hätte. Immerhin mußte man stets den Weg besonders auswählen, um die niemals trocknenden Lachen zu vermeiden; glücklicherweise sollten längs des Saint-John, dessen rechtes Ufer ein wenig höher liegt, die Schwierigkeiten minder groß sein. Abgesehen von dem Bette der Bäche, die sich in den Fluß ergießen und die man entweder eine weite Strecke umgehen oder an geeigneter Stelle durchwaten mußte, gab es nicht viel Ursache zur Verzögerung.

An ebendiesem Tage wurde übrigens keine Spur gefunden, welche die Anwesenheit einer Abteilung Südstaatler oder einer Seminolen-Bande angedeutet hätte, ebensowenig eine Fährte von Texar und seinen Genossen. Es war ja möglich, daß der Spanier einen Weg auf dem linken Flußufer eingeschlagen hatte. Doch das machte im Grunde genommen nichts aus. Längs des einen oder des anderen Ufers gelangte man ja geradenwegs nach dem unteren Florida, auf welches Zermahs Billett hinwies.

Als der Abend herankam, machte James Burbank für sechs Stunden halt, während des übrigen Teiles der Nacht wurde der Marsch aber ohne Unterbrechung fortgesetzt, und schweigend zogen alle durch den eingeschlafenen Zypressenwald. Kein Windhauch regte sich in dem düsteren Blättergewölbe. Der jetzt als Sichel am Himmel stehende Mond zeichnete scharf das feine Zweignetz auf den Erdboden, das infolge der Höhe der Bäume hier vergrößert erschien. Vom Flusse, der über sein ganz schwach abfallendes Bett hinglitt, hörte man kaum ein leises Murmeln. Zahlreiche Untiefen, jetzt kleine Sandbänke, traten aus demselben hervor, und es wäre ganz leicht gewesen, ihn, wenn das nötig wurde, zu überschreiten.

Am folgenden Morgen nahm die kleine Gesellschaft nach zweistündiger Rast in der einmal gewohnten Ordnung den Weg nach Süden wieder auf. Im Laufe des Tages riß nun freilich der leitende Faden wiederholt entzwei oder vielmehr: Er näherte sich dem Ende des Knäuels. In der Tat verschwand der Saint-John, jetzt nur noch ein schwacher Wasserfaden, bald unter einer Gruppe Chinabäume, welche sich von dessen Quelle nährten. Weiter hinaus verdeckte der Zypressenwald den Horizont auf drei Viertel seines Umfanges.

An dieser Stelle fand sich auch ein nach Art der Eingeborenen hergerichteter Friedhof für Schwarze, die zum Christentum übergetreten und ihrem katholischen Glauben auch bis zum Tode treu geblieben waren. Hier und da bezeichneten bescheidene Kreuze, einmal aus Holz und dann wieder aus Stein, welche an kleinen Erdhügeln standen, die Gräber zwischen den Bäumen. Zwei oder drei in der Luft befindliche Grabstätten, welche von im Sumpfe befestigten Pfählen getragen wurden, schaukelten im Winde je einen zum Skelett vermoderten Kadaver.

»Das Vorhandensein eines Friedhofes an dieser Stelle«, bemerkte Edward Carrol, »könnte wohl auf die Nähe eines Dorfes oder Weilers hindeuten.«

»Der heute wohl nicht mehr existieren wird«, setzte Gilbert hinzu, »denn auf unseren Karten findet sich nicht die Spur eines solchen. Das Verschwinden von Dörfern im unteren Florida ist ja eine gar häufige Erscheinung, ob diese nun von den Bewohnern einfach verlassen oder von Indianern zerstört worden waren.«

»Nun sage, Gilbert«, fragte James Burbank, »wie werden wir jetzt, wo der Saint-John uns zu leiten fehlt, weiter vorwärts kommen?«

»Oh, der Kompaß wird uns schon die einzuhaltende Richtung angeben, lieber Vater«, antwortete der junge Offizier. »Wie groß und dicht der Wald auch sein mag, so ist es damit doch unmöglich, sich darin zu verlieren.«

»Also vorwärts, Herr Gilbert«, drängte Mars, der sich während der Stunden der Nacht kaum auf der Stelle zu halten vermochte. »Vorwärts, und Gott möge uns leiten!«

Eine halbe Stunde jenseits des Negerfriedhofs gelangte die kleine Gesellschaft unter das grüne Dach, und mit Hilfe des Kompasses wanderte sie ziemlich genau nach Süden hinab.

Während der ersten Hälfte dieses Tages ereignete sich nichts Erwähnenswertes. Bisher hatte kein Zwischenfall diesen Forschungszug gehindert, doch würde das bis zum Ende so fortgehen? Sollte er das Ziel erreichen oder die Familie Burbank verurteilt sein zu verzweifeln? Das kleine Mädchen und Zermah nicht wiederzufinden, sie allem Elend preisgegeben, vielleicht Mißhandlungen aller Art ausgesetzt zu wissen und sie dem nicht entziehen zu können, wäre für alle so gut wie die grausamste Strafe gewesen.

Gegen Mittag machte man halt. Unter Berechnung des vom Washington-See zurückgelegten Weges schätzte Gilbert die Entfernung bis zum Okeechobee-See noch auf fünfzig Meilen.

Acht Tage waren seit dem Aufbruche aus Camdleß-Bay verflossen, und mehr als dreihundert Meilen (= 480 Kilometer) mit außerordentlicher Schnelligkeit zurückgelegt worden, doch ist nicht zu vergessen, daß zuerst der Fluß bis zu seiner Quelle und dann der Zypressenwald niemals ein ernsthaftes Hindernis geboten hatten. Bei dem Ausbleiben jener gewaltigen Regengüsse, welche den Lauf des Saint-John unfahrbar gemacht und das darüber hinaus liegende Land durchweicht hätten, hatte alles in diesen schönen Nächten, welchen der Mond eine merkwürdige Klarheit verlieh, die Reise und die Reisenden begünstigt.

Jetzt trennte sie nur eine verhältnismäßig kurze Entfernung von der Insel Carneral; bei der fortwährenden Übung im Marschieren, die sie durch Tag und Nacht fortgesetzte Anstrengungen erlangt, hofften sie ihr Ziel vor Ablauf von achtundvierzig Stunden zu erreichen. Dann winkte die Lösung des Knotens, von der natürlich niemand vorher sagen konnte, wie sie ausfallen würde.

Doch wenn ein günstiges Geschick sie bisher unterstützt hatte, konnten James Burbank und seine Begleiter in der zweiten Hälfte des Tages wohl zu dem Glauben kommen, daß sie auf fast unüberwindliche Hindernisse stoßen möchten.

Nach der Mittagsmahlzeit war der Weg unter den gewöhnlichen Verhältnissen wiederaufgenommen worden. Das Terrain bot nichts Neues, sondern zeigte noch immer ausgedehnte Wasserlachen und halb ausgetrocknete Vertiefungen, vor denen sie sich hüten mußten, neben jenen Bächen, die nicht anders als bis zum Knie im Wasser zu überschreiten waren. Alles in allem wurde ihr Fortkommen aber durch solche Kleinigkeiten nicht sonderlich verlangsamt.

Da blieb Mars gegen vier Uhr nachmittags plötzlich stehen. Dann, als die übrigen zu ihm herankamen, machte er sie auf deutlich am Boden eingedrückte Spuren aufmerksam.

»Es unterliegt gar keinem Zweifel«, sagte James Burbank, »daß hier vor nicht langer Zeit eine Anzahl Menschen vorübergekommen sind.«

»Und zwar eine große Anzahl«, fügte Edward Carrol hinzu.

»Von welcher Seite kommen jene Spuren, und nach welcher Seite sind sie gerichtet?« fragte Gilbert; »das müssen wir vor allem wissen, bevor ein weiterer Entschluß zu fassen ist.«

Die Fährte wurde also sorgfältig besichtigt.

Bis auf sechshundert Schritte weit nach Osten zu konnte man jenen Spuren, die sich aber auch noch weiter hinaus fortsetzten, unschwer folgen, doch schien es nutzlos, dieselben auch noch darüber hinaus zu untersuchen. Was durch die Richtung der Fußabdrücke bewiesen wurde, war die Gewißheit, daß hier eine Gesellschaft von wenigstens hundertfünfzig bis zweihundert Mann, die vom Ufer des Atlantischen Ozeans gekommen schienen, diesen Teil des Zypressenwaldes durchzogen hatten. Nach Westen hin setzte sich diese Fährte nach dem Golf von Mexiko zu fort; sie durchschnitt also die Insel Florida durch eine Linie, die in dieser Breite nicht über zweihundert Meilen mißt. Man konnte auch erkennen, daß jene Truppe, ehe sie ihren Marsch in der nämlichen Richtung wiederaufnahm, genau an derselben Stelle wie James Burbank und seine Begleiter haltgemacht hatte.

Nachdem Gilbert und Mars allen dringend anempfohlen, sich für jeden Alarm fertigzuhalten, konnten diese, als sie sich eine Viertelstunde weiter in den Wald hinein begaben, konstatieren, daß die Fußspuren sich da geradenwegs nach Süden richteten.

Als beide nach dem Halteplatz zurückgekehrt waren, sagte Gilbert:

»Vor uns ist eine Truppe von Männern, welche genau den Weg eingeschlagen haben, dem wir schon vom Washington-See aus folgen. Es sind bewaffnete Leute, denn wir haben Reste von Patronen gefunden, mit denen sie sich offenbar Feuer angezündet hatten, von dem man nur noch erloschene Kohlen sehen kann.

Wer diese Leute sind, weiß ich freilich nicht. Gewiß ist nur, daß sie sehr zahlreich sind und nach den Everglades hinunterziehen.«

»Sollte es etwa eine Truppe nomadisiernder Seminolen sein?« fragte Edward Carrol.

»Nein«, erwiderte Mars. »Der Abdruck der Tritte beweist deutlich, daß diese Männer Amerikaner sind . . .«

»Vielleicht Soldaten von der floridischen Miliz . . .?« bemerkte James Burbank.

»Das könnte möglich sein«, antwortete Perry. »Sie scheinen in zu großer Zahl beisammen zu sein, um dem Personal Texars angehören zu können . . .«

»Wenn der Bursche nicht eine ganze Bande seiner Hilfstruppen zusammengerafft hat«, sagte Edward Carrol. »Da wäre es ja kaum zu verwundern, wenn deren mehrere Hundert wären . . .«

»Gegen siebzehn . . .!« ließ sich da der Verwalter vernehmen.

»Oh, das macht nichts aus!« rief Gilbert. »Wenn sie uns angreifen oder wir gezwungen wären, sie anzugreifen, so wird keiner von uns zurückweichen.«

»Nein, nein . . .!« riefen alle die mutigen Gefährten des jungen Offiziers.

Es war das ja ein gewiß ganz natürlicher Ausdruck ihrer Gesinnung; bei näherer Überlegung mußte man aber doch begreifen, daß ein solches Vorkommnis sehr böse Aussicht für sie bot.

Wenn sich dieser Gedanke aber wahrscheinlich allen

bald genug aufdrängte, so tat er doch dem Mute keines einzigen Abbruch. So nahe dem Ziel nun auf ein Hindernis, und auf welch ernsthaftes Hindernis zu stoßen! Eine Abteilung Südstaatler, vielleicht Parteigänger Texars, die sich in den Everglades dem Spanier anzuschließen suchten, um da den geeigneten Augenblick abzuwarten, wo sie wieder im Norden von Florida auftauchen konnten!

Ja, gewiß war so etwas zu befürchten. Alle empfanden es. So blieben sie denn nach der ersten Aufwallung von Enthusiasmus auch nachdenklich still und blickten ihren jungen Führer an, wie fragend, was er nun zunächst bestimmen werde. Auch Gilbert selbst hatte sich diesem allgemeinen Eindruck nicht entziehen können. Bald aber warf er den Kopf wieder in die Höhe und rief:

»In Gottes Namen vorwärts!«

Zehntes Kapitel

Ein Zusammentreffen

Ja, sie mußten wohl weiter vorwärts gehen. Gegen jene zu fürchtende Möglichkeit wurden alle Vorscchtsmaßregeln getroffen. Es erschien zum Beispiel unumgänglich, den Weg, so gut es anging, zu beleuchten, die Zypressenwildnis zu erhellen und sich für jede Überraschung bereit zu halten.

Die Waffen wurden also sorgsam untersucht und instand gesetzt, um auf das erste Signal zum Gebrauch bereit zu sein. Beim geringsten Alarm sollten, nachdem die Pakete niedergelegt waren, sich alle bei der Verteidigung beteiligen. Die Ordnung des Zuges wurde nicht weiter verändert. Gilbert und Mars marschierten immer an der Spitze desselben, aber in etwas größerer Entfernung davor, um jede Überraschung abzuwenden. Jeder war bereit, seine Pflicht zu tun, obgleich die wackeren Leute alle sich im Herzen recht bedrückt fühlten, seit sich ein Hindernis zwischen ihnen und dem zu erreichenden Ziele erhob.

Man nahm übrigens keine langsamere Gangart an; nur schien es ratsam, nicht immer unmittelbar den immer deutlich sichtbaren Spuren nachzugehen; denn besser war es immerhin, nicht mit der nach den Everglades marschierenden Abteilung zusammenzutreffen. Unglücklicherweise erkannte man bald, daß das nur schwer ausführbar sein möchte. Jene Abteilung hielt nämlich offenbar keine gerade Richtung ein. Die Fährte wich zuweilen nicht wenig nach links und dann ebensoviel nach rechts hin ab, als wären sie ungewiß gewesen, wohin sie sich zu wenden hätten. Im allgemeinen aber verlief die Fährte doch nach dem Süden.

Wiederum war ein Tag verflossen. Kein Zusammentreffen hatte James Burbank genötigt, haltzumachen. Er war ziemlich schnell vorwärts gekommen und näherte sich dabei offenbar mehr und mehr jener durch den Zypressenwald ziehenden Truppe. Das erkannte man leicht an den immer sehr zahlreichen Spuren, die von Stunde zu Stunde immer frischer auf dem etwas plastischen Boden zu sehen waren. Es wäre nichts leichter gewesen, als der Nachweis, wievielmal jene gerastet hatten, entweder, um zu essen und sich zu stärken – dann zeigten die sich kreuzenden Fußeindrücke das vielfache Hinundherlaufen der Leute –, oder wenn sie nur gehalten hatten, um die einzuschlagende Richtung zu beratschlagen.

Gilbert und Mars prüften diese Merkzeichen fortwährend mit größter Aufmerksamkeit. Da diese sie über so mancherlei aufklären konnten, beobachteten sie dieselben ebenso genau, wie es die Seminolen zu tun pflegen, welche so geschickt sind, auf dem Erdboden, den sie zur Zeit der Jagd oder im Kriege durchziehen, die geringsten Anzeichen zu erkennen und zu deuten.

Infolge dieser eingehenden Prüfung konnte auch Gilbert mit Sicherheit folgendes aussprechen:

»Lieber Vater, wir wissen nun ganz gewiß, daß weder Zermah noch meine Schwester bei der uns vorausgehenden Truppe gewesen sind. Da sich auf der Erde nirgends die Spur eines Pferdes findet, so mußte Zermah, wenn sie dabei war, offenbar zu Fuße gehen, wenn sie auch meine Schwester auf dem Arme trug, und dann mußten ihre Fußtritte sowie die unserer Dy wenigstens an den Haltestellen erkennbar sein. Nirgends findet sich aber der Abdruck eines weiblichen oder kindlichen Fußes. Was die männliche Gesellschaft selbst angeht, so ist diese zweifelsohne mit Feuerwaffen ausgerüstet, denn an vielen Stellen findet man Eindrücke, die nur von Gewehrkolben herrühren können. Ich habe sogar zu erkennen geglaubt, daß diese Kolben denen der Gewehre unserer Seesoldaten ganz ähnlich seien. Die floridischen Milizen müssen also Feuerwaffen nach diesem Modell zur Verfügung gehabt haben, sonst erschiene jener Umstand ganz unerklärlich. Außerdem – und das ist leider zu gewiß – ist jene Truppe mindestens zehnmal so stark wie die unsrige. Wir müssen also mit größter Vorsicht vorgehen, je mehr wir uns derselben nähern.«

Natürlich mußte man diesen Empfehlungen des jungen Offiziers nachkommen, und das geschah denn auch, da die Schlüse, welche er aus der Zahl und der Form jener Eindrücke zog, gewiß ganz richtige waren. Daß die kleine Dy und Zermah sich unter jener Truppe nicht befanden, erschien gar nicht bestreitbar, und daraus ergab sich der weitere Schluß, daß man hier keiner Fährte des Spaniers folgte. Die aus der Schwarzen Bucht abgezogenen Leute desselben konnten weder so zahlreich noch so gut bewaffnet sein. Es erschien also gar nicht zweifelhaft, daß es sich hier um einen starken Trupp floridischer Milizen handelte, die sich nach den südlichen Gebieten der Halbinsel, also nach den Everglades zu, begaben, wo Texar wahrscheinlich seit einem oder zwei Tagen schon angelangt war.

Kurz, jene Truppe in ihrer Stärke und Bewaffnung bildete für die Genossen James Burbanks gewiß eine ernsthafte Gefahr.

Am Abend wurde an einer beschränkten Lichtung haltgemacht. Auch hier mußte sich nur wenige Stunden vorher jemand aufgehalten haben, denn das bezeugten verschiedene Haufen kaum erkalteter Asche, die Reste von Feuern, welche für den Lagerplatz angezündet worden waren.

Man entschloß sich deshalb nicht eher wieder aufzubrechen, als bis es fast schon ganz dunkle Nacht war. Über den Himmel zogen einzelne Wolken hin. Der in seinem letzten Viertel stehende Mond konnte nur erst sehr spät aufgehen, und das gab die Möglichkeit, sich jener Abteilung unter den günstigsten Bedingungen zu nähern. Vielleicht konnte man dieselbe erkennen, ohne selbst bemerkt zu werden, und sie umgehen, wenn man tiefer in den Wald hinein abwich. Damit hätte man ihr auf dem Wege von Südosten zuvorkommen und eher am Okeechobee-See und an der Insel Carneral eintreffen können.

Die kleine Gesellschaft, Gilbert und Mars immer an der Spitze, brach gegen achteinhalb Uhr wieder auf und zog schweigend unter dem Gewölbe der Bäume hin, wo es vollkommen finster war. Zwei Stunden lang wanderten alle in dieser Weise weiter und dämpften möglichst den Laut ihrer Schritte, um sich nicht zu verraten.

Kurz nach zehn Uhr hielt James Burbank durch ein leises Wort die Abteilung der Schwarzen an, denen er selbst mit dem Oberverwalter vorausging. Sein Sohn und Mars kamen eben eilig zu ihnen zurück. Mit gespannter Erwartung harrten aller der Erklärung dieser plötzlichen Rückwärtsbewegung.

Diese Erklärung wurde sofort gegeben.

»Was gibt es, Gilbert...?« fragte James Burbank. »Was habt ihr, Mars und du, bemerkt...?«

»Ein Lager unter den Bäumen, von dem man wenigstens die Feuer ganz deutlich sehen kann.«

»Weit von hier...?« fragte Edward Carrol.

»Gegen hundert Schritte.«

»Habt ihr auch erkennen können, wer die Leute sind, welche da lagern?«

»Nein, denn die Feuer sind dem Verlöschen nahe«, antwortete Gilbert. »Ich glaube aber, wir haben uns nicht getäuscht, als wir deren Anzahl auf zweihundert abschätzten.«

»Schlafen Sie etwa, Gilbert?«

»Ja, wenigstens die meisten, doch haben sie Wachtposten aufgestellt. Wir haben einige Mann gesehen, welche mit dem Gewehr auf der Schulter unter den Zypressen auf und ab ziehen.«

»Was sollen wir tun?« fragte Edward Carrol, sich an den jungen Offizier wendend.

»Zuerst«, erwiderte Gilbert, »haben wir uns, wenn es möglich ist, darüber Aufklärung zu verschaffen, wen wir da vor uns haben; erst dann können wir daran denken, diese Truppe zu umgehen.«

»Ich bin erbötig, darüber Kundschaft einzuziehen«, sagte Mars.

»Und ich begleite euch«, meldete sich Perry.

»Nein, ich werde gehen«, erklärte Gilbert. »Dabei kann ich mich nur auf mich allein verlassen...«

»Gilbert«, fiel James Burbank ein, »es gibt gewiß keinen unter uns, dem es nicht danach verlangt, im Interesse aller selbst sein Leben aufs Spiel zu setzen. Doch um jene Kundschaft zu erlangen und dabei womöglich nicht bemerkt zu werden, muß einer allein sein...«

»Deshalb will ich eben allein gehen.«

»Nein, mein Sohn, ich verlange, daß du bei uns bleibst«, antwortete James Burbank. »Es wird mit Mars genug sein.«

»Ich bin bereit, Herr!«

Und ohne weiterzufragen, verschwand Mars schon im Dunkeln.

James Burbank und die Seinigen trafen gleichzeitig die Vorbereitungen, um jedem Angriff Widerstand leisten zu können. Die Ballen wurden auf die Erde niedergelegt, und die Träger derselben griffen zu ihren Flinten. Mit dem Gewehr in der Hand nahmen alle hinter den Zypressenstämmen Aufstellung, doch so, daß sie im Notfalle gleich nach einem Punkte zusammentreten konnten.

Von der Stelle, die James Burbank einnahm, konnte man das Lager selbst nicht sehen. Man mußte sich dazu wenigstens um weitere fünfzig Schritte nähern, um die schon sehr weit abgebrannten Feuer wahrnehmen zu können. Deshalb machte es sich also notwendig, die Rückkehr des Mestizen abzuwarten, um diejenigen Entschlüsse zu fassen, welche die Umstände etwa erheischten. In seiner Ungeduld hatte sich der junge Lieutenant noch mehrere Schritte über den Halteplatz hinausgewagt.

Mars schlich mit äußerster Vorsicht hin und verließ den Schutz eines Baumes nur, um sich hinter einem anderen zu bergen. So näherte er sich mit der geringsten Gefahr, bemerkt zu werden, und hoffte nahe genug heranzukommen, um die Örtlich, die Anzahl der Leute daselbst, aber vorzüglich, um zu erkennen, welcher Partei sie wohl angehörten. Gerade das erwies sich aber als besonders schwierig. Die Nacht war sehr finster, und die Feuer warfen nur einen sehr schwachen Schein. Um sein Ziel zu erreichen, mußte er sich bis zum Lager selbst heranschleichen. Mars besaß Unerschrockenheit genug, um das zu tun, und Gewandtheit genug, um die Aufmerksamkeit der ausgestellten Wachen zu täuschen.

Inzwischen gelangte er immer weiter vorwärts. Um vorkommendenfalls ungehindert zu sein, hatte er weder

Gewehr noch Revolver mitgenommen, sondern sich nur mit einer Axt bewaffnet, denn er mußte jeden Lärm vermeiden und sich schlimmstenfalls verteidigen, ohne ein Geräusch zu verursachen.

Bald befand sich der mutige Mestize nur noch in sehr geringer Entfernung von einem der wachhabenden Leute, der selbst wieder nur acht bis zehn Schritte von dem eigentlichen Lagerplatze entfernt stand. Alles still ringsum. Offenbar ermüdet von einem langen Marsch, lagen die Mannschaften alle in tiefem Schlummer. Nur die Wachtposten waren noch mehr oder weniger auf die Umgebung aufmerksam, was Mars sofort bemerkte.

Einer von der Mannschaft nämlich, den er seit einigen Augenblicken beobachtete, stand zwar aufrecht, aber er regte sich nicht. Sein Gewehr ruhte auf dem Boden. An einen Zypressenstamm gelehnt und den Kopf herabgesunken, schien auch er in Schlaf verfallen zu wollen. Vielleicht gestattete dieser Umstand, hinter ihm wegzuschleichen und so bis nach dem Lager selbst zu gelangen.

Langsam näherte sich Mars der Schildwache, als ein trockener Zweig, den er zertreten hatte, plötzlich seine Anwesenheit verriet.

Der Mann richtete sich auf, erhob den Kopf und neigte sich, nach rechts und links hinausblickend, lauschend vor.

Ohne Zweifel mochte er etwas Verdächtiges bemerken, denn er erhob schon das Gewehr zum Anschlage ...

Doch bevor er dazu kam, Feuer zu geben, hatte Mars die auf seine Brust gerichtete Waffe gepackt und den Mann zur Erde geworfen, nachdem er ihm die breite Hand über den Mund gedrückt, so daß dieser keinen Laut von sich geben konnte.

Einen Augenblick darauf war der Mann gefesselt; der kräftige Mestize nahm in in die Arme, wogegen sich jener vergebens wehrte, und Mars trug ihn nach der Lichtung hin, wo James Burbank sich aufhielt.

Nichts hatte die übrigen Schildwachen, welche den Lagerplatz behüteten, auf diesen Vorgang aufmerksam gemacht – ein Beweis, daß sie nur nachlässig ihre Pflicht erfüllten. Wenige Sekunden darauf erschien Mars mit seiner Last und legte den Gefangenen zu Füßen seines jungen Herrn nieder.

In einem Augenblick hatten die Schwarzen schon einen Kreis um James Burbank, Gilbert, Edward Carrol und den Verwalter Perry geschlossen. Der halberstickte Mann hätte jetzt keinen Laut, nicht einmal ohne seine Fesseln, hervorzubringen vermocht. Die Finsternis gestattete nicht, weder sein Gesicht noch an seiner Kleidung zu erkennen, ob er einem Teil der floridischen Milizen angehörte.

Mars entfernte das Taschentuch, das ihm den Mund verstopfte, und man mußte warten, bis jener etwas zum Bewußtsein gekommen war, um ihn zu befragen.

»Zu Hilfe!« rief er endlich schwach.

»Keinen Laut!« sagte James Burbank, ihn wieder niederdrückend. »Du hast von uns nichts zu fürchten.«

»Was wollt ihr von mir?«

»Daß du offen Antwort gibst.«

»Das wird von den an mich gerichteten Fragen abhängen«, erwiderte der Mann, der jetzt schon einigermaßen beruhigt schien.

»Vor allem, seid ihr für den Süden oder für den Norden?«

»Für den Norden.«

»Dann bin ich bereit zu antworten.«

Gilbert übernahm nun die weitere Befragung.

»Wieviel Mann«, begann er, »zählt die Abteilung, welche da drüben liegt?«

»Nahezu zweihundert.«

»Und diese begibt sich wohin?«

»Nach den Everglades.«

»Wer ist der Führer derselben?«

»Der Kapitän Howick!«

»Wie! Der Kapitän Howick, einer der Offiziere vom ›Wasbah‹?« rief Gilbert.

»Derselbe!«

»Jene Abteilung besteht also aus Seesoldaten von dem Geschwader des Kommodore Dupont?«

»Ja, es sind Föderierte, Nordstaatler, Anti-Sklavenfreunde, Unionisten!« antwortete der Mann, der ordentlich stolz schien, alle diese den Anhängern der guten Sache gegebenen Namen aufzuzählen.

Anstatt einer Truppe floridischer Milizen also, welche James Burbank und die Seinigen vor sich zu haben fürchteten, statt einer Bande Helfershelfer Texars waren es Freunde, die hier zu ihnen stießen, Waffengefährten, welche ihnen eine gar sehr erwünschte Verstärkung zuführten.

»Hurra, hurra!« riefen jetzt alle so laut, daß das ganze Lager erwachte. Fast augenblicklich leuchteten zahlreiche Fackeln in der Finsternis auf. Die Leute von dort kamen nach der Lichtung gelaufen, und vor jeder weiteren Erklärung drückte der Kapitän Howick die Hand des jungen Lieutenants, den er gewiß nicht auf dem Wege nach den Everglades vermutet hatte.

Die nachfolgenden Erklärungen waren weder lang noch schwierig.

»Herr Kapitän«, fragte Gilbert, »können Sie mir wohl mitteilen, was Sie im unteren Florida beabsichtigen?«

»Mein lieber Gilbert«, antwortete Kapitän Howick, »wir befinden uns auf einer dahin gerichteten Expedition, welche der Kommodore entsendet hat.«

»Und Sie kommen . . .?«

»Vom Mosquito-Inlet, von wo aus wir uns zuerst nach New Smyrna im Innern der Grafschaft begaben.«

»Dann gestatten Sie mir die Frage, Herr Kapitän, welchen Zweck Ihre Expedition hat?«

»Sie ist beauftragt, eine Bande südstaatlicher Parteigänger abzustrafen, welche zwei unserer Schaluppen in einen Hinterhalt gelockt haben, und den Tod unserer braven Kameraden zu rächen.«

Der Kapitän Howick berichtete darauf folgendes, was James Burbank noch nicht wissen konnte, da es sich erst zwei Tage nach seinem Aufbruche von Camdleß-Bay zugetragen hatte.

Der Leser hat nicht vergessen, daß der Kommodore Dupont beschäftigt war, über das Küstengebiet die effektive Blockade auszuüben. Seine Flottille beherrschte auch das Meer von der Insel Anastasia, oberhalb Saint-Augustine, ab bis zur Mündung des Kanals, der die Bahama-Inseln von dem Kap Sable, an der Südspitze Floridas, trennt. Das erschien ihm jedoch noch nicht hinreichend, und er beschloß deshalb, die südstaatlichen Fahrzeuge bis in die kleineren Wasserläufe der Halbinsel zu verfolgen.

Zu diesem Zwecke war eine jener Expeditionen, bestehend aus einer Abteilung Seesoldaten und zwei Schaluppen des Geschwaders, unter Führung zweier Offiziere abgesendet worden, welche trotz geringen Mannschaftsbestandes doch nicht zögerte, sich nach dem Küstengebiet der Grafschaft zu begeben.

Hier überwachten aber südstaatliche Banden die Bewegungen der Föderierten. Sie ließen die Schaluppen unbelästigt in diesen wilden Teil Floridas eindringen, was von jenen als eine beklagenswerte Unbesonnenheit zu betrachten war, da Indianer und Milizen gerade diese Gebietsteile stark besetzt hatten. Das Resultat war denn auch, daß jene Schaluppen, achtzig Meilen im Westen von Kap Malabar, in einen Hinterhalt am Strande des Kissimmee-Sees gelockt wurden. Hier von zahlreichen Parteigängern des Südens überfallen, fanden die beiden Offiziere, welche diese traurige Expedition führten, mit einer Anzahl Matrosen den Tod. Die Überlebenden erreichten das Mosquito-Inlet nur wie durch ein Wunder.

Sofort befahl nun Kommodore Dupont die strengste Verfolgung der floridischen Milizen, um jene Niedermetzelung der Föderierten zu rächen.

Eine Abteilung von zweihundert Seesoldaten wurde also unter dem Befehl des Kapitäns Howick nahe dem Mosquito-Inlet ans Land gesetzt. Bald erreichte dieselbe die kleine Stadt New Smyrna, wenige Meilen von der Küste. Nachdem er hier die ihm nötigen Erkundigungen eingezogen, setzte sich Kapitän Howick in Marsch nach dem Südwesten. Gerade in den Everglades rechnete er die Banden zu finden, denen man jenen Hinterhalt beim Kissimmee-See zuschrieb, und dahin führte er eben seine Abteilung, die sich jetzt nur noch in geringer Entfernung von ihrem Ziel befand.

Das war das Vorkommnis, welches James Burbank und seine Begleiter nicht kannten, als sie in diesem Teile des Zypressenwaldes mit dem Kapitän Howick zusammentrafen.

Schnell wechselten jetzt Fragen und Antworten zwischen dem Kapitän und dem Lieutenant über alles, was für den Augenblick und für die nächste Zukunft von Bedeutung schien.

»Zunächst«, sagte Gilbert, »lassen Sie mich Ihnen mitteilen, daß auch wir nach den Everglades zu ziehen im Begriff sind.«

»Auch Sie«, antwortete der Offizier, höchst überrascht von dieser Erklärung, »was haben Sie dort vor?«

»Wir verfolgen mehrere Schurken, Herr Kapitän, und denken sie ebenso zu strafen, wie Sie diejenigen, die von Ihnen gesucht werden.«

»Schurken? Wer sind diese Schurken?«

»Gestatten Sie, Herr Kapitän, ehe ich Ihnen darauf antworte, noch eine Frage an Sie zu stellen. Seit wann haben Sie New Smyrna mit Ihren Leuten verlassen?«

»Seit acht Tagen.«

»Und Sie sind keiner südstaatlichen Abteilung im Innern der Grafschaft begegnet?«

»Nein, mein lieber Gilbert«, antwortete Kapitän Howick. »Dagegen wissen wir aus sicherer Quelle, daß sich verschiedene Abteilungen Milizen nach Unterflorida geflüchtet haben.«

»Wer ist denn der Führer der Abteilung, welche Sie verfolgen? Kennen Sie denselben?«

»Ja, gewiß, und ich kann sogar sagen, daß es Herr Burbank nicht zu bereuen haben dürfte, wenn wir den frechen Burschen einfingen.«

»Was wollen Sie damit sagen?« fragte James Burbank den Kapitän Howick.

»Nun, weiter nichts, als daß der betreffende Anführer niemand anderes ist als jener Spanier, den der kürzlich zusammengetretene Kriegsrat trotz der Vorkommnisse auf Camdleß-Bay wegen Mangels an Beweisen aus der Untersuchung entlassen mußte ...«

»Texar?«

Aus aller Munde erklang dieser Name, und mit welcher Verwunderung, kann man sich wohl leicht denken.

»Wie«, rief Gilbert, »Sie sind im Begriffe, Texar, den Führer jenes Raubgesindels, einzufangen?«

»Ihn selbst! Er hat jenen Hinterhalt beim Kissimmee auf dem Gewissen und gleichzeitig die Niedermetzelung unserer Leute durch fünfzig seiner von ihm befehligten Spießgesellen, wie wir in New Smyrna gehört haben, wo man uns auch mitteilte, daß er nach der Gegend der Everglades geflüchtet ist.«

»Und wenn es Ihnen gelingt, sich des Elenden zu bemächtigen ...?« fragte Edward Carrol.

»So wird er auf der Stelle durch Pulver und Blei abgetan«, antwortete Kapitän Howick; »so lautet der bestimmte Befehl des Kommodore, und dieser Befehl, verlassen Sie sich darauf, Herr Burbank, wird ohne Zögern zur Ausführung gebracht werden.«

Der Leser begreift wohl leicht die Wirkung, welche

diese Erklärung auf James Burbank und die Seinigen hervorbrachte. Mit Hilfe der durch Kapitän Howick zugeführten Verstärkung erschien die Befreiung Dys und Zermahs ebenso wie die Gefangennahme des Spaniers und seiner Helfershelfer und endlich die lange vergeblich erstrebte Bestrafung für so viel Verbrechen so gut wie gewiß. Das gab einen herzlichen Austausch von Händedrücken zwischen den Seesoldaten der föderierten Abteilung und den von Camdleß-Bay gekommenen Schwarzen, und laute Hurras tönten durch die tiefe Stille des majestätischen Waldes.

Gilbert unterrichtete nun den Kapitän Howick eingehender über die Zwecke, die er und seine Begleiter im Süden Floridas in erster Linie verfolgten. Ihnen lag es vor allem am Herzen, Zermah und das Kind, welche jetzt nach der Insel Carneral gebracht worden waren – wie das Billett der Mestizin ankündigte –, aus den Händen des Feindes seiner Familie zu befreien. Der Kapitän erfuhr dabei gleichzeitig, daß das Alibi, auf welches sich der Spanier vor jenem Kriegsrate berufen hatte, unbedingt keinen Glauben verdiente, obwohl niemand zu enträtseln vermochte, wie es im Grunde damit zusammenhing. Jetzt freilich, wo er sich wegen Menschenraubes und wegen der blutigen Affäre vom Kissimmee zu verantworten hatte, schien es kaum glaublich, daß Texar sich der Bestrafung für dieses doppelte Verbrechen entziehen könnte.

Da machte aber James Burbank noch eine unerwartete Bemerkung, die er an den Kapitän Howick richtete:

»Können Sie mir sagen, Herr Kapitän, an welchem Tage jenes Vorkommnis mit den föderierten Schaluppen stattgefunden hat?«

»Gewiß, Herr Burbank, es war am 22. März, als unsere Leute meuchlings hingemordet wurden.«

»Nun, am 22. März«, antwortete James Burbank, »befand sich Texar bestimmt noch in der Schwarzen Bucht, die er eben zu verlassen sich anschickte. Wie konnte er also an dem Gemetzel beteiligt sein, das an demselben Tage zweihundert Meilen weit entfernt am Kissimmee-See stattfand?«

»Was sagen Sie . . .?« rief der Kapitän.

»Ich sage, daß Texar nicht der Anführer jener Südstaatler gewesen sein kann, die Ihre Schaluppen überfallen haben.«

»Sie irren, Herr Burbank«, erwiderte Kapitän Howick. »Der Spanier ist von den dem Gemetzel entgangenen Seesoldaten erkannt worden. Ich habe diese Leute selbst darum befragt, und sie kannten Texar, den sie ja in Saint-Augustine wiederholt gesehen hatten, vollkommen genau.«

»Das kann nicht sein, Herr Kapitän«, versetzte James Burbank. »Das von Zermah geschriebene Billett, welches sich noch in meiner Hand befindet, beweist, daß Texar am 22. März sich noch in der Schwarzen Bucht aufhielt.«

Gilbert hatte diesem Zwiegespräch gelauscht, ohne sich einzumischen. Auch seiner Ansicht nach mußte sein Vater recht haben. Der Spanier hatte sich am Tage jenes Gemetzels unmöglich in der Nachbarschaft des Kissimmee-Sees befinden können.

»Das ändert an der Hauptsache nichts«, sagte er jetzt. »Im Leben dieses Menschen trifft man auf so unerklärliche Dinge, daß ich mir gar nicht die Mühe nehmen mag, dieselben aufzuhellen. Am 22. März war er noch in der Schwarzen Bucht, das behauptet Zermah, und am 22. März stand er an der Spitze einer Bande von Floridiern, zweihundert Meilen von dort, das behaupten Sie, Herr Kapitän, nach der einstimmigen Erklärung Ihrer Leute. Zugegeben; eines aber ist gewiß, nämlich, daß er sich augenblicklich in den Everglades befindet – und binnen achtundvierzig Stunden kann und wird er in unserer Gewalt sein!«

»Ja, Gilbert«, antwortete Kapitän Howick, »und ob er nun für jene Entführung oder für jenen heimtückischen Hinterhalt erschossen wird, jedenfalls, meine ich, wird der Schurke mit vollem Rechte erschossen. Vorwärts also!«

Jener Umstand erschien zwar nicht minder unbegreiflich wie viele andere, die mit dem Privatleben Texars in Beziehung standen. Auch hier schien ein unerklärliches Alibi vorzuliegen, und man hätte fast glauben mögen, daß der Spanier wirklich die Fähigkeit besäße, sich zu verdoppeln.

Niemand konnte sagen, ob dieses Geheimnis noch entschleiert werden würde. Immerhin! Jedenfalls galt es, sich Texars zu bemächtigen, und das war jetzt das Bestreben der Seesoldaten des Kapitäns Howick ebenso wie der Genossen James Burbanks.

Elftes Kapitel

Die Everglades

Es ist eine ebenso schreckliche wie zauberisch schöne Gegend, die der Everglades. Im südlichsten Teile Floridas gelegen, erstrecken sie sich bis zum Kap Sable, der äußersten Spitze der Halbinsel. Das ganze Gebiet stellt freilich nur einen ungeheuren, fast im gleichen Niveau mit dem Atlantischen Ozean gelegenen Sumpf dar. Die Fluten des Meeres tränken denselben sehr reichlich, wenn Stürme im Ozean oder im Golfe von Mexiko sie darübertragen, und hier mischen sie sich auch noch mit dem Wasser aus den Wolken, das zur Winterszeit in furchtbaren Katarakten darauf niederstürzt. Das ganze Land erscheint demnach halb flüssig und halb fest, so daß an eine Bewohnbarkeit desselben nicht zu denken ist.

Als Umfassung haben jene Wasserflächen Rahmen von weißem Sande, welche die düstere Färbung jener zahlreichen glänzenden Oasen nur um so deutlicher hervortreten lassen, in denen sich allein die massenhaft vorkommenden Sumpfvögel widerspiegeln, welche nahe darüber hinflattern. Fischreich sind jene übrigens nicht, wohl aber wimmelt es darin von verschiedenen Schlangen.

Man darf deshalb aber nicht glauben, daß der allgemeine Charakter dieser Gebiete der der Unfruchtbarkeit sei. Gerade auf Inseln, welche die ungesunden Gewässer der See baden, kommt die Natur wieder zu ihrem Rechte. Die verderbliche Malaria wird hier sozusagen von dem entzückenden Dufte besiegt, welchen die prächtigen Blumen dieser Zone ausatmen. Alle diese Inseln sind erfüllt von dem Wohlgeruche von tausend, zu herrlichstem Glanz und überraschendster Üppigkeit entwickelter Pflanzen, welche den Namen der floridischen Halbinsel rechtfertigen. Nach diesen heilsamen Oasen der Everglades ziehen sich auch die nomadisierenden Indianer zurück, wenn sie einmal einen – übrigens nie lange andauernden – Halt machen.

Dringt man einige Meilen in dieses Gebiet ein, so trifft man auf eine ziemlich ausgedehnte Wasserfläche, den Okeechobee-See, ein wenig unterhalb des 27. Breitengrades. In einer Ecke dieses Sees nun lag die Insel Carneral, auf der Texar sich eine unbekannte Zuflucht gesichert hatte, in der er jeder Verfolgung entgehen konnte.

Diese Gegend erscheint eines Texar und seiner Genossen vollkommen würdig. Als Florida noch den Spaniern gehörte, flüchteten sich gerade hierher alle Übeltäter weißer Rasse, um sich der Justiz ihres Landes zu entziehen. Vermischt mit der eingebornen Bevölkerung, in deren Adern noch karibisches Blut vorkommt, waren sie dann wahrscheinlich die Stammväter jener Creeks, wie der Seminolen und jener nomadisierenden Indianer, die nur ein langwieriger blutiger Kampf einzuschüchtern vermochte und deren mehr oder weniger vollständige Unterwerfung erst aus dem Jahre 1845 datiert.

Die Insel Carneral schien gegen jeden Angriff geschützt zu sein. In ihrem östlichen Teile ist sie freilich nur durch einen schmalen Wasserarm vom Festlande getrennt – wenn man mit diesem Namen den sie umgebenden Sumpf bezeichnen darf. Jener Kanal mißt in der Breite etwa hundert Fuß, und ein grob gearbeitetes Boot diente zu seiner Überschreitung; ein anderes Verkehrsmittel gab es hier nicht.

Auf dieser Seite mittels Schwimmens zu entweichen, ging unbedingt nicht an, denn niemand konnte sich in dieses halbschlammige Wasser mit seinem Gewirr von Sumpfpflanzen und den zahlreichen Reptilien darin wagen.

Weiter hinaus erhebt sich der große Zypressenwald mit seinem halb durchtränkten Erdboden, der nur schmale und kaum erkennbare Fußpfade bietet, von den anderen Hindernissen desselben ganz zu schweigen. Ein toniger Boden, der an den Füßen wie Vogelleim haftet, ungeheure kreuz- und querliegende Stämme und ein Modergeruch, der den Wanderer zu ersticken droht. Hier wuchern dazu noch sehr gefährliche Pflanzenarten, Phylacien, welche ebenso giftig wirken können wie manche Disteln, vorzüglich auch Unmassen von jenen »Pezizen«, das sind riesenhafte Champignons, welche gelegentlich explodieren, als ob sie Schießbaumwolle oder Dynamit enthielten. Schon der geringste Stoß vermag eine heftige Detonation derselben auszulösen, und im Augenblicke erfüllt sich dann die Luft mit rötlichen Staubmassen. Letztere bestehen aus den Sporen der Gewächse, dringen in die Atmungswege ein und erzeugen einen Ausbruch von stark brennenden Eiterblüten. Es erscheint also als ein Gebot der Klugheit, diese schadenbringenden Gewächse ebenso zu meiden, wie man den gefährlichen Raubtieren aus dem Wege geht.

Die Wohnung Texars war nichts anderes als ein alter indianischer Wigwam, der aus Pfählen und Bohlen unter dem Schutze großer Bäume im östlichen Teile der Insel bestand. Völlig versteckt unter dichtem Grün, konnte man dieselbe auch vom nächstgelegenen Ufer nicht wahrnehmen. Die beiden Spürhunde bewachten sie übrigens mit demselben Eifer wie das Blockhaus in der Schwarzen Bucht. Auf den Mann dressiert, hätten sie jeden in Stücke zerrissen, der sich dem Wigwam zu nähern versuchte.

Hierher also waren Zermah und die kleine Dy seit zwei Tagen gebracht worden. Die Reise auf dem Saint-John selbst und auf dem Washington-See war zwar eine ziemlich bequeme gewesen, wurde aber höchst beschwerlich in ihrer Fortsetzung durch den Zypressenwald, selbst für kräftige Männer, die an das ungesunde Klima gewöhnt und in langen Tagesmärschen durch diese Wälder und Sümpfe geübt waren. Was hatten dabei aber eine Frau und ein schwaches Kind zu leiden gehabt! Zermah wenigstens war ja stark, mutig und ergeben. Während des ganzen Auszuges trug sie Dy, deren kleiner Fuß diese Dauermärsche doch nicht ausgehalten hätte. Zermah hätte sich auf den Knien fortschleppen lassen, um nur jener jede Anstrengung zu ersparen. Freilich war sie am Ende ihrer Kräfte, als sie auf der Insel Carneral anlangte.

Mußte sie nun nach dem, was sie seit ihrer Entführung nach der Schwarzen Bucht durch Texar und Squambo schon erlitten hatte, nicht gänzlich verzweifeln? Wenn sie auch nicht wußte, daß jenes von ihr dem jungen Sklaven anvertraute Billett in James Burbanks Hände gefallen war, so war ihr dafür nicht unbemerkt geblieben, daß dieser seine edelmütige Bereitwilligkeit, ihr zu helfen, hatte mit dem Leben bezahlen müssen. In dem Augenblicke überrascht, wo er das Eiland verlassen wollte, um sich nach Camdleß-Bay zu begeben, erhielt er die ihm den Tod bringende Wunde. Da mußte sich die Mestizin also wohl sagen, daß James Burbank niemals von dem unterrichtet werden würde, was sie von dem unglücklichen Schwarzen erfahren hatte, daß nämlich der Spanier und seine Leute im Begriffe waren, nach der Insel Carneral überzusiedeln, und wie konnte unter diesen Verhältnissen jemand Veranlassung nehmen, ihren Spuren nachzugehen?

Zermah konnte also den Schatten einer Hoffnung nicht mehr bewahren. Übrigens erlosch sowieso jede Aussicht auf Rettung inmitten dieser Gebiete, deren Schrecken sie vom Hörensagen kannte. Ja, sie war damit nur zu gut vertraut – hier schien kein Entrinnen möglich.

Das kleine Mädchen befand sich inzwischen in einem Zustande äußerster Schwäche. Die Ermüdung zunächst, trotz der unablässigen Sorgfalt Zermahs, und dann der Einfluß des wirklich mörderischen Klimas hatten deren Gesundheit tief erschüttert. Bleich und abgezehrt, wie vergiftet von den schädlichen Ausdünstungen, besaß sie kaum noch die Kraft, sich aufrecht zu erhalten; kaum noch die, ein paar Worte hervorzubringen, wobei sie dann stets nach ihrer Mutter verlangte. Jetzt konnte Zermah sie nicht, wie in den ersten Tagen ihres Aufenthaltes in der Schwarzen Bucht, durch die Zusicherung trösten, daß sie Frau Burbank bald wiedersehen werde, daß ihr Bruder, Miß Alice, Mars schon zu ihr unterwegs wären. Bei ihrem frühreifen Verstande, der durch die schrecklichen Szenen, welche die Verwüstung der Ansiedlung begleiteten, nur noch mehr geschärft erschien, begriff Dy schon, daß sie dem heimatlichen Herd entrissen war und sich in den Händen eines bösen Mannes befand, daß sie, wenn ihr niemand zu Hilfe käme, Camdleß-Bay wohl niemals wiedersehen würde.

Jetzt wußte Zermah auf ihre Klagen nichts zu antworten und sah, trotz zuverlässigster Pflege, das arme Kind mehr und mehr verfallen.

Der Wigwam bestand, wie gesagt, nur aus einer nachlässig errichteten Hütte, welche für die Winterszeit gewiß nicht ausreichend war, denn dann mußten Wind und Regen überall in dieselbe eindringen. In der warmen Jahreszeit dagegen, die sich unter dieser Breite jetzt schon fühlbar machte, konnte sie ihre Insassen wenigstens gegen die brennenden Sonnenstrahlen schützen.

Dieser Wigwam war in zwei ungleich große Räume geteilt; der eine, sehr beschränkte, stand nicht direkt mit außerhalb in Verbindung, sondern öffnete sich nur nach dem anderen »Zimmer«. Dieser ziemlich große Raum erhielt sein Licht durch eine weite Türe an der vorderen, das heißt an derjenigen Seite, welche nach dem Ufer des Kanals zu lag.

Zermah und Dy sahen sich auf den kleineren Raum beschränkt, wo sie wenigstens die notdürftigsten Geräte vorfanden und einen Haufen von Blättern, der ihnen als Nachtlager diente.

Den anderen Raum bewohnten Texar und der Indianer Squambo, der seinen Herrn niemals verließ. Hier befanden sich als Möbel ein Tisch mit mehreren Krügen Branntwein darauf, Gläser und einige Schüsseln, eine Art Vorratsschrank, ein kaum aus dem gröbsten bearbeiteter Baumstamm als Bank und zwei Bündel trockenes Laub, das die Stelle der Betten vertrat. Das zur Bereitung der Mahlzeiten nötige Feuer wurde auf einem an einer Ecke des Wigwams draußen angebrachten Steinherde entzündet. Das genügte für die Bedürfnisse einer Nahrungsweise, die nur aus getrocknetem Fleische, ferner aus Wild bestand, von dem ein Jäger auf der Insel leicht den nötigen Bedarf erlegen konnte, und die sich endlich aus Früchten und Gemüsen in fast rohem Zustande zusammensetzte – um wenigstens nicht Hungers zu sterben.

Die Sklaven, etwa sechs an der Zahl, welche Texar von der Schwarzen Bucht mitgebracht hatte, schliefen wie die beiden Hunde im Freien, und wie diese überwachten sie die nächste Umgebung, während ihnen nur die großen Bäume, die niedrigsten Äste, die sich über ihrem Kopfe kreuzten, einigen Schutz gewährten.

Vom ersten Tage ab hatten Zermah und Dy dagegen die Freiheit, sich nach Belieben umherzubewegen. Sie wurden in ihren Wohnräumen nicht ferner eingeschlossen, da sie es ja schon auf der Insel Carneral selbst waren. Man begnügte sich, sie zu überwachen – eine ziemlich unnütze Vorsicht, da es ja unmöglich war, den Kanal zu überschreiten, ohne sich des Bootes zu bedienen, welches einer der Schwarzen unausgesetzt hütete. Und während sie das kleine Mädchen spazierenführte, hatte sich Zermah sehr schnell von all den Schwierigkeiten Rechnung gegeben, denen eine Entweichung von hier begegnen mußte.

Wenn die Mestizin an diesem Tage nicht aus den Augen gelassen wurde, so begegnete sie dafür Texar niemals. Erst in der Nacht vernahm sie wieder die Stimme des Spaniers. Er wechselte einige Worte mit Squambo, dem er die strengste Aufsicht anempfahl, und bald darauf schliefen alle, mit Ausnahme Zermahs, in dem Wigwam.

Bisher hatte Zermah von Texar übrigens noch kein Wort hervorzulocken vermocht. Bei der Flußfahrt nach dem Washington-See zu fragte sie ihn wiederholt vergeblich, was er mit dem Kinde und ihr selbst im Schilde führe, ja, sie versuchte es sogar mit Bitten wie mit Drohungen.

Während sie so sprach, begnügte sich der Spanier, sie mit seinen kalten, boshaft blickenden Augen anzusehen. Dann zuckte er höchstens die Schultern, wie einer, den man belästigt und der es unter seiner Würde hält, Antwort zu geben.

Zermah fühlte sich dadurch jedoch keineswegs geschlagen. Auf der Insel Carneral angelangt, beschloß sie, Texar gegenüberzutreten, ihn um Mitleid, wenn nicht für sie, doch für das bedauernswerte Kind anzuflehen, und wenn das von ihm abprallte, ihn durch Zusicherung gewisser Vorteile zu gewinnen.

Die Gelegenheit bot sich sehr bald.

Am folgenden Tage, als das kleine Mädchen noch schlummerte, begab sich Zermah nach dem Kanal.

Texar wandelte langsam an dessen Ufer hin und her. Mit Squambo erteilte er eben einem Sklaven den Auftrag, die Schlingpflanzen zu entfernen, welche das Forttreiben des einzigen schwerfälligen Bootes stark behinderten.

Bei Ausführung dieser Arbeit schlugen zwei Schwarze mit langen Ruten auf die Oberfläche des Kanals, um die Reptilien zu erschrecken, deren Köpfe aus dem Wasser hervorlugten.

Bald darauf verließ Squambo seinen Herrn, und dieser wollte sich ebenfalls schon entfernen, als Zermah gerade auf ihn zukam.

Texar ließ sie ruhig herankommen, und als sie vor ihm stand, blieb auch er stehen.

»Texar«, begann Zermah mit fester Stimme, »ich habe mit Ihnen zu reden. Ohne Zweifel wird das zum letzten Male sein, und ich bitte Sie, mich anzuhören.«

Der Spanier, der sich eine Zigarette angezündet hatte, gab keine Antwort. Nachdem sie einige Sekunden gewartet, nahm Zermah wieder wie folgt das Wort:

»Wollen Sie mir endlich sagen, Texar, was Sie mit Dy Burbank vorhaben?«

Keine Antwort.

»Es kommt mir nicht in den Sinn, Sie für mich um Mitleid anzuflehen. Es handelt sich nur um jenes Kind, dessen Leben sehr gefährdet ist und das Sie also bald auch verlieren würden . . .«

Auf diese Schilderung machte Texar eine leichte Bewegung, die seine völlige Ungläubigkeit verriet.

»Ja, bald«, fuhr Zermah fort. »Wenn es durch eine Flucht nicht möglich ist, dann durch den Tod.«

Nachdem der Spanier langsam den Rauch seiner Zigarette ausgeblasen, begnügte er sich zu erwidern:

»Bah, das kleine Ding wird sich schon nach einigen Tagen Ruhe wieder erholen, und ich rechne auf deine besondere Sorgfalt, Zermah, uns dieses kostbare Leben zu erhalten.«

»Nein, ich wiederhole es, Texar, binnen kurzem wird das Kind tot sein, und tot ohne jeden Vorteil für Euch!«

»Ohne Vorteil«, versetzte Texar höhnisch, »wenn ich das Mädchen fern von seiner sterbenden Mutter und von seinem zur Verzweiflung getriebenen Vater und Bruder halte!«

»Zugegeben«, sagte Zermah. »Doch Ihr habt Eure Rache wohl hinlänglich gekühlt; Texar, glaubt mir, Ihr würdet mehr Vorteil daraus ziehen, dieses Kind, statt es hier zurückzuhalten, seiner Familie wiederzugeben.«

»Was willst du damit sagen?«

»Ich will sagen, daß James Burbank nun wohl genug gelitten hat. Jetzt muß Euer eigenes Interesse zu Worte kommen . . .«

»Mein Interesse . . .?«

»Ganz sicherlich, Texar«, antwortete Zermah, lebhafter werdend. »Die Ansiedlung von Camdleß-Bay ist verwüstet worden, Frau Burbank ringt mit dem Tode und ist vielleicht in diesem Augenblicke, wo ich zu Euch spreche, schon nicht mehr unter den Lebenden, ihre Tochter ist verschwunden und deren Vater möchte wohl vergebens versuchen, eine Spur von ihr wiederzufinden. Alle diese Verbrechen, Texar, sind durch Euch begangen worden – das weiß ich! Ich habe das Recht, es Euch ins Gesicht zu sagen. Doch hütet Euch – einmal kommt noch alles ans Licht – und denkt an die strenge Strafe, die Eurer wartet. Ja, schon Euer Interesse erheischt es, Mitleid zu haben. Ich spreche nicht für mich, die mein Gatte bei seiner Rückkehr nicht wiederfinden wird – nein, ich spreche nur für die arme Kleine, welche offenbar dem Tode entgegengeht. Behaltet mich hier, wenn Ihr wollt, aber sendet dieses Kind nach Camdleß-Bay; gebt es seiner Mutter zurück! Niemand wird wegen der Vergangenheit von Euch Rechenschaft fordern. Ja, wenn Ihr's verlangt, wird man Euch die Freigebung des Kindes mit Gold aufwiegen, Texar, und wenn ich mich unterfange, so zu Euch zu reden, so geschieht es, weil ich James Burbank und die Seinigen vom Grunde ihres Herzens kenne. Sie würden gewiß ihr ganzes Vermögen dafür hingeben, dieses Kind zu retten, und ich rufe Gott zum Zeugen an, daß jene das Versprechen halten werden, welches deren Sklavin Euch hier gibt.«

»Deren Sklavin ...?« rief Texar ironisch. »Es gibt auf Camdleß-Bay ja keine Sklaven mehr.«

»Doch, Texar; denn um bei meinem Herrn bleiben zu können, hab' ich es nicht angenommen, frei zu sein.«

»Wirklich, Zermah, wirklich!« erwiderte der Spanier. »Nun, da es dir doch nicht widersteht, Sklavin zu sein, so könnten wir uns vielleicht verständigen. Es sind jetzt wohl sechs bis sieben Jahre her, seit ich dich von meinem Freund Tickborn kaufen wollte. Ich hatte auf dich, und auf dich allein, eine beträchtliche Summe geboten, und du würdest mir seit jener Zeit angehören, wenn James Burbank nicht hinzugekommen wäre, um dich zu erstehen. Jetzt hab' ich dich und werde dich behalten.«

»Tut, was Ihr wollt, Texar«, antwortete Zermah, »ich werde auch Eure Sklavin sein, doch werdet Ihr dieses Kind nicht zurückgeben?«

»Das Kind James Burbanks«, versetzte Texar mit dem Ausdrucke niedrigsten Hasses, »seinem Vater zurückgeben ... nimmermehr!«

»Elender!« rief Zermah, welche ein gerechter Ingrimm übermannte. »Nun wohl, wenn es dessen Vater nicht ist, so wird es Gott sein, der Euch dieses Kind entreißt!«

Ein Hohnlachen, ein geringschätziges Achselzucken war die ganze Antwort des Spaniers. Er hatte sich eine zweite Zigarette gedreht, zündete diese ruhig an dem Reste der ersten an, aber entfernte sich, am Kanalufer hinschreitend, ohne Zermah ferner eines Blickes zu würdigen.

Gewiß würde die mutige Mestizin ihn, auch auf die Gefahr hin, von Squambo und seinen Genossen ermordet zu werden, wie ein wildes Tier niedergeschlagen haben, wenn sie nur eine Waffe gehabt hätte.

Doch jetzt vermochte sie nichts. Regungslos starrte sie auf die Schwarzen, die am hohen Ufer arbeiteten – nirgends ein befreundetes Antlitz, nichts als wilde Gesichter von stumpfsinnigen Geschöpfen, welche dem menschlichen Geschlechte kaum anzugehören schienen. Da kehrte sie in den Wigwam zurück, um bei dem Kinde, das mit schwacher Stimme nach ihr rief, wieder ihre Mutterrolle zu übernehmen. Zermah bemühte sich, das arme kleine Wesen zu beruhigen, das sie in ihre Arme nahm. Ihre Küsse belebten es wieder ein wenig; sie besorgte ihm ein warmes Getränk, das sie auf dem Herde an der Außenseite bereitete, neben welchen sie jenes getragen hatte. Sie umgab es mit aller Sorgfalt, welche ihre hilflose und verlassene Lage nur gestattete. Dy dankte ihr mit einem Lächeln. Aber mit welchem Lächeln! . . . Mit einem traurigeren, als wenn es Tränen gewesen wären.

Im Laufe des ganzen Tages sah Zermah den Spanier nicht wieder, sie suchte ihn auch nicht. Wozu denn? Er würde doch niemals zu anderen Empfindungen kommen, und mit neuen Beschuldigungen hätte sie die Lage nur verschlechtert.

Wenn nämlich bisher seit ihrem Aufenthalte in der Schwarzen Bucht und seit ihrer Ankunft auf der Insel Carneral dem Kinde und ihr jede eigentlich schlechte Behandlung erspart geblieben war, so durfte sie von einem solchen Manne doch alles fürchten. Es bedurfte bei ihm nur eines Wutanfalles, um sich zu den größten Gewalttätigkeiten hinreißen zu lassen; diese schwarze Seele war doch keiner Regung von Mitleid fähig, und da nicht einmal das Interesse über seinen Haß hatte obsiegen können, so mußte Zermah auf jede Hoffnung für die Zukunft Verzicht leisten. Was aber die Gefährten des Spaniers betraf, wie Squambo und die Sklaven, wie hätte man von ihnen verlangen können, menschlicher zu sein als ihr Herr? Diese wußten ja, welches Los ihrer harrte, wenn einer von ihnen nur etwas Mitgefühl an den Tag legte. Von dieser Seite war also nichts zu hoffen. Zermah war demnach auf sich allein angewiesen. Ihr Entschluß war gefaßt . . . sie wollte in der nächstfolgenden Nacht zu entfliehen suchen.

Auf welche Weise aber? Jedenfalls mußte sie dabei den die Insel Carneral umschließenden Wassergürtel überschreiten. Wenn dieser Teil des Sees vor dem Wigwam auch nur eine geringe Breite hatte, so konnte man ihn doch nicht schwimmend überwinden. Es blieb also nur die einzige Aussicht, sich des Bootes zu bemächtigen, um das andere Ufer zu erreichen.

Der Abend kam heran, dann die Nacht, welche sehr dunkel, selbst schlecht zu werden versprach, denn schon begann es zu regnen, und über den Sumpf schien sich ein tüchtiger Wind entfesseln zu wollen.

Wenn es Zermah unmöglich war, den Wigwam durch die Tür des großen Raumes zu verlassen, so konnte es vielleicht nicht schwerfallen, ein Loch in die Wand zu machen, durch dasselbe zu entschlüpfen und Dy nach sich zu ziehen. Einmal draußen, würde sie sich nach den Umständen richten.

Gegen zehn Uhr hörte man draußen nichts mehr als das Pfeifen der scharfen Windstöße. Texar und Squambo schliefen. Selbst die unter irgendwelchem dichten Busche gelagerten Hunde streiften nicht mehr um die Wohnung einher.

Der Augenblick war günstig.

Während Dy noch auf ihrem Blätterlager ruhte, begann Zermah vorsichtig das Stroh und Schilfrohr herauszuziehen, die miteinander verflochten die Seitenwand des Wigwams bildeten.

Nach einer Stunde war das betreffende Loch noch nicht groß genug, daß das kleine Mädchen und sie hätten hindurchkriechen können, und schon wollte sie daran gehen, es zu erweitern, als ein Geräusch sie plötzlich unterbrach.

Dieses Geräusch kam von außen, aus der tiefen Dunkelheit. Das Gebell der Spürhunde verriet, daß jemand auf dem Ufer hin und her ging. Sofort erwacht, verließen Texar und Squambo ohne Zögern ihr Zimmer.

Dann ließen sich Stimmen vernehmen. Offenbar war ein Trupp Leute vom anderen Ufer des Kanals angelangt. Zermah mußte ihren augenblicklich undurchführbaren Fluchtversuch verschieben. Bald konnte man trotz des wütenden Sturmes leicht das Geräusch von zahlreichen Schritten auf dem Erdboden unterscheiden.

Zermah lauschte gespannten Ohres. Was ging hier vor? Hatte die Vorsehung vielleicht Mitleid mit ihr? Sendete sie ihr eine Hilfe, auf welche sie nicht mehr rechnen konnte?

Nein, das begriff sie gar bald. Es hätte sonst doch offenbar zu einem Kampfe zwischen den Ankommenden und den Leuten Texars, zu einem Angriffe beim Überschreiten des Kanals, zu lauten Rufen von der einen oder der anderen Seite, gewiß auch zu Gewehrschüssen kommen müssen. Doch nichts von alledem. Die Ankömmlinge bildeten vielmehr eine Verstärkung für die Bewohner der Insel Carneral.

Eine Minute später bemerkte Zermah, daß zwei Personen nach dem Wigwam zurückkehrten, der Spanier war von einem anderen Manne begleitet, der Squambo nicht sein konnte, denn draußen, nach der Seite des Kanals, hörte man noch immer die Stimme des Indianers.

Zwei Menschen befanden sich jetzt aber im vorderen Zimmer, sie hatten schon angefangen, mit gedämpfter Stimme zu plaudern, als sie sich plötzlich unterbrachen.

Einer der beiden schritt mit einer Laterne in der Hand auf Zermahs Zimmer zu. Diese fand nur noch Zeit, sich auf das Blätterlager zu werfen, um das in der Seitenwand ausgehöhlte Loch zu verdecken.

Texar – denn dieser war es – öffnete die Tür ein wenig, blickte in das Zimmer, zog sich aber, als er die Mestizin neben dem kleinen Mädchen ausgestreckt liegen und scheinbar tief schlafend sah, langsam wieder zurück.

Dann nahm Zermah ihren Platz an der zugeschlagenen Tür wieder ein.

Wenn sie nicht sehen konnte, was im anderen Zimmer vorging, noch den, der mit Texar sprach, zu erkennen vermochte, so konnte sie doch hören.

Und dabei vernahm sie folgendes.

Zwölftes Kapitel

Was Zermah hörte

»Du auf der Insel Carneral?«

»Ja, seit einigen Stunden.«

»Ich glaubte, du seiest jetzt in Adamsville* in der Umgebung des Apopka-Sees**?«

»Da war ich vor acht Tagen.«

»Und warum bist du hierhergekommen?«

»Weil es mir unumgänglich nötig schien.«

»Wir dürfen uns, das weißt du ja, niemals begegnen,

*Eine kleine Stadt in der Grafschaft Putnam.

**Ein See, der die Hauptzuflüsse des Saint-John speist.

außer im Sumpfe der Schwarzen Bucht, und auch dann nur, wenn ein paar Zeilen von dir mich vorher davon verständigt haben.«

»Ich wiederhole dir, ich mußte unverzüglich davongehen und mich nach den Everglades flüchten.«

»Warum?«

»Das wirst du gleich hören.«

»Riskierst du nicht, uns zu kompromittieren . . .?«

»Nein, ich bin in der Nacht gekommen, und keiner deiner Sklaven hat mich sehen können.«

Wenn Zermah von diesem Gespräch zunächst nichts verstand, so erriet sie ebensowenig, wer dieser so wenig erwartete Gast des Wigwams sein möge. Ganz bestimmt waren hier zwei Männer, welche sprachen, und doch hatte es den Anschein, als ob es nur ein einziger wäre, der Fragen stellte und Antwort gab.

Bei der ganz gleichen Färbung und Stärke der Stimme mußte man annehmen, daß jene Worte alle aus ein und demselben Munde kämen. Vergeblich bemühte sich Zermah, durch einen Spalt der Türe zu blicken. Das nur schwach erleuchtete Zimmer lag in einer Art Halbschatten, der nicht das geringste zu erkennen gestattete. Die Mestizin mußte sich also damit begnügen, möglichst viel von diesem Zwiegespräch, das für sie von größter Bedeutung sein konnte, zu erlauschen.

Nach kurzem Stillschweigen fuhren die beiden Männer wie folgt fort. Offenbar war es Texar, der die Frage stellte:

»Du bist nicht allein gekommen?«

»Nein, einige unserer verläßlichsten Genossen haben mich bis nach den Everglades begleitet.«

»Wie viele sind es?«

»Gegen vierzig.«

»Fürchtest du denn nicht, daß sie durchschauen lernen könnten, was wir seit so langer Zeit geheimzuhalten vermochten?«

»Keineswegs. Sie werden uns eben nie beisammen sehen. Wenn sie von der Insel Carneral wieder abziehen, wissen sie auch noch weiter nichts, und im Programm unseres Lebens tritt also keine Veränderung ein.«

Hier glaubte Zermah das Einschlagen zweier Hände ineinander zu hören, als ob die Männer damit diese Worte bekräftigen wollten.

Dann wurde das Zwiegespräch mit folgenden Worten weitergeführt:

»Was ist denn seit der Einnahme von Jacksonville vorgefallen?«

»Oh, eine ziemlich ernsthafte Sache. Du weißt doch, daß Dupont sich Saint-Augustines bemächtigt hat?«

»Ja, das weiß ich; und dir kann ja wohl nicht unbekannt sein, warum ich das wissen muß.«

»Nein, wirklich nicht! Die Geschichte mit dem Eisenbahnzug bei Fernandina ist dir wieder prächtig zustatten gekommen, um ein Alibi nachzuweisen, aufgrund dessen der dortige Kriegsrat dich wohl oder übel freilassen mußte.«

»Und dazu schien er vorher nicht besonders Lust zu haben! – Bah!«

»'s ist ja nicht das erste Mal, daß wir den Gerichten auf diese Weise ein Schnippchen schlagen...«

»Und wird auch nicht das letzte Mal gewesen sein. Vielleicht weißt du aber doch nicht, was die Föderierten mit der Einnahme von Saint-Augustine eigentlich bezweckten. Es kam ihnen weniger darauf an, die Hauptstadt der Grafschaft Saint-John in ihre Gewalt zu bringen, als die Blockade auf die ganze Küste des Atlantischen Ozeans auszudehnen.«

»Das ist mir gerüchtweise zu Ohren gekommen.«

»Nun wohl; aber die Überwachung der Küste von den Mündungen des Saint-John bis zu den Bahama-Inseln erschien Dupont noch nicht hinreichend, der jedem Verkehr mit Kriegskonterbande auch im Innern Floridas ein

Ende machen wollte. Zu diesem Zwecke sandte er also zwei Schaluppen mit einer Abteilung Seesoldaten unter Führung zweier Offiziere von seinem Geschwader ab. – Wußtest du etwas von dieser Expedition?«

»Nein.«

»An welchem Datum hast du denn die Schwarze Bucht verlassen?... Wenige Tage nach deiner Freilassung...?«

»Ja, am 22. dieses Monats.«

»Nun ja, jene Geschichte spielte sich am 22. ab.«

Es muß hierbei bemerkt werden, daß Zermah von dem Überfall beim Kissimmee, dessen der Kapitän Howick nach seinem Zusammentreffen mit Gilbert gegen diesen erwähnte, noch nichts wußte.

Sie vernahm also jetzt gleichzeitig mit dem Spanier, daß nach Verbrennung der nordstaatlichen Schaluppen kaum ein Dutzend Überlebende die Nachricht von jenem Unfall dem Kommodore hatte bringen können.

»Gut!... Gut...!« rief Texar. »Das ist eine glückliche Wiedervergeltung für die Einnahme von Jacksonville, und könnten wir diese verdammten Nordstaatler nur noch wiederholt ins Innere unseres Florida locken! Da sollten sie bis zum letzten Mann aufgerieben werden!«

»Ja, bis zum letzten Mann«, wiederholte der andere, »vorzüglich, wenn sie sich bis in die Sümpfe der Everglades vorwagten. Und wahrscheinlich werden wir sie bald genug hier zu sehen bekommen.«

»Was sagst du?«

»Dupont hat geschworen, den Tod seiner Offiziere und Mannschaften nicht ungerächt zu lassen, und so hat er eine neue Expedition nach dem Süden der Grafschaft Saint-John ausgesendet.«

»Die Föderierten sollten von dieser Seite her vorzudringen suchen...?«

»Ja, aber in großer Anzahl, gut ausgerüstet und vorsichtig, um nicht wieder in einen Hinterhalt zu geraten.«

»Bist du mit ihnen zusammengestoßen?«

»Nein; unsere Leute waren ihnen zunächst nicht gewachsen, und wir mußten langsam zurückweichen. Doch gerade im Zurückgehen lockten wir sie nach. Wenn wir dann die Milizen zusammengezogen haben, welche in hiesiger Gegend umherschweifen, fallen wir über sie her, und dann soll schon keiner davonkommen.«

»Von wo sind jene ausgegangen?«

»Vom Mosquito-Eiland.«

»Und welchen Weg schlugen sie ein?«

»Den durch den Zypressenwald.«

»Wo mögen sie sich augenblicklich wohl befinden?«

»Etwa vierzig Meilen von der Insel Carneral.«

»Schön«, erwiderte Texar. »Wir müssen sie sich nach dem Süden hinziehen lassen, und wir dürfen keinen Tag verlieren, die Milizen zusammenzurufen. Wenn nötig, brechen wir aber schon morgen auf, um Zuflucht auf der anderen Seite des Bahama-Kanals zu suchen.«

»Und dort werden wir, wenn man uns zu sehr auf den Fersen wäre, bevor unsere Parteigänger zusammentreten könnten, auf den englischen Inseln sicheren Schutz finden!«

Die verschiedenen Einzelheiten, welche im Laufe dieses Gespräches erwähnt wurden, hatten für Zermah natürlich das größte Interesse, schon da sie ja nicht wußte, ob Texar, wenn er sich für die Aufgebung der Insel entschied, auch seine Gefangenen mitnehmen oder diese unter Aufsicht Squambos im Wigwam zurücklassen würde. In letzterem Falle schien es ihr geraten, einen Fluchtversuch erst nach dem Fortgange des Spaniers zu unternehmen; denn dann konnte die Mestizin wahrscheinlich mit mehr Aussicht auf Erfolg handeln, und außerdem war ja nicht ausgeschlossen, daß die föderierte Abteilung, welche eben jetzt durch Unterflorida zog, an den Ufern des Okeechobee-Sees und in Sicht der Insel Carneral eintraf.

Doch alle Hoffnung, welche Zermah aus diesen Erwägungen schöpfte, sollte leider wieder verblassen.

Auf die an ihn gerichtete Frage nämlich, was mit der Mestizin und dem Kinde werden solle, antwortete Texar ohne Zögern:

»Oh die nehm' ich mit, und wenn es sein muß, bis nach den Bahama-Inseln.«

»Wird das kleine Mädchen auch die Strapazen einer nochmaligen Reise aushalten können . . .?«

»Ja, dafür steh' ich ein; und übrigens wird es Zermahs Aufgabe sein, ihr solche unterwegs möglichst zu ersparen.«

»Doch wenn das Kind trotzdem sterben sollte . . .?«

»Ich würde es lieber tot sehen, als daß ich es seinem Vater zurücklieferte.«

»Ah, du hast einen gründlichen Haß gegen diese Burbanks . . .!«

»Ebensoviel wie du selbst sie hassest!«

Zermah vermochte sich kaum noch zu zügeln und war nahe daran, die Tür aufzustoßen, um diese beiden Männer, die einander nicht nur der Stimme, sondern auch ihren bösen Leidenschaften und dem völligen Mangel an Gewissen und Gefühl nach so außerordentlich gleich waren, Aug' in Auge gegenüberzutreten. Doch einmal noch bezwang sie sich, da es ihr nützlicher schien, bis zum letzten den Worten zu lauschen, welche zwischen Texar und seinem Genossen gewechselt wurden. Sollten sie nach Beendigung dieses Gesprächs etwa in Schlaf versinken, da würde es für sie Zeit sein, eine Flucht zu wagen, die jetzt notwendig geworden war, ehe sie noch weiter hinaus verschleppt wurde.

Offenbar befand sich der Spanier in der Lage eines Mannes, der alles von dem mit ihm sprechenden anderen zu erfahren hat. So fuhr er denn auch fort zu fragen:

»Was gibt es denn Neues im Norden?«

»Nichts von Bedeutung. Leider scheint es allerdings,

als ob die Föderierten allenthalben im Vorteil blieben, und es ist wohl zu befürchten, daß die Sache der Sklaverei endgültig eine verlorene ist.«

»Bah!« rief Texar mit sehr gleichgültigem Ausdruck.

»Im Grunde genommen halten wir beide es ja ebensowenig mit dem Süden wie mit dem Norden«, meinte der andere.

»Nein; und es handelt sich nur darum, während beide Parteien sich zerfleischen, immer auf der Seite zu stehen, wo am meisten zu holen ist.«

Mit diesem Ausspruche enthüllte Texar sein Inneres vollständig. Im trüben Wasser des Bürgerkrieges zum eigenen Vorteile zu fischen, das war der einzige Zweck, den diese beiden Männer im Auge hatten.

»Doch«, fügte er hinzu, »was hat sich speziell in Florida seit den letzten acht Tagen ereignet?«

»Nichts, was dir unbekannt wäre. Stevens beherrscht noch immer den Fluß bis hinauf nach Picolata.«

»Und es weist nichts darauf hin, daß er noch über diesen Punkt hinaus stromaufwärts zu gehen beabsichtigte?«

»Nein, nach dem Süden der Grafschaft dehnen die Kanonenboote ihre Rekognoszierungen nicht aus. Übrigens glaub' ich, wird diese Okkupation bald zu Ende sein, und in diesem Falle steht der Fluß dem Verkehre der Konföderierten wieder völlig offen.«

»Wie kommst du zu dieser Ansicht?«

»Nun, es geht schon das Gerücht, Dupont beabsichtige, von Florida in nächster Zukunft ganz wieder abzuziehen und nur zwei oder drei Schiffe zur Blockade der Küsten zurückzulassen.«

»Wäre das möglich?«

»Ich wiederhole dir, daß davon die Rede ist, und wenn es soweit kommt, wird Saint-Augustine bald geräumt sein.«

»Und Jacksonville ...?«

»Jacksonville ebenso.«

»Alle Wetter! Dann könnt' ich also dahin zurückkehren, unseren Ausschuß wieder zusammenrufen und den mir durch die Föderierten geraubten Platz wieder einnehmen! Ah, verdammte Nordstaatler, laßt mich nur noch einmal zur Gewalt kommen – ich will schon davon Gebrauch machen . . .!«

»Bravo!«

»Und wenn James Burbank und seine Familie Camdleß-Bay noch nicht verlassen, wenn sie sich nicht durch die Flucht meiner Rache entzogen haben, so werden sie mir diesmal nicht wieder entschlüpfen.«

»Einverstanden! Was du durch diese Leute zu leiden hattest, litt ich ja mit! Was du willst, will ich auch! Was du hassest, hasse auch ich! Wir beide bilden ja immer nur . . .«

»Jawohl, nur einen!« schloß Texar.

Das Gespräch wurde einen Augenblick unterbrochen. Gläsergeklirr verriet Zermah, daß der Spanier und »der andere« miteinander tranken.

Zermah war wie angewurzelt. Nach dem, was sie gehört, schien es, als ob diese beiden Männer gleichen Teil an den in letzterer Zeit in Florida und im besonderen gegen die Familie Burbank gerichteten Verbrechen hätten, das trat ihr noch deutlicher vor Augen, als sie jenen noch eine halbe Stunde zuhörte. Nun wurden ihr verschiedene Vorkommnisse aus dem Leben des Spaniers klar. Immer aber war es dieselbe Stimme, welche Fragen stellte und Antwort erteilte, als wäre Texar allein im Zimmer gewesen. Hier lag noch ein Rätsel vor, an dessen Lösung der Mestizin begreiflicherweise sehr viel gelegen sein mußte. Doch wenn diese Elenden nur zu der Ahnung kamen, daß Zermah wenigstens in einen Teil ihrer Geheimnisse eingedrungen war, würden sie wohl einen Augenblick gezögert haben, diese Gefahr dadurch, daß sie die Frau umbrachten, abzuwenden? Was sollte aber aus dem verlassenen Kinde werden, wenn Zermah tot war?

Es mochte jetzt gegen elf Uhr nachts sein. Das Wetter war noch immer ganz abscheulich. Wind und Regen pfiff und fiel ohne Unterlaß, so daß kaum zu erwarten war, daß Texar und sein Begleiter sich der Unbill der Witterung aussetzen würden. Jedenfalls verbrachten sie die Nacht im Wigwam und verschoben die Ausführung ihrer nächsten Pläne wenigstens bis zum folgenden Tage.

Zermah überzeugte sich davon noch mehr, als sie den Genossen Texars – denn dieser mußte es sein – fragen hörte:

»Nun, was beginnen wir also?«

»Sehr einfach«, erwiderte der Spanier. »Morgen schon früh beizeiten durchstreifen wir mit unseren Leuten die Umgebungen des Sees. Auf drei bis vier Meilen hinein durchsuchen wir den Zypressenwald, wobei diejenigen unserer Genossen, die ihn am besten kennen, und vor allem Squambo ein Stück vorausgeschickt werden. Deutet dann nichts auf die Annäherung der föderierten Abteilung, so gehen wir einfach wieder zurück und warten es ab, bis der Augenblick kommt, wo wir zum Rückzug wirklich genötigt sind. Sollte sich unsere Lage dagegen als unmittelbar bedroht erweisen, so ziehe ich meine nächsten Anhänger und meine Sklaven zusammen und bringe Zermah nach dem Bahama-Kanale. Du selbst aber läßt es dir angelegen sein, inzwischen die in Unterflorida zerstreuten Milizen zusammenzuraffen.«

»Einverstanden«, antwortete der andere. »Morgen, während ihr jene Rekognoszierung vornehmt, verberg' ich mich im Gehölz der Insel. Es darf uns niemand zusammen sehen.«

»Natürlich nicht!« rief Texar. »Der Teufel soll mich behüten, eine solche Unklugheit zu begehen, die unser profitables Geheimnis entschleiern würde. In keinem Falle sehen wir uns vor nächster Nacht im Wigwam wieder. Und selbst wenn ich gezwungen wäre, im Laufe des

Tages weiterzuziehen, verläßt du die Insel erst nach mir. Als Stelldichein mag dann das Kap Sable gelten.«

Zermah sah zu ihrem Schmerze ein, daß sie durch die Föderierten wohl kaum errettet werden könne.

Denn beabsichtigte der Spanier nicht, wenn er morgen von dem Herannahen der Föderierten erfuhr, mit ihr die Insel zu verlassen?

Die Mestizin konnte das Heil der Zukunft also nur von sich selbst erwarten, trotz der Gefahren, um nicht zu sagen der Unmöglichkeiten, welche sich einem Entweichen unter so schwierigen Umständen entgegenstellten.

Und doch, mit welch frohem Mute hätte sie das scheinbar Unmögliche versucht, wenn sie gewußt hätte, daß James Burbank, Gilbert, Mars nebst einigen seiner Kameraden von der Ansiedlung sich schon unterwegs befanden, sie den Händen Texars zu entreißen; daß ihr Billett jene unterrichtet hatte, wohin sie ihre Nachforschungen zu lenken hätten; daß Mr. Burbank schon den Saint-John bis über den Washington-See hinaufgesegelt war; daß alle einen großen Teil des Zypressenwaldes schon durchmessen; daß die kleine Gesellschaft von Camdleß-Bay sich der von Kapitän Howick geführten Abteilung angeschlossen hatte; daß es Texar, Texar selbst war, den man für den Urheber jenes blutigen Überfalles beim Kissimmee betrachtete; daß dieser gewissenlose Verbrecher mit Aufgebot aller Mittel verfolgt und daß er, sobald man sich seiner Person bemächtigte – was nicht ausbleiben konnte, da ihm auch die Flucht über den Bahama-Kanal verlegt war –, ohne weitere Untersuchung standrechtlich erschossen werden sollte! . . .

Zermah konnte das jedoch nicht wissen; sie durfte auf Hilfe von außen also nicht zählen . . . Und doch blieb sie auf jeden Fall entschlossen, allem Trotz zu bieten, um von der Insel Carneral zu entkommen.

Indessen mußte sie die Ausführung ihres Vorhabens um vierundzwanzig Stunden verschieben, wenn die sehr dunkle Nacht einer Entweichung auch sehr günstig schien. Die Parteigänger ihres Peinigers, welche ein Obdach unter den Bäumen gesucht hatten, befanden sich jetzt in der nächsten Umgebung des Wigwams. Man hörte sie am Ufer rauchend und plaudernd umhergehen. Mißlang aber ihr Unternehmen und wurde ihre Absicht entdeckt, so hatte sie damit ihre Lage nur weiter verschlimmert und mußte sich wohl der greulichsten Gewalttätigkeiten Texars versehen.

Übrigens versprach ja der nächste Tag ihr weit bessere Aussichten zur Flucht zu bieten. Der Spanier hatte ja ausgesprochen, daß seine Genossen, seine Sklaven, selbst der Indianer Squambo ihn begleiten sollten, um das Vorwärtsdringen der föderierten Abteilung zu belauern. Damit bot sich ihr ein Umstand, den Zermah benutzen konnte, ihre Aussichten auf Erfolg zu erweitern. Gelang es ihr nur, den Kanal zu überschreiten, ohne von jemand gesehen zu werden, so zweifelte sie, einmal im Walde, gar nicht daran, mit Gottes Hilfe so gut wie gerettet zu sein. Wenn sie sich da verbarg, würde sie es schon zu vermeiden wissen, nochmals in Texars Hände zu fallen. Der Kapitän Howick konnte ja gar nicht mehr fern sein. Da er sich bestimmt auf den Okeechobee-See zu bewegte, hatte sie ja einige Aussicht, von ihm aufgenommen und befreit zu werden.

Es erschien ihr also am geratensten, den folgenden Tag abzuwarten. Da sollte aber ein Zwischenfall das ganze Gebäude umstürzen, auf das Zermah ihre letzten Aussichten gegründet hatte, während er gleichzeitig ihre Stellung gegenüber Texar kompromittierte.

In diesem Augenblicke klopfte es nämlich an die Türe des Wigwams. Es war Squambo, der sich auf eine Anfrage von innen seinem Herrn zu erkennen gab.

»Tritt ein!« sagte der Spanier.

Squambo folgte der Einladung.

»Haben Sie mir für diese Nacht Befehle zu erteilen?«

fragte er.

»Keine, als daß man scharf Wache hält«, antwortete Texar, »und daß man mich bei dem geringsten auffallenden Zeichen benachrichtigt.«

»Dafür steh' ich ein«, versicherte Squambo.

»Morgen früh durchsuchen wir dann den Zypressenwald auf einige Meilen von hier aus.«

»Und die Mestizin und Dy . . .?«

»Werden ebensogut bewacht sein wie gewöhnlich. Und nun, Squambo, erwarte ich, daß uns im Wigwam hier keiner stört.«

»Das versteht sich von selbst.«

»Was machen unsere Leute?«

»Sie gehen auf und ab und scheinen wenig Neigung zu haben, sich einige Ruhe zu gönnen.«

»Daß keiner derselben sich entfernt!«

»Nicht einer.«

»Und die Witterung . . .?«

»Ist jetzt etwas besser geworden. Es regnet nicht mehr, und auch der scharfe Wind dürfte sich bald legen.«

»Gut.«

Zermah hatte noch immer gelauscht. Das Gespräch schien sich offenbar seinem Ende zuzuneigen, als sich ein erstickter Seufzer, eine Art Röcheln, hören ließ.

Alles Blut stürmte der Mestizin zum Herzen.

Sie richtete sich auf, eilte nach dem Laublager und neigte sich über das kleine Mädchen . . .

Dy war eben erwacht, aber in welchem Zustande! Keuchende Atemzüge kamen über ihre Lippen; ihre kleinen Hände peitschten die Luft, als wollten sie diese dadurch dem Munde reichlicher zuführen. Zermah vermochte nur die Worte zu verstehen:

»Zu trinken! . . . Etwas zu trinken!«

Das unglückliche Kind schien dem Ersticken nahe. Sie mußte dasselbe ohne Zögern hinaus ins Freie tragen. In der tiefen Dunkelheit nahm Zermah, halb ihrer Sinne verlustig, die Kleine in die Arme, um sie durch ihren eigenen Atem wieder etwas zu beleben. Sie fühlte, wie dieselbe sich in beängstigenden Krämpfen wand. Da entfuhr ihr ein Schrei – sie stieß die Tür ihres Zimmers auf . . .

Da standen vor Squambo zwei Männer, nach Gesicht und ganzer Erscheinung einander aber so ähnlich, daß Zermah unmöglich erkennen konnte, welcher von beiden Texar war.

Dreizehntes Kapitel

Ein doppeltes Leben

Wenige Worte werden hinreichen, das zu erklären, was in dieser Erzählung bisher unerklärlich schien, und der Leser wird daraus erkennen, was manche Menschen auszudenken vermögen, wenn ihre angeborne böse Natur, unterstützt von wirklicher Intelligenz, sie einmal auf den Weg des Verbrechens treibt.

Die Männer, bei denen Zermah eben unvermutet erschien, waren zwei Brüder, und zwar Zwillinge.

Wo sie das Licht der Welt erblickt, wußten sie selbst nicht genau. Jedenfalls in einem kleinen Dorfe von Texas – woraus, durch einfache Veränderung des letzten Buchstabens, der Name Texar gebildet schien.

Jenes im Süden der Vereinigten Staaten und am Golfe von Mexiko gelegene, weit ausgedehnte Gebiet ist ja hinlänglich bekannt.

Nachdem es sich gegen das Joch der Mexikaner erhoben, schloß sich Texas, das die Amerikaner bei seinem Unabhängigkeitskampfe unterstützten, im Jahre 1845 unter der Präsidentschaft John Tylers an die Union an. – Fünfzehn Jahre vor diesem Ereignisse wurden in einem texanischen Küstendorfe zwei ausgesetzte Kinder gefunden, aufgenommen und durch öffentliche Mildtätigkeit erzogen.

Die Aufmerksamkeit anderer richtete sich auf diese beiden Kinder zunächst wegen ihrer ganz außergewöhnlichen Ähnlichkeit. Sie hatten dieselben Bewegungen, dieselbe Stimme und Haltung, natürlich ganz dieselben Gesichtszüge, aber, es verdient wohl hinzugefügt zu werden, leider auch dieselben Anlagen zu frühreifer Verdorbenheit. Wie sie aufgezogen wurden, inwieweit sie überhaupt Unterricht genossen und welcher Familie sie eigentlich zugehörten, das hätte niemand sagen können, vielleicht einer jener nomadisierenden Familien, welche seit der Unabhängigkeitserklärung zahlreich das Land durchstreiften.

Sobald die von einem unwiderstehlichen Drange nach Ungebundenheit erfüllten Brüder Texar sich selbst genügen zu können glaubten, verschwanden sie auch schon. Damals zählten sie vierundzwanzig Jahre. Seitdem beschafften sie sich ihren Lebensunterhalt ohne Zweifel einzig durch Diebstähle von den Feldern und in den Farmen, wo sie hier Brot, dort Früchte wegnahmen, bis sie gar Raubüberfälle mit bewaffneter Hand wagten und als Wegelagerer – wozu sie von Kindheit auf vorgebildet schienen – auftraten.

Kurz, man sah sie bald nicht mehr in den texanischen Dörfern und Weilern, die sie sonst in Gesellschaft verwegener, ihre Ähnlichkeit zum eigenen Vorteile ausbeutender Landstreicher zu besuchen pflegten.

Eine Reihe von Jahren ging dahin, und die Brüder Texar wurden allmählich, selbst dem Namen nach, gänzlich vergessen. Und obgleich dieser Name später in Florida einen traurigen Widerhall erwecken sollte, so erinnerte doch nichts daran, daß die beiden ihre erste Jugend in den Küstenprovinzen von Texas verlebt hatten.

Wie hätte es sonst auch dahin kommen können, daß nach ihrem Verschwinden, infolge eines gleich zu erwähnenden Umstandes, niemand die beiden Texars erkannt hätte? Und auf denselben Umstand oder dieselbe Abmachung hin hatten sie eine ganze Reihe von Schandtaten begangen, die ihnen zu beweisen merkwürdig schwer wurde, so daß sie immer der strafenden Hand der Gerechtigkeit entgingen.

Erst weit später – als deren Doppelexistenz entdeckt und handgreiflich nachgewiesen wurde – erfuhr man, daß sie schon lange Jahre, wenigstens schon zwanzig bis dreißig, getrennt gelebt hatten, während sie ihr Glück auf jede denkbare Weise versuchten. Dabei begegneten sie einander – und gegen jede Beobachtung sicher geschützt – nur höchst selten, entweder in Amerika oder in irgendeinem anderen Teile der Welt, wohin das Schicksal sie gerade verschlagen hatte.

Man wußte auch, daß einer oder der andere – welcher von beiden, hätte niemand sagen können – sich mit dem Negerhandel befaßte. Sie transportierten Sklaven oder ließen solche von den Küsten Afrikas nach den Südstaaten der Union transportieren. Bei diesen Operationen spielten sie nur die Rolle von Vermittlern zwischen den Händlern, die ihre »Ware« an der Küste ablieferten, und den Kapitänen der diesem unmenschlichen Verkehre dienenden Schiffe.

Ob ihr Zwischenhandel viel abwarf, wußte man zwar nicht, doch war das nicht gerade wahrscheinlich. Jedenfalls ging er mit der Zeit merklich zurück und hörte allmählich ganz auf, als jener zum menschenunwürdigen Gebaren gestempelte Handel nach und nach in der ganzen zivilisierten Welt abgeschafft wurde, und die beiden Brüder mußten diese Erwerbsquelle also zuletzt aufgeben.

Die Schätze aber, denen sie nach langer Zeit nachstrebten, die sie um jeden Preis an sich reißen wollten, hatten sie noch nicht gesammelt, und dieses Ziel verloren sie auch jetzt nicht aus den Augen. Deshalb beschlossen denn die beiden gewissenlosen Abenteurer, sich ihre außerordentliche Ähnlichkeit zunutze zu machen.

In derartigen Fällen beobachtet man häufig, daß eine solche Erscheinung sich verändert, wenn einander gleichende Kinder zu Männern heranwachsen.

Bei diesem Brüderpaare war das anders. Je mehr sie an Alter zunahmen, desto deutlicher, man konnte nicht wohl sagen, nahm ihre körperliche und geistige Ähnlichkeit zu, wohl aber blieb sie, was sie gewesen war – eine nach allen Seiten vollkommene. Es war ganz unmöglich, einen von dem andern zu unterscheiden, und zwar ebensowenig an Gesichtszügen und an der Körpergestalt wie an Bewegungen oder Eigentümlichkeiten der Stimme.

Das saubere Brüderpaar beschloß also, jenes merkwürdige Naturspiel auszunützen und die greulichsten Schandtaten immer mit der Aussicht zu begehen, im Falle einer deshalb ergehenden Anschuldigung durch ein stets bereites Alibi ihre Unschuld darzutun. Während dann der eine irgendwelches unter ihnen besprochene Verbrechen beging, zeigte sich der andere geflissentlich an einem beliebigen Orte, so daß, dank dieses leicht zu erhärtenden Alibis, die Schuldlosigkeit des ersteren ipso facto bewiesen wurde.

Es versteht sich von selbst, daß sie dabei mit aller Schlauheit besorgt waren, sich niemals auf frischer Tat abfangen zu lassen; dann hätten sie sich auf ein Alibi ja nicht mehr berufen können, und die ganze Machination wäre sehr bald zutage gekommen.

Nachdem das Programm ihres Lebens auf diese Weise entworfen, kamen die beiden Zwillinge nach Florida, wo weder der eine noch der andere bisher bekannt gewesen war. Hierher verlockten sie besonders die zahlreichen Gelegenheiten zu heimlichen Schandtaten, die ein Staat darbieten mußte, in dem die Indianer noch immer einen hitzigen Kampf gegen Amerikaner und Spanier unterhielten.

Es war im Jahre 1850 oder 1851, als die beiden Texars auf der Halbinsel von Florida auftauchten; eigentlich sollte man freilich nur Texar, nicht die Texars sagen. Ihrer Übereinkunft entsprechend zeigten sie sich niemals gleichzeitig, niemals begegnete man ihnen denselben Tag am nämlichen Orte, und nie erfuhr jemand, daß es zwei Brüder dieses Namens gab.

Und während sie ihre Person mit dem vollständigsten Inkognito umgaben, hatten sie auch ihren gewöhnlichen Aufenthaltsort in einen kaum zu lüftenden Schleier gehüllt.

Wir wissen, daß es der tiefe Hintergrund der Schwarzen Bucht war, wo sie geheime Zuflucht suchten. Die Zentralinsel mit dem aufgelassenen Blockhause hatten sie bei einem ihrer Streifzüge längs der Ufer des Saint-John sozusagen entdeckt. Hierher brachten sie einige Sklaven, welche in ihr Geheimnis aber auch nicht eingeweiht wurden. Nur Squambo wußte etwas von ihrer Doppelexistenz. Von einer jeder Probe stichhaltenden Ergebenheit gegen die beiden Brüder und von unverbrüchlicher Verschwiegenheit bezüglich alles dessen, was jene berührte, war der würdige Vertraute der Texars der unerbittliche Vollzieher ihrer Wünsche und Befehle.

Selbstverständlich erschienen diese niemals zusammen in der Schwarzen Bucht. Wenn sie sich über etwas zu verständigen hatten, so geschah dies schriftlich. Wir wissen auch aus dem Früheren, daß sie sich der Post dazu nicht bedienten. Ein Papierstückchen, verborgen im Hauptnerv eines Blattes, und die Befestigung dieses Blattes am Zweige eines Tulpenbaumes, der in der die Schwarze Bucht umgebenden Sumpfgegend wuchs, mehr bedurfte es für sie nicht. Tag für Tag begab sich Squambo unter der nötigen Vorsicht nach jenem Sumpfe. Brachte er dahin ein paar Zeilen, die der eben in der Schwarzen Bucht weilende Texar geschrieben hatte, so befestigte er dieselben an jenem Tulpenbaumzweige. Hatte der andere Bruder geschrieben, so holte der Indianer das betreffende Billett von der vereinbarten Stelle und brachte es nach der kleinen Befestigung.

Gleich nach ihrem Eintreffen in Florida hatten die Texars mit dem verworfensten Teile der Bevölkerung Verbindungen anzuknüpfen gestrebt. So wurden zahlreiche ehrlose Gesellen ihre Helfershelfer bei vielen jener Zeit verübten Diebstählen und später ihre Parteigänger, als sie es dahin gebracht hatten, während des Sezessionskrieges eine einflußreiche Rolle zu spielen. Bald trat der eine, bald der andere an deren Spitze, während diese niemals ahnten, daß der Name Texar zwei Zwillingen zukam.

Hiermit erklärt sich, wie die Texars bei Gelegenheit der wegen verschiedener Verbrechen angestellten Untersuchungen sich auf so viele Alibibeweise berufen konnten, die auch ohne begründeten Widerspruch anerkannt werden mußten. So geschah es bezüglich der dieser Erzählung schon vorausgegangenen Vorkommnisse, unter anderm bezüglich jener in Brand gesteckten Farm. Obwohl James Burbank und Zermah den Spanier ganz positiv als Urheber jener Brandstiftung erkannt hatten, mußte dieser doch vom Richterstuhle zu Saint-Augustine freigesprochen werden, weil er nachwies, zur Zeit jenes Verbrechens in Jacksonville, und zwar in der Tienda Torillos, gewesen zu sein, eine Behauptung, welche zahlreiche Zeugen bekräftigten. Ebenso verhielt es sich mit der Verwüstung von Camdleß-Bay. Wie hätte Texar das Raubgesindel zum Sturme auf das Castle-House führen, wie die kleine Dy und Zermah entführen können, da er sich unter den von den Föderierten bei Fernandina gemachten Gefangenen befand und auf einem Schiffe der Flottille zurückgehalten war? Der Kriegsrat sah sich also ebenfalls genötigt, ihn trotz aller Beweise, trotz der von Miß Alice Stannard eidlich abgegebenen Erklärung von der erhobenen Anschuldigung freizusprechen.

Selbst angenommen, daß das Doppelwesen der beiden

Texars endlich entschleiert wurde, würde man noch immer nicht gewußt haben, wer von beiden persönlich an jenen verschiedenen Verbrechen beteiligt gewesen war. Höchstens hätte man sich dahin schlüssig machen können, daß beide in gleichem Grade schuldig befunden wurden, bald als Teilnehmer und bald als Urheber jener vielen Angriffe auf Leben und Eigentum, welche seit so vielen Jahren das Gebiet des oberen Florida unsicher machten, und selbst die Bestrafung mit dem Tode, welche einen oder den andern oder einen und den andern treffen konnte, hatten sie gewiß redlich verdient.

Was die in jüngster Zeit in Jacksonville vorgekommenen Ereignisse betrifft, hatten die beiden Brüder wahrscheinlich abwechselnd die nämliche Rolle gspielt, nachdem die gesetzmäßigen Behörden nach dem Pöbelaufstande gestürzt worden waren. Entfernte sich Texar I. wegen eines vereinbarten Zuges, so ersetzte ihn Texar II. in der Ausübung seiner Funktionen, ohne daß ihre Parteigänger davon etwas ahnten. Man konnte also annehmen, daß ihnen bezüglich der jener Zeit gegen die Ansiedler nordstaatlichen Ursprunges sowie gegen die der Abschaffung der Sklaverei zustimmenden Pflanzer des Südens verübten Verbrechen nahezu der gleiche Anteil zukam.

Beide mußten natürlich stets genau unterrichtet sein von allem, was in den Zentralstaaten der Union vorging, wo der Bürgerkrieg zuweilen ganz unvorhergesehene Wendungen nahm, wie im Staate Florida selbst. Sie hatten allmählich wirklich einen weitreichenden Einfluß auf die kleinen weißen Leute der Grafschaften, auf die Spanier ebenso wie auf die der Sklaverei anhänglichen Amerikaner und endlich überhaupt auf den verächtlichsten Teil der Bevölkerung erlangt. Unter solchen Verhältnissen mußten sie auch häufiger brieflichen Verkehr pflegen, sich an irgendwelchem verborgenen Orte ein Stelldichein geben, die Durchführung weiterer Pläne besprechen und sich wieder trennen, um Alibis für die Zukunft vorzubereiten.

So geschah es, daß, während der eine auf einem Schiffe des Unionsgeschwaders in Haft gehalten wurde, der andere die Überrumpelung von Camdleß-Bay ins Werk setzte, und wir wissen ja, wie es kam, daß er von dem in Saint-Augustine zusammengetretenen Kriegsgerichte von der wider ihn erhobenen Anklage freigesprochen wurde.

Wir sagten schon oben, daß auch das zunehmende Alter dieser ganz außergewöhnlichen Ähnlichkeit keinen Abbruch getan hatte. Immerhin war es möglich, daß ein äußerlicher Zufall, eine Verwundung, diese völlige Übereinstimmung dadurch störte, daß einer dann ein sogenanntes besonderes Kennzeichen an sich getragen hätte. Das wäre aber hinreichend gewesen, den Erfolg ihrer Machinationen aufs Spiel zu setzen.

Bei ihrem höchst abenteuerlichen Leben setzten sie sich ja Gefahren jeder Art aus, deren Folgen, wenn sie nicht zu beseitigen waren, ihnen nicht ferner gestattet hätten, einer für den andern einzutreten.

Sobald solche Zufälligkeiten dagegen sich verwischen oder ausgleichen ließen, hatte ihre Ähnlichkeit davon nicht weiter zu leiden.

So kam es, daß dem einen Texar bei einem nächtlichen Überfalle, bald nach ihrer Ankunft in Florida, durch einen ganz aus der Nähe abgegebenen Gewehrschuß der Bart verbrannt wurde. Sofort ließ auch der andere sich rasieren, um gleich seinem Bruder bartlos zu erscheinen. Der Leser erinnert sich, daß dieser Tatsache bezüglich desjenigen Texar erwähnt wurde, der sich zu Anfang dieser Erzählung in der kleinen Befestigung aufhielt.

Noch eine andere Sache verdient hier Erwähnung. Der Leser hat wohl nicht vergessen, daß Zermah zur Zeit, wo sie sich noch in der Schwarzen Bucht zurückgehalten sah, beobachtete, wie der Spanier sich den linken Arm tätowieren ließ. Das geschah aus folgendem Grunde: Sein Bruder hatte sich unter der Gesellschaft floridischer Reisender befunden, die, durch eine Bande Seminolen abgefangen, ein unwiderstehliches Merkmal auf den linken Arm eingeritzt erhielten. Sofort wurde ein Abklatsch dieses Zeichens nach dem Blockhause gesendet, und Squambo mußte dasselbe in einer Tätowierung genau nachahmen. Die Identität beider war nachher also wieder so vollständig wie zuvor.

Wahrlich, man wäre versucht zu glauben, daß, wenn Texar I. sich etwa ein Körperglied abnehmen lassen mußte, Texar II. sich gewiß derselben Operation unterzogen hätte.

Kurz, während eines Jahrzehnts hatten die Brüder Texar unausgesetzt diese Art Doppelexistenz geführt, und das mit solchem Geschicke, daß es ihnen bisher stets gelungen war, allen Verfolgungen der floridischen Justiz ein Schnippchen zu schlagen.

Die beiden Zwillinge hatten sich bei ihrer verbrecherischen Tätigkeit wenigstens in gewissem Grade bereichert. Eine ziemlich große, von zahlreichen Raubanfällen und Diebstählen herrührende Geldsumme lag an geheimer Stelle im Blockhause in der Schwarzen Bucht verborgen. Aus Vorsicht hatte der Spanier, als er sich für Übersiedelung nach der Insel Carneral entschied, dieses Geld mitgenommen, und man darf überzeugt sein, daß er es auch nicht im Wigwam zurücklassen würde, wenn er sich zur Flucht jenseits der Meerenge von Bahama genötigt sah.

Diese Schätze erschienen dem sauberen Paare aber noch nicht hinreichend. Noch wollten sie dieselben vermehren, um sie später ohne Gefahr in irgendeinem Lande Europas oder Nordamerikas zu genießen.

Als sie demnach hörten, der Kommodore Dupont hege die Absicht, Florida bald wieder zu räumen, da hatten sich die beiden Brüder gesagt, es werde sich ihnen dann auch mehr Gelegenheit zu weiterer Bereicherung darbieten, und sie würden die nordstaatlichen Ansiedler diese wenigen Wochen der Besetzung durch Föderierte teuer genug bezahlen lassen.

Sie waren also entschlossen, die Dinge an sich herankommen zu lassen. Einmal wieder in Jacksonville, rechneten sie, dank ihren Parteigängern und allen gleich ihnen bedroht gewesenen Südstaatlern, sicher darauf, die Stellung wieder zu erringen, welche erst ein Volksaufstand ihnen gegeben und ein erneuter Volksaufstand also auch wiedergeben konnte.

Die Texars besaßen übrigens ein sicheres Mittel, zu erraffen, was ihnen fehlte, um reich zu sein, selbst über die Grenze ihrer Wünsche hinaus.

Warum hätten sie sonst nicht auf das einem von ihnen durch Zermah gemachte Angebot geachtet? Warum nicht zugestimmt, die kleine Dy ihren verzweifelten Eltern zurückzugeben? James Burbank hätte ja die Freiheit seines Kindes mit seinem ganzen Vermögen bezahlt. Er hätte sich verpflichtet, keinerlei Anklage zu erheben, keiner Verfolgung des Spaniers stattzugeben. Bei den Texars aber hatte der Haß eine lautere Stimme als das Interesse, und wenn sie sich noch zu bereichern suchten, so wollten sie doch ihre Rache an der Familie Burbank gekühlt haben, ehe sie Florida verließen.

Wir kennen jetzt alles, was bezüglich der beiden Texars irgend wissenswert erschien, und haben nur noch der Lösung des Knotens dieser Vorgänge unser Augenmerk zuzuwenden.

Es ist wohl unnötig, besonders auszusprechen, daß Zermah alles durchschaute, als sie sich plötzlich jenen Männern gegenübersah. In ihrem Geiste schlossen sich die Einzelerscheinungen der Vergangenheit jetzt zu einem klargefügten Ganzen. Ganz versteinert von ihrem Anblicke, blieb sie, wie im Boden angewurzelt, das kleine Kind in den Armen haltend, regungslos stehen. Zum Glücke hatte die reichlichere Luft dieses Zimmers von dem Kinde jede Gefahr des Erstickens abgewendet.

Für Zermah aber war deren Erscheinen vor den beiden Brüdern, das von ihr entdeckte Geheimnis, die sichere Verurteilung zum Tode.

Vierzehntes Kapitel

Zermah beim Werke

Sosehr die beiden Texars sich sonst zu beherrschen verstanden, verloren sie Zermah gegenüber jetzt doch fast alle Fassung. Seit ihrer Kindheit, konnte man wohl sagen, war es jetzt zum ersten Male, daß eine dritte Person sie beieinander sah, und diese dritte Person war ihre unversöhnliche Feindin. In der ersten Erregung hierüber wollten sie sich schon auf sie stürzen und das Weib ermorden, um das Geheimnis ihrer Doppelexistenz zu bewahren ...

Das Kind hatte sich in den Armen Zermahs aufgerichtet, und, seine kleinen Hände ausstreckend, schluchzte es:

»Ich fürchte mich! ... Ich fürchte mich!«

Auf ein Zeichen der beiden Brüder trat Squambo rasch auf die Mestizin zu, packte sie an der Schulter und drängte sie in ihren Wohnraum zurück, dessen Türe er hinter ihr verriegelte.

Dann begab sich Squambo wieder zu den beiden Texars. Seine ganze Haltung verriet, daß sie nur zu befehlen brauchten – er würde gehorchen. Immerhin hatte jene unvorhergesehene Szene sie weit mehr, als ihr tollkühner, gewalttätiger Charakter erwarten ließ, beunruhigt.

Ihre Blicke kreuzten sich wie fragend.

Zermah hatte sich inzwischen in einer Ecke ihrer Kammer niedergeworfen, nachdem sie das kleine Mädchen auf die Streu aus dürren Blättern niedergelegt. Ihre fieberhaft erregten Pulse beruhigten sich wieder, und sie schlich nach der Türe hin, um zu belauschen, was jetzt draußen gesprochen werden würde, wo jedenfalls in der nächsten Minute das ihrer harrende Los entschieden werden sollte. Die beiden Texars und Squambo hatten jedoch den Wigwam verlassen, und ihre Worte drangen nicht mehr bis zu Zermahs Ohr.

Das kurze Gespräch der drei Männer lautete übrigens wie folgt:

»Zermah muß sterben!«

»Unbedingt! Wenn es ihr gelingen sollte, zu entwischen, ebenso wie wenn es den Föderierten glückte, sie uns hier abzunehmen, wären wir auf jeden Fall verloren. Drei Zoll Eisen ihr ins Herz!«

»Sofort!« erklärte Squambo.

Er begab sich schon, mit dem Jagdmesser in der Hand, nach dem Wigwam, als einer der beiden Texars ihn zurückhielt.

»Halt an!« sagte dieser. »Zermah verschwinden zu lassen wird immer noch Zeit sein, wenn wir eine andere Pflegerin des Kindes an ihre Stelle gesetzt haben, jetzt brauchen wir sie noch als solche. Zunächst laßt uns versuchen, über die augenblickliche Sachlage Klarheit zu erhalten. Auf Befehl Duponts durchsucht jetzt eine feindliche Abteilung den Zypressenwald – wohlan, so streifen wir durch die Umgebungen der Insel und über den See. Nichts deutet vorläufig darauf hin, daß diese nach dem Süden hinziehende Abteilung sich der Küste nähere; geschieht es doch, so bleibt uns noch Zeit genug zur Flucht; geschieht es nicht, so bleiben wir eben hier und lassen sie ruhig tiefer nach Florida hineinmarschieren. Dort ist die kleine Truppe in unserer Gewalt, denn wir gewinnen damit Zeit genug, den größten Teil der im Lande umherirrenden Milizen zu sammeln. Statt jene zu fliehen, werden wir sie vielmehr mit hinreichenden Kräften verfolgen. Es muß uns ein leichtes sein, ihnen den Rückweg abzuschneiden, und wenn dem Gemetzel vom Kissimmee noch einzelne Seeleute zu entgehen vermochten, so wird diesmal kein einziger der Feinde zurückkehren.«

Unter den gegebenen Verhältnissen war das offenbar das klügste Verfahren. Eine große Anzahl Südstaatler befand sich zur Zeit in dem umgebenden Lande und wartete nur auf die Gelegenheit zu einem erfolgversprechenden Handstreiche gegen die Föderierten. Wenn einer der beiden Texars mit seinen Leuten Kundschaft eingezogen hatte, wollten sie sich entscheiden, ob sie noch auf der Insel blieben oder mehr in der Richtung nach dem Kap Sable zurückwichen. Zur Ausführung wurde der folgende Tag bestimmt. Was Zermah anging, behielt Squambo den Auftrag, deren Stillschweigen – wie auch der morgige Auszug ausfiele – durch einen Dolchstoß zu sichern.

»Das Kind jedoch betreffend«, setzte einer von dem würdigen Brüderpaare hinzu, »liegt es in unserem eigenen Interesse, es am Leben zu erhalten. Das hat nicht verstehen können, was Zermah verstanden hat, und es kann als Preis für unsere Auslösung dienen, im Falle wir in Howicks Hände gerieten. Um seine Tochter zurückzukaufen, wird James Burbank auf alle Bedingungen eingehen, die zu stellen uns beliebt, nicht allein auf die Zusicherung unserer Straflosigkeit, sondern er wird obendrein noch jeden Preis zahlen, den wir für die Freigebung seines Kindes fordern.«

»Doch wird die Kleine«, warf der Indianer ein, »nicht selbst untergehen, wenn Zermah tot ist?«

»Nein, denn an Pflege soll es ihr nicht mangeln«, antwortete der eine Texar, »und ich werde ja leicht eine Indianerin finden, um die Mestizin zu ersetzen.«

»Mag sein! Vor allem aber handelt es sich darum, daß wir von Zermah nichts mehr zu fürchten haben.«

»Sie wird bald, es komme, was da will, nicht mehr unter den Lebenden sein!«

Hiermit endete das Gespräch der beiden Brüder, und Zermah hörte sie wieder in den Wigwam eintreten.

Welch entsetzliche Nacht verbrachte das unglückliche Weib! Sie wußte, daß ihr ein gewaltsamer Tod bevorstand, und dachte an sich selbst doch gar nicht.

Um ihr Schicksal kümmerte sie sich schon deshalb nicht, weil sie von jeher bereit gewesen war, auch das Leben für ihre geliebte Herrschaft hinzugeben. Aber Dy, die arme Dy, ließ sie dann in der Gewalt dieser gefühllosen Schurken zurück. Selbst zugestanden, daß diese ein Interesse an dem Leben des Kindes hatten, würde dasselbe nicht dem Untergange verfallen sein, wenn ihm die sorgsame Pflege Zermahs abging?

Da drängte sich ihr ein Gedanke mit solcher Hartnäkkigkeit – man könnte sagen, fast in Gestalt einer fixen Idee – auf, der Gedanke zu fliehen, ehe Texar sie von dem Kinde getrennt hatte.

Während dieser scheinbar endlosen Nacht grübelte die Mestizin nur über die Möglichkeit, ihren Plan auszuführen, nach. Jedenfalls hatte sie aus jenem Gespräche unter anderm die Gewißheit erlangt, daß einer von den Texars nebst deren Leuten am folgenden Tage die Umgebungen des Sees durchsuchen wollte. Offenbar konnte dieser Zug nicht unternommen werden ohne die Möglichkeit, der föderierten Abteilung, wenn man derselben begegnete, wenigstens einigen Widerstand zu leisten. Texar ließ sich also sicherlich von allen seinen Leuten und von den durch seinen Bruder zugeführten Parteigängern begleiten. Letzterer selbst würde ohne Zweifel auf der Insel zurückbleiben, sowohl, um hier nicht erkannt zu werden, als auch, um den Wigwam zu bewachen. Dann aber wollte Zermah um jeden Preis entfliehen. Vielleicht fand sie zufällig auch irgendwelche Waffe, von der sie im Falle einer Überraschung Gebrauch zu machen gewiß nicht zögern wollte.

Die Nacht verrann. Vergebens hatte Zermah sich bemüht, aus allen Geräuschen, die auf der Insel hörbar wurden, einen verläßlicheren Schluß zu ziehen, und zwar immer mit der ersehnten Hoffnung, daß die Mannschaft des Kapitäns Howick doch noch hierher vordringen könnte, um sich Texars zu bemächtigen.

Wenige Minuten vor dem eigentlichen Tagesanbruch erwachte, nachdem sie sich ein wenig erholt, das kleine Mädchen wieder. Zermah reichte ihm ein paar Tropfen Wasser, die es erfrischten. Dann drückte sie dasselbe, mit einem Blicke, als wenn ihre Augen es niemals mehr wiedersehen sollten, zärtlich in die Arme. Wäre jemand in diesem Augenblicke eingetreten, um ihr das Kind zu entreißen, so würde sie dasselbe mit der Wut der Löwin, der man ihr Junges rauben will, verteidigt haben.

»Was fehlt dir, gute Zermah?« fragte das Kind.

»Ach, nichts . . . nichts!« murmelte die Mestizin.

»Und Mama . . . wann sehen wir die Mama wieder?«

»Bald . . .«, versicherte Zermah. »Vielleicht noch heute! . . . Ja, mein Herzenslieb! . . . Heute, hoff' ich, werden wir noch weit wegkommen . . .«

»Und die garstigen Männer, die ich diese Nacht gesehen habe . . .?«

»Diese Männer«, antwortete Zermah lebhafter, »hast du sie richtig gesehen?«

»Ja, ich fürchtete mich sogar vor ihnen!«

»Aber du hast sie ordentlich angesehen, nicht wahr? . . . Du hast auch bemerkt, wie ähnlich sie einander waren . . .?«

»Jawohl, Zermah.«

»Nun gut; so merke dir einmal, daß du deinem Vater oder deinem Bruder sagen mußt, es seien das zwei Brüder . . . hörst du wohl, zwei Brüder Texar, die einander so ähnlich aussehen, daß man sie, selbst wenn sie zusammen sind, kaum unterscheiden kann.«

»Aber du . . . wirst du das auch sagen . . .?« erwiderte

das kleine Mädchen verwundert.

»Ich? ... Natürlich! ... Doch wenn ich nicht da wäre, darfst du es nicht vergessen ...«

»Und warum solltest du nicht dasein?« fragte das Kind, während es die Ärmchen um den Hals der Mestizin schlang, als wollte es sich fester an diese anklammern.

»Oh, ich werde dasein, mein Lieb; jawohl, ich bin dann da! – Jetzt, wenn wir von hier fortgehen – und wir haben einen weiten Weg vor uns –, müssen wir dafür sorgen, Kräfte zu haben ... Ich werde dein Frühstück zurechtmachen.«

»Und du?«

»Ich habe gegessen, während du schliefst, und spüre keinen Hunger mehr.«

In Wahrheit hätte bei dem Zustande der Überreizung, unter dem Zermah eben litt, sie auch nicht das geringste zu essen vermocht. Nachdem es sein dürftiges Mahl verzehrt, legte sich das Kind wieder auf seine Lagerstatt nieder.

Zermah nahm darauf Stellung neben einer breiteren Ritze, welche die Stöcke der Wand an der Ecke des kleinen Raumes zwischen sich ließen. Hier beobachtete sie eine Stunde lang unausgesetzt, was draußen vorging, da das für sie von größter Bedeutung war.

Sie sah da, wie man sich zum Aufbruche rüstete. Einer der beiden Brüder – nur einer – leitete die Zusammenstellung der Truppe, welche er nach dem Zypressenwalde führen wollte. Der andere, den niemand erblickt hatte, mußte sich offenbar entweder im Innern des Wigwams oder in irgendeinem Winkel der Insel verborgen halten.

Das glaubte wenigstens Zermah, da sie wußte, mit welch ängstlicher Sorgfalt die beiden Brüder ihr Geheimnis zu hüten trachteten. Sie sagte sich, daß wahrscheinlich dem Zurückbleibenden die Aufgabe zugefallen wäre, sie selbst und das Kind zu überwachen.

Wie wir bald sehen werden, täuschte Zermah sich

nicht.

Inzwischen hatten sich, in Erwartung der Befehle ihres Anführers, die Parteigänger und die Sklaven in einer Anzahl von etwa fünfzig Köpfen vor dem Wigwam versammelt.

Es mochte gegen neun Uhr morgens sein, als die Truppe sich anschickte, nach dem Saume der Waldung überzutreten, was immerhin einige Zeit in Anspruch nahm, da die vorhandene einzige Piroge nur fünf bis sechs Mann faßte. Zermah bemerkte, wie die Männer in kleineren Gruppen hinab- und am jenseitigen Ufer wieder hinaufstiegen. Durch die Wandspalte konnte sie übrigens die Oberfläche des Wassers selbst nicht sehen, da diese ein gutes Stück tiefer als das Niveau der Insel lag.

Texar, der bis zuletzt zurückgeblieben war, verschwand dann ebenfalls und nahm einen der Hunde mit, dessen Spürsinn bei dem Zuge benützt werden sollte. Auf ein Zeichen seines Herrn trabte der andere Leithund nach dem Wigwam zurück, als hätte es ihm allein obliegen, die Tür desselben zu bewachen.

Ganz kurze Zeit darauf bemerkte Zermah auch Texar, der am entgegengesetzten Uferrand emporklomm und dann ein Weilchen stehenblieb, um seine Truppe zu ordnen. Dann verschwanden alle, Squambo an der Spitze, hinter dem hohen Röhricht unter den ersten Bäumen des Waldes. Höchstwahrscheinlich hatte einer der Schwarzen die Piroge zurückzuführen gehabt, damit niemand nach der Insel hinübergelangen könne. Die Mestizin konnte ihn jedoch nicht sehen und glaubte deshalb, er werde längs des Kanalrandes hingegangen sein.

Jetzt galt es, nicht länger zu zögern.

Dy war eben wieder erwacht, und es war schmerzlich, ihren abgemagerten Körper unter der durch so viele Strapazen abgenützten Kleidung zu sehen.

»Komm nun, mein Lieb«, rief sie Zermah.

»Wohin denn?« fragte das Kind.

»Dorthin ... in den Wald! ... Vielleicht finden wir dort deinen Vater, deinen Bruder! ... Du wirst dich doch nicht fürchten?«

»Mit dir niemals!« versicherte das kleine Mädchen.

Dann öffnete die Mestizin vorsichtig die Tür des Raumes. Da sie in dem nebenliegenden Gelaß keinen Laut vernommen, setzte sie voraus, daß Texar sich nicht im Wigwam befinden könne.

Wirklich war hier niemand.

Zunächst suchte Zermah nun nach einer Waffe, von der Gebrauch zu machen sie fest entschlossen war, wenn irgend jemand sie zurückzuhalten versuchen sollte. Auf dem Tische lag eines jener langen, breitklingigen Messer, deren sich die Indianer bei ihren Jagdzügen zu bedienen pflegen. Die Mestizin ergriff dasselbe und verbarg es unter ihrer Kleidung; sie nahm auch noch etwas getrocknetes Fleisch, um nötigenfalls für einige Tage mit Nahrung versehen zu sein.

Jetzt handelte es sich ihr darum, aus dem Wigwam hinauszukommen. Zermah blickte durch den Spalt in der Wand nach dem Kanale hin. Auf diesem Teile der Insel zeigte sich kein lebendes Wesen, nicht einmal der eine Hund, der zur Bewachung der Wohnung zurückgelassen worden war.

In dieser Hinsicht beruhigt, versuchte die Mestizin, die äußere Tür zu öffnen.

Diese aber – von außen verschlossen – widerstand ihren Bemühungen.

Sofort kehrte Zermah mit dem Kinde nach dem Wohnraume zurück. Jetzt blieb ihr nur der eine Ausweg übrig, die schon in der Wand des Wigwams vorhandene Öffnung hinreichend zu erweitern.

Das war keine zu schwierige Aufgabe; sie konnte dazu das Jagdmesser benützen, mit dem sie das Rohrgeflecht der Wand durchschnitt, und das vollbrachte sie, ohne dabei das geringste Geräusch zu erregen.

Doch wenn jener Spürhund, der Texar nicht gefolgt war, vorläufig unsichtbar blieb, würde derselbe nicht kommen, wenn Zermah sich draußen befand? Würde er dann nicht sie und das Kind mit gewohnter Wut überfallen? Das wäre ungefähr dasselbe gewesen, als wenn sie sich einem Tiger gegenüber befunden hätte.

Dennoch durfte sie keinen Augenblick zaudern. Nach Verbreiterung der Öffnung zog Zermah das Kind an sich und umfing es in zärtlichster Umarmung. Das kleine Mädchen gab ihr jeden Kuß mit Zinsen zurück. Sie hatte begriffen, daß sie fliehen, durch diese Öffnung fliehen mußten.

Da erscholl plötzlich ein wütendes Gebell. Noch ziemlich weit entfernt, schien es von der Westseite der Insel her zu kommen. Zermah hatte das Kind ergriffen. Das Herz schlug ihr zum Zerspringen. Sie glaubte sich nicht eher in verhältnismäßiger Sicherheit, als bis sie hinter dem Röhricht des anderen Ufers verschwunden war.

Freilich, den etwa hundert Schritte langen Zwischenraum, der den Wigwam vom Kanal trennte, zu überschreiten war der allergefährlichste Teil ihres kühnen Vorhabens. Sie lief ja dabei Gefahr, entweder von Texar oder von einem der auf der Insel zurückgebliebenen Sklaven bemerkt zu werden.

Glücklicherweise erstreckte sich zur Rechten des Wigwams ein dichtes Gewirr baumartiger, mit Rohr durchsetzter Gesträuche bis zum Rande des Kanals und bis wenige Schritte von der Stelle, wo die Piroge liegen mußte.

Zermah beschloß zunächst in dieses sie gut verbergende Dickicht zu flüchten, was sie denn auch sogleich ausführte. Die hohen Gewächse gewährten den beiden Flüchtlingen einen Durchgang und schlossen sich hinter diesen wieder zusammen. Das Bellen des Hundes war augenblicklich nicht mehr zu hören.

Dieses Durchschlüpfen des Dickichts gelang freilich nicht ohne Mühe. Sie mußten sich dabei durch das Gezweig der Büsche drängen, die oft nur einen sehr beschränkten Raum zwischen sich ließen. Bald hingen Zermahs Kleider in Fetzen herunter, und von ihren Händen tröpfelte das Blut, doch das kümmerte sie nicht, wenn sie nur das Kind davor schützen konnte, von den langen spitzen Dornen verletzt zu werden – der mutigen Mestizin konnten diese Stiche und Risse keinen Schmerzenslaut abnötigen. Trotz ihrer sorgsamsten Aufmerksamkeit zog sich das kleine Mädchen doch da und dort an Händen und Armen kleine Verwundungen zu. Doch auch Dy stieß keinen Schrei aus und ließ keine Klage über ihre Lippen kommen.

Obwohl die zu durchmessende Strecke nur kurz – höchstens gegen siebzig Schritte lang – war, so bedurfte es doch nicht weniger als einer halben Stunde, um den Kanal zu erreichen.

Zermah stand hierauf still und blickte durch das Rohr erst noch einmal nach der Seite des Wigwams und dann nach der des Waldes scharf hinaus.

Unter dem Hochwald der Insel war kein Mensch zu bemerken; ebensowenig am anderen Ufer ein Zeichen der Anwesenheit Texars und seiner Begleiter, die sich jetzt wahrscheinlich schon eine oder zwei Meilen weit im Innern befanden. Trafen sie dabei nun nicht mit einer feindlichen Abteilung zusammen, so war ihre Rückkehr vor Ablauf einiger Stunden nicht zu gewärtigen.

Zermah konnte jedoch nimmermehr glauben, daß sie im Wigwam ganz allein zurückgelassen worden wäre. Ebensowenig war anzunehmen, daß der Bruder Texars, der mit seinen Anhängern am Vortage eintraf, während der Nacht die Insel schon wieder verlassen haben werde, und noch weniger, daß der zweite Spürhund mit ihm fortgegangen sei. Außerdem hatte die Mestizin ja vorher ein Gebell vernommen – ein Beweis, daß der Hund doch irgendwo unter den Bäumen umherstreifte. Jeden Augenblick konnte einer oder der andere vor ihr auftauchen.

Der Leser erinnert sich, daß Zermah, als sie den Abzug der Begleiter Texars beobachtete, die Piroge bei der Fahrt über den Kanal nicht wahrnehmen konnte, da dessen Bett durch die Höhe und den dichten Stand des Rohres verdeckt wurde.

Die Mestizin zweifelte jedoch gar nicht daran, daß diese Piroge durch einen der Sklaven zurückgerudert worden sei. Das erforderte ja schon die Sicherheit des Wigwams für den Fall, daß die Soldaten des Kapitäns Howick die Südstaatler zurückgeworfen und versprengt hätten.

Wenn die Piroge aber doch am jenseitigen Ufer zurückgeblieben war, wenn man es für ratsam erachtet hätte, sie nicht zurückzuschicken, um dem von den Föderierten zu hart bedrängten Texar und seiner Truppe einen schnelleren Übergang zu ermöglichen, was sollte dann die Mestizin beginnen, um nach der anderen Seite zu gelangen? Dann blieb ihr auf den ersten Blick nur übrig, vielleicht in den Hochwald der Insel zu flüchten und etwa abzuwarten, bis der Spanier tiefer drin in den Everglades selbst einen neuen Zufluchtsort aufsuchte. Doch wenn er das tat, geschah es gewiß nicht, ohne vorher alles zu versuchen, um Zermah nebst dem Kinde wieder in seine Gewalt zu bringen. Die Hauptsache für sie blieb also, die Piroge benutzen zu können, um zum anderen Ufer des Kanals zu gelangen.

Zermah hatte nur sechs bis acht Schritte weit durch das Röhricht vorzudringen. Hier angelangt, hielt sie ein . . .

Die Piroge lag am anderen Ufer.

Fünfzehntes Kapitel

Die beiden Brüder

Die Situation war eine verzweifelte. Wie nun hinüberkommen? Selbst ein geübter Schwimmer hätte das nicht vermocht, ohne dabei zwanzigmal das Leben aufs Spiel zu setzen. Wohl betrug die Entfernung von einem Ufer zum anderen nur etwa hundert Fuß, doch ohne Benutzung eines Bootes war dieselbe gar nicht zu überwinden. Da und dort lugten nämlich verdächtige dreieckige Köpfe aus dem Wasser heraus, und die darin wachsenden Pflanzen bewegten sich unaufhörlich durch das Hin- und Hergleiten der Reptilien.

Vor Entsetzen schaudernd, drängte sich die kleine Dy noch dichter an Zermah. Oh, wenn es für das Heil des Kindes genügt hätte, sich mitten unter diese Ungeheuer zu stürzen, die sie gleich einem riesenhaften Kopffüßler mit Tausenden Saugarmen zu umschlingen drohten, so würde sich die Mestizin keinen Augenblick überlegt haben, was sie zu tun hätte.

Um die Tochter ihres Herrn zu retten, bedurfte es aber eines helfenden Eingriffes der Vorsehung, und eine solche Hilfe in höchster Not kann nur Gott allein gewähren. Zu ihm nahm auch Zermah ihre Zuflucht. Am Uferrande in die Knie gesunken, flehte sie zu dem, der dem Zufall gebietet, dem Zufall, der ja so oft zum Träger seines Willens wird.

Inzwischen konnten einzelne Gefährten Texars aber von einer Minute zur anderen am Saume des Waldes erscheinen; ebenso mußte sie befürchten, daß der auf der Insel zurückgebliebene Bruder Texars sich nach dem Wigwam begab, und wenn er dort Zermah und Dy nicht mehr vorfand, nach ihnen zu suchen beginnen würde . . .

»O mein Gott«, flehte die unglückliche Frau, »Erbarmen, Erbarmen mit uns!«

Da richteten sich ihre Blicke unwillkürlich nach der rechten Seite des Kanals.

Eine leichte Strömung führte das Gewässer desselben nach der nördlichen Seite des Sees, wo einige Zuflüsse des Caloosahatchee münden, eines an sich kleinen Flusses, der nach dem Golf von Mexiko verläuft und durch dessen Wasser der Okeechobee-See zur Zeit der allmonatlichen Hochfluten gespeist wird.

Ein Baumstamm, der langsam von der rechten Seite dahergeschwommen kam, stieß eben ans Ufer. Dieser Stamm konnte offenbar zur Überschreitung des Kanals dienen, da ein vorspringender Winkel des Ufers, der wenige Schritte weiter unten der Strömung eine andere Richtung erteilte, ihn nach dem Zypressenwalde hinübertreiben mußte. Gelangte der Stamm aber unglücklicherweise doch nach der Insel selbst zurück, so waren die Flüchtlinge auch nicht mehr gefährdet als jetzt.

Ohne weiter zu überlegen und wie durch Instinkt gedrängt, eilte Zermah auf den daherschwimmenden Stamm zu. Bei reiflicherem Nachdenken hätte sie sich vielleicht sagen müssen, daß Hunderte von gefährlichen Reptilien hier im Wasser wimmelten und daß der Stamm selbst sich mit seinen Zweigen in Wasserpflanzen fangen und dadurch mitten im Kanal festgehalten werden konnte. Ja – aber alles war noch besser, als auf der Insel selbst zu bleiben. Zermah faßte also Dy in den einen Arm, hielt sich mit dem anderen an den Ästen des Stammes fest und trieb vom Ufer ab.

Sofort gelangte dieses eigentümliche Rettungsfloß wieder in die Strömung, und diese trug es langsam dem jenseitigen Ufer zu.

Zermah suchte sich dabei in dem Gezweig, das sie teilweise bedeckte, möglichst zu verbergen. Übrigens waren beide Ufer völlig verlassen, und weder von der Seite der Insel noch von der des Zypressenwaldes tönte ein Laut zu ihrem Ohre. Wenn sie nur erst den Kanal überschritten, hoffte die Mestizin schon bis zum Abend ein schützendes Versteck zu finden, da sie ohne Gefahr, bemerkt zu werden, bis dahin tiefer in die Waldung eindringen zu können glaubte. Allmählich schöpfte sie wieder einige Hoffnung. Um die greulichen Schlangen, deren offene Rachen zu beiden Seiten des Baumstammes gähnten und die wiederholt durch die halb ins Wasser tauchenden Äste desselben schlüpften, machte sie sich fast gar keine Sorge. Das kleine Mädchen hatte vor diesem Anblick die Augen geschlossen. Mit der einen Hand hielt Zermah sie an ihre Brust gedrückt, die andere hatte sie frei, immer bereit, jene Ungeheuer mit dem Jagdmesser abzuwehren. Ob diese nun vor der blitzenden Klinge wirklich erschraken oder ob sie nur unter dem Wasser für ihre Opfer gefährlich wurden, jedenfalls suchten sie gar nicht auf den dahertreibenden Stamm zu gelangen.

Endlich erreichte der Stamm die Mitte des Kanals, dessen Strömung schräg nach dem Walde zu gerichtet war. Vor Ablauf einer Viertelstunde mußte er, wenn er sich nicht an Wasserpflanzen fing, am jenseitigen Ufer angelangt sein. Wie groß auch die dort lauernden Gefahren sein mochten, jedenfalls hielt sich Zermah dann gegen einen Überfall Texars geborgen.

Plötzlich drückte sie das Kind noch fester in ihre Arme.

Von der Insel her erscholl ein wütendes Gebell; fast in demselben Augenblicke erschien ein Hund auf dem hohen Ufer, an dem er in tollen Sätzen herabsprang.

Zermah erkannte den zur Bewachung des Wigwams zurückgelassenen Spürhund, den der Spanier nicht mit sich genommen hatte.

Mit borstig aufgerichtetem Felle und glühenden Augen schickte das Tier sich an, mitten unter die an der Wasserfläche wimmelnden Reptilien hineinzuspringen.

In diesem Augenblicke zeigte sich aber auch ein Mann

am Rande des Wassers – der auf der Insel zurückgebliebene Bruder Texars.

Durch das Gebell des Hundes aufmerksam gemacht, wollte er diesem zu Hilfe eilen.

Man würde sich nur schwer eine Vorstellung machen können von der in ihm auflodernden Wut, als er Dy und Zermah auf dem dahintreibenden Baumstamm erblickte. Sie unmittelbar zu verfolgen, vermochte er ja nicht, da sich die Piroge am anderen Ufer befand – nur ein Mittel blieb ihm übrig, Zermah zu töten, auf die Gefahr hin, auch das Kind dem Tode zu weihen.

Texar, der ein Gewehr bei sich trug, legte an und zielte auf die Mestizin, die das Kind mit dem eigenen Körper zu decken suchte.

Plötzlich stürzte sich der völlig wuttolle Hund in den Kanal. Texar glaubte, ihn vorher gewähren lassen zu sollen.

Doch schneller, als man es ausdenken kann, hatten die Schlangen das Tier umstrickt, das, nachdem es sich kurze Zeit mit seinen furchtbaren Fangzähnen gegen deren giftige Bisse gewehrt, unter dem Wasser verschwand.

Texar hatte den Tod des Hundes mit angesehen, ohne Zeit zu gewinnen, ihm Hilfe zu bringen. Jetzt drohte Zermah ihm zu entgehen . . .

»So stirb du!« rief er und gab auf sie Feuer.

Der Stamm hatte jetzt aber schon das andere Ufer fast erreicht, und die Kugel streifte nur unbedeutend die Schulter der Mestizin.

Wenige Augenblicke darauf stieß der rettende Baumstamm ans Land. Das Kind in den Armen tragend, sprang Zermah ans Ufer, verschwand inmitten des Röhrichts, wo ein zweiter Schuß sie kaum hätte treffen können, und eilte bald unter den ersten Bäumen des Zypressenwaldes hin.

Wenn die Mestizin jetzt auch nichts mehr von dem auf der Insel zurückgehaltenen Texar zu befürchten hatte, so konnte sie doch noch in die Hände des Bruders desselben fallen.

Ihr eifrigstes Streben ging also zunächst darauf hin, so schnell und so weit wie möglich von der Insel Carneral wegzukommen. Mit einbrechender Nacht wollte sie dann versuchen, nach dem Washington-See hin zu flüchten. Unter Aufwendung allen Vorrates körperlicher Kraft und geistiger Energie lief sie denn, mehr als daß sie ging, auf gut Glück weiter, immer das Kind im Arme, das ihr, ohne eine Verzögerung herbeizuführen, nicht hätte folgen können. Die kleinen Füßchen Dys hätten es dieser versagt, auf dem sehr unebenen Boden, durch das Gestrüpp, das sich wie von einem Jäger gestellte Fallen auf- und niederbog, und zwischen den großen, zutage liegenden Wurzeln hin, deren Verschlingungen für sie ebenso viele unübersteigliche Hindernisse gebildet hätten, Dienste zu tun.

Zermah trug also unablässig die ihr so teure Last, deren Gewicht sie gar nicht zu empfinden schien. Zuweilen blieb sie stehen – weniger, um Atem zu schöpfen, als um auf ein etwaiges Geräusch im Walde zu lauschen. Manchmal glaubte sie ein Gebell zu vernehmen, das dann also von dem anderen von Texar mitgenommenen Spürhunde herkommen mußte, und dann wieder einzelne Gewehrschüsse zu hören, die in der Ferne verhallten. Da legte sie sich die Frage vor, ob die südstaatlichen Parteigänger doch nicht etwa mit einer föderierten Abteilung ins Handgemenge gekommen sein möchten. Als sie bald darauf aber erkannte, daß alle jene Laute nur von dem Geschrei eines dieselben nachäffenden Vogels oder von einem dürren Zweige herrührten, dessen Fasern unter der durch die warme Luft erzeugten Spannung gleich einem Pistolenschusse zerbarsten, nahm sie den einen Augenblick unterbrochenen Weg wieder auf. Von erneuerter Hoffnung voll, wollte sie die Gefahren nicht mehr sehen, die sie bis zur Erreichung der Quellen des Saint-John noch so vielfach bedrohten.

Während einer Stunde entfernte sie sich so in schräger Richtung von dem Okeechobee-See, um der Küste des Atlantischen Ozeans näher zu kommen. Sie sagte sich mit Recht, daß einzelne Schiffe des Bundesgeschwaders nahe dem Uferlande Floridas kreuzen würden, um die unter Führung des Kapitäns Howick ausgesendete Abteilung zu erwarten. Dann war es ja leicht möglich, daß einige Schaluppen zur Beobachtung längs des Strandes verteilt lagen.

Plötzlich hielt Zermah an. Diesmal konnte sie sich nicht täuschen. Ein wütendes Gebell erhob sich unter den Bäumen und kam merkbar näher. Zermah erkannte es als dasselbe, welches sie so oft gehört hatte, wenn die Spürhunde um das Blockhaus in der Schwarzen Bucht umherstreiften.

»Dieser Hund ist uns auf der Spur«, dachte sie, »und Texar kann dann auch nicht mehr weit entfernt sein.«

Ihre erste Sorge wandte sich nun der Auffindung eines Dickichts zu, in dem sie sich mit dem Kinde zu verbergen vermöchte. Konnte sie damit aber dem Spürsinne eines ebenso intelligenten wie wilden Tieres entgehen, das von jeher dazu abgerichtet war, flüchtige Sklaven zu verfolgen und deren Fährte zu entdecken?

Das Gebell näherte sich mehr und mehr, und schon ließen sich, allerdings noch entfernte Rufe vernehmen.

Wenige Schritte von der Stelle, wo sie sich befand, strebte eine große, vom Alter ausgehöhlte Zypresse empor, über welche Schlangenkraut und Lianen ein dichtes Netz aus verworrenen Zweigen gestrickt hatten.

Zermah verkroch sich in diese für das kleine Mädchen und sie selbst gerade hinreichend große Aushöhlung, deren Lianennetz beide vollkommen deckte.

Der Hund war aber einmal auf ihrer Spur. Einen Augenblick später bemerkte Zermah ihn schon vor dem Baume. Er bellte mit zunehmender Wut und sprang in gewaltigem Satz auf die Zypresse zu.

Ein gutgezielter Hieb ließ ihn zurückweichen und ein schmerzliches Geheul ausstoßen.

Gleich darauf machte sich das Geräusch von Tritten vernehmbar. Verschiedene Stimmen riefen und antworteten einander und unter diesen auch die so leicht erkennbaren Stimmen Texars und Squambos.

Wirklich kam hier der Spanier mit seinen Leuten, die nach der Seite des Binnensees hin zurückwichen, um der föderierten Abteilung aus dem Wege zu gehen. Sie waren dieser im Zypressenwalde unerwarteterweise begegnet, und bei der Ungleichheit der Kräfte suchten sie ihr Heil in schleunigster Flucht. Texar strebte danach, die Insel Carneral auf kürzestem Wege zu erreichen, um einen Wassergürtel zwischen sich und den Föderierten zu wissen. Da letztere den Kanal ohne Fahrzeug nicht zu überschreiten vermochten, mußten sie vor diesem Hindernis haltmachen. Während der dadurch gewonnenen mehrstündigen Frist dachten die Südstaatler nach dem anderen Ufer der Insel zu gelangen, und nach Anbruch der Nacht hofften sie nach dem südlichen Strande des Sees übersetzen zu können.

Als Texar und Squambo bis zu der Zypresse kamen, vor der der Hund noch immer heulte und bellte, sahen sie den Erdboden stellenweise gerötet von dem Blute, das aus einer offenen Wunde in der Seite des Tieres floß.

»Da seht! . . . Seht!« rief der Indianer.

»Der Hund ist verwundet?« antwortete Texar.

»Ja . . . offenbar durch einen Jagdmesserhieb und jedenfalls nur vor ganz kurzer Zeit! . . . Sein Blut dampft noch!«

»Wer kann das gewesen sein?«

In diesem Augenblicke stürzte sich der Hund von neuem auf das Zweiggewirre, das Squambo mit dem Kolben seines Gewehres auseinanderdrängte.

»Zermah . . .!« rief er verblüfft.

»Und das Kind bei ihr!« setzte Texar hinzu.

»Ja! . . . Doch wie haben sie entfliehen können?«

»Das koste dem Weibe das Leben!«

Die von Squambo, gerade als sie noch einen Schlag gegen den Spanier führen wollte, entwaffnete Mestizin wurde so roh und gewaltsam aus der Baumhöhle gezerrt, daß das kleine Mädchen ihrem Arme entsank und mitten unter die riesigen Pilze, die im Zypressenwalde besonders üppig wuchernden Becherschwämme, rollte.

Durch den Stoß zerplatzte eines der Pilzhäupter gleich einer Feuerwaffe, und eine leuchtende Wolke feinen Staubes verbreitete sich in der Luft. Gleich darauf explodierten sozusagen auch noch mehrere andere Becherschwämme. Es entstand ein allgemeines Krachen, als wäre der Wald mit Feuerwerkskörpern angefüllt gewesen, welche nach allen Seiten hin zischten.

Geblendet durch diese Myriaden von Sporen, hatte Texar Zermah, auf die er schon das breite Messer zückte, loslassen müssen, während auch Squambo der brennendreizende Staub völlig blind machte. Zum Glücke wurden die Mestizin und das Kind von den Sporen nicht belästigt, weil sie auf dem Erdboden ausgestreckt lagen und jene Samenbehälter über ihnen platzten.

Nichtsdestoweniger konnte Zermah dem wütenden Texar noch nicht entweichen. Schon war auch die Luft nach einer letzten Reihenfolge von Explosionen wieder atembar geworden.

Da krachten noch andere Detonationen – diesmal aber der Knall von Feuerwaffen.

Es war die föderierte Abteilung, welche sich auf die südstaatlichen Parteigänger stürzte, und letztere mußten, da sie sich von den Seesoldaten des Kapitäns Howick fast umringt sahen, sofort die Waffen strecken. In diesem Augenblicke drückte Texar, der Zermah wieder gepackt hatte, dieser den Stahl in die Brust.

»Das Kind! . . . Schaff das Kind weg!« rief er Squambo zu.

Schon hatte der Indianer das kleine Mädchen ergriffen und wollte mit ihr nach der Seite des Sees zu entfliehen, als wieder ein Gewehrschuß krachte. – Er stürzte tot zusammen, getroffen von einer Kugel, die Gilbert ihm mitten ins Herz gesendet hatte.

Jetzt waren alle zur Stelle. James und Gilbert Burbank, Edward Carrol, Perry, Mars, die Schwarzen von Camdleß-Bay, die Seewehrleute des Kapitäns Howick, welche mit dem Gewehr im Anschlage auf die Südstaatler lagen, und unter letzteren Texar, der neben Squambos Leichnam stand.

Einzelne hatten doch noch nach der Seite der Insel zu entkommen vermocht.

Doch was tat das? Das kleine Mädchen lag ja wieder in den Armen seines Vaters, der es an sich preßte, als fürchte er, es könne ihm noch einmal geraubt werden. Über Zermah herabgebeugt, suchten Gilbert und Mars diese ins Leben zurückzurufen. Das arme Weib atmete zwar noch, vermochte jedoch nicht zu sprechen. Mars unterstützte mit der Hand ihren Kopf und rief und umarmte sie einmal über das andere.

Zermah schlug die Augen auf. Sie sah das Kind in den Armen des Herrn Burbank; sie erkannte Mars, der sie mit Küssen bedeckte, und lächelte ihm zu. Dann schlossen sich ihre Lider wieder . . .

Mars, der sich wieder aufgerichtet hatte, wurde jetzt Texar gewahr und sprang auf diesen mit den von ihm schon so oft ausgerufenen Worten zu:

»Texar umbringen! . . . Texar umbringen!«

»Haltet ein, Mars«, sagte da der Kapitän Howick, »überlaßt es uns, an dem Elenden Gerechtigkeit zu üben!«

Dann wendete er sich nach dem Spanier.

»Ihr seid Texar aus der Schwarzen Bucht?« fragte er.

»Ich brauche hier keine Antwort zu geben«, versetzte Texar trotzig.

»James Burbank, der Schiffslieutenant Gilbert, Edward Carrol und der Mestize Mars kannten Euch und erkennen Euch wieder.«

»Das kann ja sein.«

»Ihr werdet standrechtlich erschossen werden.«

»Meinetwegen!«

Da wandte sich zum größten Erstaunen aller, die sie verstehen konnten, die kleine Dy an Mr. Burbank.

»Papa, sagte sie, es sind zwei Brüder . . . zwei solche garstige Männer . . ., die einer wie der andere aussehen . . .«

»Zwei Männer . . .?«

»Ja; meine gute Zermah hat von mir verlangt, daß ich's dir sagen sollte . . .!«

Er schien sehr schwer zu begreifen, was diese einfachen Worte des Kindes wohl bedeuteten, doch fast gleichzeitig sollte dazu und in höchst unerwarteter Weise die Erklärung abgegeben werden.

Texar war nach dem Fuße eines Baumes geführt worden. Von hier aus sah er James Burbank ziemlich gleichmütig an und rauchte auch noch eine eben angezündete Zigarette, als in dem Augenblicke, wo sich schon das Exekutionspeloton aufstellte, ein Mann herzugesprungen kam und sich dem Verurteilten zur Seite stellte.

Das war der zweite Texar, dem die nach der Insel Carneral entkommenen Parteigänger des Spaniers die Gefangennahme seines Bruders mitgeteilt hatten.

Der Anblick dieser beiden sich so außerordentlich ähnelnden Männer erklärte mit einem Schlage die Bedeutung obiger kindlicher Worte.

Endlich fand man den Schlüssel zu diesem Lebenslaufe voller Verbrechen, der bisher nur durch unerklärliche Alibis beschützt worden war.

Und jetzt trat, frisch hervorgerufen durch die Gegenwart Texars, allen deren Vergangenheit wieder vor die Augen.

Immerhin mußte das Dazwischentreten des Bruders eine gewisse Verzögerung in der Ausführung der Befehle des Kommodore zur Folge haben.

In der Tat bezog sich der Befehl Duponts, betreffend eine Hinrichtung ohne weitläufigere Untersuchung, ja nur auf den Urheber der Falle, in der die Offiziere und Seeleute der föderierten Boote ihren Untergang gefunden hatten.

Was aber den Veranstalter der Zerstörung von Camdleß-Bay und der Entführung betraf, so sollte dieser nach Saint-Augustine eingeliefert werden, wo er bei einer wiederholten Untersuchung übrigens wohl auch zum Tode verurteilt werden würde.

Im Grunde konnte man gewiß beide Brüder als gleichmäßig verantwortlich für die lange Reihe von Verbrechen betrachten, die sie bisher straflos begangen hatten.

Ohne Zweifel war das erlaubt, doch aus Achtung vor den Gesetzen glaubte der Kapitän Howick jenen doch noch folgende Frage vorlegen zu sollen:

»Welcher von euch beiden«, sagte er, »bekennt sich schuldig jenes Gemetzels beim Kissimmee?«

Er erhielt keine Antwort.

Offenbar waren die beiden Texars gleichmäßig entschlossen, jeder ihnen gestellten Frage nur Stillschweigen entgegenzusetzen.

Nur Zermah allein hätte den Anteil bezeichnen können, der jedem an jenen Verbrechen zukam. Es lag auf der Hand, daß derjenige der beiden Brüder, der sich mit ihr am 22. März in der Schwarzen Bucht befand, nicht der Urheber oder mindestens nicht Teilnehmer jenes an demselben Tage, aber hundert Meilen weiter im Süden von Florida stattgefundenen Gemetzels sein konnte. Diesen aber, den Leiter der Entführung, wiederzuerkennen, hatte Zermah ein wohl unerwartetes Mittel. Doch war sie denn jetzt nicht tot . . .?

Nein, gestützt von ihrem Gatten, trat sie eben heran

und sagte mit kaum vernehmbarer Stimme:

»Derjenige, welcher der Entführung schuldig ist, hat eine Tätowierung auf dem linken Arme . . .«

Bei diesen Worten sah man das nämliche verächtliche Lächeln die Lippen der beiden Brüder umspielen, und, den Ärmel zurückstreifend, zeigten sie auf ihrem linken Arme eine – ganz gleichmäßige Tätowierung.

Gegenüber dieser neuen Unmöglichkeit, sie zu unterscheiden, begnügte sich der Kapitän Howick zu erklären:

»Der Urheber des Gemetzels beim Kissimmee wird erschossen werden. – Welcher von euch beiden ist es?«

»Ich!« antwortete gleichzeitig das Brüderpaar.

Nach dieser Antwort nahm das Exekutionspeloton die Verurteilen aufs Korn, während diese sich zum letzten Male umarmten.

Die Salve krachte, und Hand in Hand sanken beide zur Erde.

So endigten diese Männer, auf denen so viele Schandtaten lasteten, welche seit einer Reihe von Jahren ungestraft zu begehen ihnen eine ganz außergewöhnliche Ähnlichkeit gestattet hatte. Das einzige menschenwürdige Gefühl, das sie je an den Tag gelegt, war die hingebende brüderliche Zuneigung gewesen, die einer für den anderen empfunden und die sie bis in den Tod begleitet hatte.

Sechzehntes Kapitel

Schluß

Der Bürgerkrieg tobte inzwischen mit wechselndem Erfolge weiter. Erst neuerdings waren verschiedene Ereignisse vorgekommen, von denen James Burbank seit seiner Abfahrt von Camdleß-Bay keine Kenntnis haben konnte und die er erst bei seiner Heimkehr erfuhr.

Gerade zu jener Zeit schien sich übrigens, als die Föderierten die Stellung bei Pittsburg-Landing innehatten, der Vorteil mehr auf die Seite der bei Corinth konzentrierten Konföderierten zu neigen. Die Armee der Separatisten hatte dort Johnston als Oberbefehlshaber, unter dem Beauregard, Hardee, Braxton-Bagg und der Bischof Polk, ein ehemaliger Schüler von West-Point, kommandierten, und diese wußten sich die merkwürdige Sorglosigkeit der Nordstaatler bestens zunutze zu machen. Am 5. April hatten sich letztere nämlich bei Shiloh überrumpeln lassen, was die Zersprengung der Brigade Heabody und den Rückzug Shermans zur Folge hatte. Freilich sollten die Konföderierten diesen vorübergehenden Erfolg sehr teuer bezahlen, denn der heldenmütige Johnston fiel auf dem Schlachtfelde, als er die föderierte Armee zurücktrieb.

So verlief der erste Tag der Schlacht vom 5. April. Am zweitfolgenden Tage entbrannte auf der ganzen Linie der Kampf von neuem, und es gelang Sherman, Shiloh zurückzuerobern. Jetzt mußten die Konföderierten vor den Heerhaufen Grants Fersengeld zahlen. Doch welch blutige Schlacht! Auf 80000 Kämpfer 20000 Verwundete und Tote!

Das war das letzte kriegerische Ereignis, von dem James Burbank und seine Begleiter am Tage nach ihrem Eintreffen im Castle-House hörten, wohin sie am 7. April hatten zurückkehren können.

Nach der Hinrichtung der Brüder Texar waren sie nämlich dem Kapitän Howick gefolgt, der seine Abteilung nebst den Gefangenen nach der Küste führte. Bei Kap Malabar lag dann eines der Schiffe der an der Küste kreuzenden Flottille. Dieses Schiff brachte sie nach Saint-Augustine. Dann hatte ein Kanonenboot, das sie in Picolata aufnahm, die kleine Gesellschaft am Pier von Camdleß-Bay gelandet.

Alle waren also wieder im Castle-House vereinigt – selbst Zermah, die ihre schwere Verwundung überlebt hatte. Von Mars und seinen Kameraden bis nach dem föderierten Fahrzeuge auf einer Art Bahre getragen, hatte es ihr auch an Bord an der sorgsamsten Pflege nicht gemangelt. Wie hätte sie wohl bei der beglückenden Empfindung, die kleine Dy gerettet und alle, die sie liebte, wiedergefunden zu haben, sterben können!

Man kann sich wohl leicht die Herzensfreude dieser so lange und schwer geprüften Familie vorstellen, als alle Glieder derselben endlich vereinigt waren, um sich nie wieder zu trennen. Mit ihrem Kinde an der Seite erlangte Frau Burbank allmählich die frühere Gesundheit wieder, und außerdem hatte sie ja auch ihren Gatten, ihren Sohn, Miß Alice, welche bald ihre Tochter werden sollte, sowie Mars und Zermah um sich, von jenem Elenden aber oder vielmehr von den beiden Schurken, deren Hauptmitschuldige sich jetzt in den Händen der Föderierten befanden, nichts mehr zu fürchten.

Indessen hatte sich ein Gerücht verbreitet, von dem, wie wir wissen, schon in dem Gespräche der beiden Brüder auf der Insel Carneral die Rede gewesen war. Man sagte, daß die Nordstaatler Jacksonville wieder aufgeben würden und daß der Kommodore Dupont, wegen Beschränkung seiner Tätigkeit auf die Blockade des Küstenstreifens, die Kanonenboote, welche bisher die Sicherheit des Saint-John verbürgten, zurückzuziehen im Begriffe sei. Die Ausführung dieses Plans mußte offenbar die Sicherheit derjenigen Kolonisten in Frage stellen, deren Hinneigung zu den Ideen der Abschaffung der Sklaverei allgemein bekannt war – vor allem also auch die James Burbanks.

Jenes Gerücht erwies sich als begründet. In der Tat begannen, als die ganze Familie sich am 8. April im Castle-House wieder vereinigt fand, die Föderierten schon die Räumung von Jacksonville, und verschiedene Einwohner, die sich der Sache der Union günstig gestimmt erwiesen hatten, hielten es für geraten, die einen nach Port-Royal, die andern nach New York zu flüchten.

James Burbank glaubte nicht, es ihnen nachtun zu sollen. Die Schwarzen waren, nicht als Sklaven, sondern als freie Männer, nach der Ansiedlung zurückgekehrt, und ihre Gegenwart gewährleistete schon hinlänglich die Sicherheit von Camdleß-Bay. Übrigens trat der Krieg in eine für den Norden entschieden günstige Phase, was Gilbert auch erlaubte, eine Zeitlang im Castle-House zu verweilen und seine Vermählung mit Alice Stannard zu feiern.

Die Arbeiten auf der Pflanzung waren also wiederaufgenommen worden, und bald ging der Betrieb hier wieder seinen gewohnten Gang. Da war nicht länger davon die Rede, James Burbank zur Ausführung des Befehls, betreffend die Vertreibung der Freigelassenen aus Florida, zu nötigen. Texar und seine Helfershelfer waren ja nicht mehr vorhanden, um den niedrigeren Teil der Bevölkerung aufzuhetzen, und schlimmstenfalls hätten die an der Küste verbleibenden Kanonenboote die Ordnung in Jacksonville schnell genug wiederhergestellt.

Die kriegführenden Parteien selbst sollten freilich noch drei volle Jahre miteinander im Kampfe bleiben, und auch Florida empfand später noch einige Rückwirkungen dieses brudermörderischen Streites.

In demselben Jahre, im Monate September, erschienen die Schiffe des Kommodore Dupont noch einmal auf der

Höhe des Saint-John-Bluffs, nahe den Mündungen des Flusses, und Jacksonville wurde dabei zum zweiten Male eingenommen. Ein drittes Mal besetzte dasselbe im Jahre 1865 der General Seymur, ohne nennenswerten Widerstand gefunden zu haben.

Am 1. Januar 1863 hatte eine Proklamation des Präsidenten Lincoln die Abschaffung der Sklaverei in allen Unionsstaaten verkündet. Immerhin verzögerte sich das Ende des Krieges bis zum 9. April 1865. An diesem Tage ergab sich beim Court-House zu Appomattox der General Lee mit seiner gesamten Armee dem General Grant aufgrund einer für beide Teile ehrenhaften Kapitulation.

Vier Jahre hindurch hatte der erbitterte Kampf zwischen dem Norden und dem Süden gewährt. Er hatte zwei Milliarden und siebenhundert Millionen Dollar und mehr als eine halbe Million Menschenleben gekostet, die Sklaverei aber war damit in ganz Nordamerika abgeschafft.

So wurde für ewige Zeiten die Unteilbarkeit der Republik der Vereinigten Staaten sichergestellt, dank der Anstrengungen jener Amerikaner, deren Vorfahren ihrem Lande durch den Unabhängigkeitskrieg ein Jahrhundert vorher die Freiheit errungen hatten.

COLLECTION JULES VERNE

1. Von der Erde zum Mond
Direkte Fahrt in 97 Stunden 20 Minuten
2. Reise um den Mond
3. Reise um die Erde in 80 Tagen
4. Reise zum Mittelpunkt der Erde
5. Fünf Wochen im Ballon
6./7. Zwanzigtausend Meilen unter dem Meer
8. Abenteuer von drei Russen und drei Engländern in Süd-Afrika
9./10. Abenteuer des Kapitän Hatteras
11./12./13. Die Kinder des Kapitän Grant
14./15./16. Die geheimnisvolle Insel
17./18. Das Land der Pelze
19. Eine schwimmende Stadt
Die Blockadebrecher
20. Eine Idee des Doktor Ox
Meister Zacharius
Ein Drama in den Lüften
Eine Überwinterung im Eis
Eine Mont-Blanc-Besteigung
21. Der Chancellor
Tagebuch des Passagier J. R. Kazallon
22./23. Der Kurier des Zaren
Michael Strogoff
24. Schwarz Indien
25./26. Reise durch die Sonnenwelt
27./28. Ein Kapitän von 15 Jahren
29./30./31. Die Entdeckung der Erde
32. Die fünfhundert Millionen der Begum
33. Die Leiden eines Chinesen in China
34./35. Die großen Seefahrer des 18. Jahrhunderts
36./37. Das Dampfhaus

38./39. Der Triumph des 19. Jahrhunderts
40./41. Die Jangada
42. Die Schule der Robinsons
43. Der grüne Strahl
44./45. Keraban der Starrkopf
46. Der Südstern oder das Land der Diamanten
47. Der Archipel in Flammen
48./49./50. Mathias Sandorf
51. Robur der Sieger
52. Ein Lotterie-Los
53./54. Nord gegen Süd
55./56. Zwei Jahre Ferien
57. Kein Durcheinander
58./59. Die Familie ohne Namen
60./61 Mistreß Branican
62. Das Karpatenschloß
63. Claudius Bombarnac
Notizbuch eines Reporters
64./65. Der Findling
66./67. Meister Antisers wunderbare Abenteuer
68./69. Die Propeller-Insel
70. Vor der Flagge des Vaterlandes
71. Clovis Dardentor
72./73. Die Eissphinx
74./75. Der stolze Orinoco
76./77. Das Testament eines Exzentrischen
78./79. Das zweite Vaterland
80. Das Dorf in den Lüften
81. Die Historien von Jean-Marie Cabidoulin
82./83. Die Gebrüder Kip
84./85. Reisestipendien
86. Ein Drama in Livland
87. Der Herr der Welt
88. Der Einbruch des Meeres
89. Der Leuchtturm am Ende der Welt
90./91. Der Goldvulkan
92./93. Reisebüro Thompson & Co.
94. Die Jagd nach dem Meteor
95. Der Pilot von der Donau
96./97. Die Schiffbrüchigen der Jonathan
98. Wilhelm Storitz' Geheimnis
99./100. Cäsar Cascabel